魅丽文化
花火工作室

私藏
你的甜
鹿灵
著

江苏凤凰文艺出版社
JIANGSU PHOENIX LITERATURE AND
ART PUBLISHING, LTD

图书在版编目（CIP）数据

私藏你的甜.2 / 鹿灵著. —南京：江苏凤凰文艺出版社，2020.7
ISBN 978-7-5594-4774-6

Ⅰ.①私… Ⅱ.①鹿… Ⅲ.①长篇小说－中国－当代
Ⅳ.①I247.5

中国版本图书馆CIP数据核字(2020)第059482号

私藏你的甜.2

鹿灵 著

责任编辑 李龙姣 张 倩
特约编辑 丐小亥 八 柚
装帧设计 苏 荼
封面绘制 花生坚壳
出版发行 江苏凤凰文艺出版社
南京市中央路165号，邮编：210009
网　　址 http://www.jswenyi.com
印　　刷 湖南凌宇纸品有限公司
开　　本 880mm×1230mm 1/32
印　　张 9.5
字　　数 301千字
版　　次 2020年7月第1版，2020年7月第1次印刷
书　　号 ISBN 978-7-5594-4774-6
定　　价 38.60元

"恐怕公平不了。
你应该知道，我只偏心你。"

目录

CONTENTS

"恐怕公平不了。
你应该知道，我只偏心你。"

目录

C O N T E N T S

第一章 心跳失序

房间里很安静，只有游戏里的背景音旋绕在耳机里。

乔亦溪见有段时间沉默，喉咙里咽了咽，又问："是吗？因为我和郑语打游戏，你生气了？"

周明叙顿了会儿，这会儿声音倒不疾不徐起来了，问她："你觉得呢？"

她哪儿知道。

她就是觉得他今天晚上状态不太对，一直跑出去送死实在太有违他"击杀王"的作风了，而他居然在她面前说自己打得很菜，让她去找郑语打……

这实在是很反常。

以他的性格，怎么会在这种事情上来贬低自己？

"郑语"这个名字出现得莫名其妙，唯一能往上追溯的就是她刚刚跟郑语打了几局游戏，可能被周明叙看见了。

她也不知道是不是这个原因，但说一下总不至于影响什么。

于是乔亦溪说："郑语是舒然她哥给她介绍的一个队友，因为舒然有点害羞，就加我进去一起玩，免得气氛尴尬，你懂吧。我为了她的终身幸福着想，就牺牲自己玩了两局。"

周明叙那边的麦窸窸窣窣响了一下："舒然是谁？"

哽咽了一会儿，她说："我室友。"

乔亦溪又接着道："我知道孤刀那个事影响很不好，一开始因为你我不想去和郑语打的，毕竟你和郑语也是竞争关系。但是舒然好说歹说又跟我保证，说郑语品行端正，我拗不过她，就只好……虽然我才跟他打了几局，不知道他为人怎么样，但是舒然以命担保，我觉得应该还行吧。”

周明叙听完这段话，只记住了“因为你我不想去和郑语打”，还有“不知道他为人怎么样”。

够了，就这两句，已经足够取悦醋坛大翻的某人了。

既然她是因为朋友才和郑语打，和郑语也不认识，那就没什么了。

况且一开始，她还因为自己排斥郑语。

周明叙在她看不见的屏幕前展了展眉，没控制住，眼角一点点弯起来，想想又收住，忽又觉得自己此刻如何别人都不会发现，于是放任眼角和嘴角一同挤出一抹愉悦的笑。

那抹笑实在非常愉悦，可能连系统都感觉到了，让他双喜临门，送了他一队敌人来杀。

乔亦溪听着耳机里传来的枪声，看到周明叙终于开始淘汰人了，也不知道他消气或是找到状态了没有，站在那儿不知如何是好。

周明叙忽然在底下唤她：“这里有三级甲。”

她下意识问：“然后呢？”

“我标点了，”他说，“给你捡。”

乔亦溪听他的语气，感觉应该是恢复了正常，而且还主动喊她去捡甲，那两个人应该是……和好了？虽然乔亦溪也不太拿得准刚刚周明叙到底在别扭什么。

周明叙看她半天没动静，叹了一声：“找不到地方？算了，我穿好了给你送过去吧。”

“不用不用，”回过神来，她赶紧拒绝，“不用麻烦你了，我已经找到了。”

周明叙看着地图，冷静地道：“你和我标的点还差三百米。”

本意是不想麻烦他的乔亦溪陷入了沉默。

其实周明叙标点的地方挺好找，乔亦溪跳下去刚要开始找，他就穿着三级甲给她送来了。

机械地穿好之后，乔亦溪叹了一声：“你这样我很有负担。”

周明叙停了下，问：“怎么？”

乔亦溪神思开闸：“我会感觉自己像个二十岁了还要人把饭喂到嘴里的

巨婴。”

少年低声笑了笑，带着跟在音箱里似的鼻音道：“那不也挺好？”

“好什么？”

“一个愿意吃，一个愿意喂。”

这道理还真是深刻又无可反驳。

一切恢复如常，周明叙在前面奋勇杀敌，乔亦溪在后面混吃等死，不，舔包做后勤。

打到比较安稳的休息时段时，周明叙问她：“你和你室友一般几个人打？”

“以前是我们寝室一起，或者我们俩双排，”乔亦溪回道，“不过从今往后应该就是她和她哥，再加一个郑语。”

“每次都能凑齐四个？”他问。

乔亦溪眨眨眼：“不一定吧，她哥比较忙，刚刚就提前走了。”

听到这里，少年才满意地点了点头：“缺人可以喊我。”

乔亦溪愣了愣，手指收了收，问道：“真的啊？你想和郑语打？”

周明叙默然。

乔亦溪点头：“可以啊，下次喊你，知己知彼，百战不殆嘛。”

沉吟半晌，周明叙似是而非道：“也不全是因为他吧。”

“那就是你和马期成打腻了，想换换新口味？”乔亦溪说，“也可以的，郑语话少，你可能喜欢。”

我喜欢个屁。他在心里想。

我是为了去看着你，别人把你哄走了怎么办？

和周明叙打完游戏之后，乔亦溪躺在床上思索了一会儿，又向舒然旁敲侧击问了两句，感觉到了问题出在哪儿。

周明叙打游戏那么厉害，而她一直和他打，结果今天他上线看到她和郑语在打，可能是觉得他“击杀王”的尊严受到了践踏。

你为什么要找别人带你，是因为觉得我不行？

所以他才一气之下让她去找郑语打。

男人嘛，在这种方面总是特别讲尊严的。

乔亦溪枕着手臂正想到这儿，来不及想更深，寝室里众人就热火朝天讨论起选修课的事。

舒然很快给出解决办法："这还不简单？什么好过我们选什么呗。"

"这个课吧，"向沐手指一点，"这是个手工课，每天课上打打中国结绣绣十字绣就行了，到时候交个作品就能高分通过，老师还不点名，可以逃课。"

乔亦溪取下耳机，笑道："嚯，你这么了解？"

"是啊，我之前听一个学姐说的，"向沐挤挤眼，"怎么样，选不选？"

"我们来大学难道是为了安逸吗？我们选选修课难道是为了逃课吗？我们是想每天轻松快乐地在该努力的时候玩耍吗？"舒然摇着头敲桌子，"当然是！"

舒然热情高涨："就选这个，我同意了！"

平时上专业课已经够累，选修课谁不想轻松点，况且手工课也挺有意思，可以锻炼脑子。

于是这个课得到了寝室众人全票通过。

"那明天我们七点就得起来选，"阮音书说，"你们起得来吗？"

"可以的，我要是起不来，你们记得把我打醒。"舒然随口说道。

乔亦溪当了真，还有点跃跃欲试："打脸的那种吗？"

第二天一早，乔亦溪没想到自己是最先醒的，她打开手机一看，六点五十五分。这时候，整个寝室还处在睡梦中的状态。

她等到七点闹钟响过，关掉，凭着老到的经验，播放起了《义勇军进行曲》。

"起来，不愿做奴隶的人们——"

这铿锵有力的歌声比闹钟奏效多了，没一分钟，大家纷纷醒了。

舒然抹一把脸，黑着脸道："我揍人了乔亦溪！我高三就是用这个当闹铃的，我还以为我又要高考了，吓死我了！"

"赶紧选课，"乔亦溪提醒，"选完再睡。"

她们点开群里的链接，登录学校官网，点击"选课"，点了两下，网页变白了。紧接着，提示弹出：您好，您现在不配选课。

"什么意思啊，它说我不配选课？"舒然和乔亦溪遇到了一样的问题，难以置信地道，"我是这所学校的学生，它说我不配选课？我上了所假大学？"

“还好吧，”向沐说，“我的直接提示网址不存在。挺好的，我们学校是不是倒闭了？”

好像所有学校教务后台都像用洗衣机在运行，遇到屁大点事就崩，崩得十头牛都拉不回来。

就在乔亦溪想打个电话问学校是不是倒闭了的时候，阮音书迷迷糊糊地说：“我选上了。”

这时候，寝室唯一能选上的就成了救命稻草，她们纷纷报上学号，让阮音书帮忙选。阮音书也不知道为什么自己人品这么好，一会儿就把大家的全选上了。

选修课选好之后，大家整齐划一地倒下继续睡了。

中午的时候，舒然指控乔亦溪：“我恨你，我睡回笼觉梦到自己去参加高考了，什么玩意都不会，在监考老师面前大哭。”

乔亦溪奇道：“后来呢？老师告诉了你所有答案？”

“不，后来我被送到监狱去了，你还来给我送饭，结果盒子一打开，里面是一把 M416，你让我自杀。”

下周五，选修手工课开课。

第一节课当然是要去的，她们提早去占了个好位置，边聊边等。

这间教室在一楼，右手边的整个窗户都是透明的，乔亦溪刚好坐在最右边，顺着窗户往外看，外头就是篮球场，好像还看到周明叙在打篮球。

后排已经有人在感叹了：“哇，外面那个是周明叙吗？这里居然能看到他打球？”

乔亦溪回过头，看到了熟悉的脸孔。

江雪，当时带她主持排练的那个人，还被她带着跟周明叙打了局游戏。

江雪自然也看到她了，喜不自胜地笑道：“乔亦溪？你也选了这个？”

“是啊，”乔亦溪点头，“她们说这个简单。”

老师来了之后发了任务，乔亦溪看着手里的十字绣针线，又看着全然陌生的布，头一次产生了怀疑——这真的简单吗？

事实证明她的怀疑没有错，她似乎天生就不适合做这些针线活，每一步都进行得异常艰难。看着身侧阮音书手下动作如行云流水，乔亦溪差点想问她是不是在梦里补过课。

这简单在哪儿？女人的嘴果然很能骗人。

课间休息时，篮球场那边的人来楼里买水，有几个男生觉得好奇，就从外头玻璃窗翻进来，看她们在干什么。

她回头的时候，正巧看到周明叙越过窗台。少年手长腿长，翻窗台的样子都很潇洒。

很快，满是女生的手工教室里传来篮球队那群男生的声音。

“厉害啊，好会绣。”

“你绣《清明上河图》？能绣完吗？”

“你看你看，小黄人，好像！”

乔亦溪还没来得及干点什么，周明叙走到她身后，俯了俯身，微笑着夸奖：“你这狗绣得挺传神的。”

乔亦溪用奇妙的眼神看了他一眼，纠正道：“这是兔子。”

“我打球太久眼花了，”周明叙沉默了一会儿，又点着头附和，“它确实就是一只兔子。”

乔亦溪看着手里那个耳朵明显只有脸四分之一长的东西，问他：“真的吗，你真的觉得像兔子吗？哪有兔子耳朵这么短的。”

周明叙思索了一会儿，笃定道：“折耳兔。”

舒然“噗”的一声笑出来，比了个大拇指：“周明叙真的很努力在为你圆场，乔乔。”

这时候，身后的江雪忽然跟周明叙打了个招呼：“嗨，还记得我吗？之前一起打过游戏的。”见周明叙蹙了眉，江雪继续提醒：“我、乔亦溪和你，在星巴克。”

他还是不记得。

江雪说：“你在游戏里炸死了一个路人。”

——记起来了，因为那人调戏乔亦溪，他就替天行道了一回。

他点点头。

江雪看他话不多，但自己对这个技术好的小哥哥又挺有好感，于是自找话题：“你来看我们上课吗？喏，这个，我绣的雪人，因为我叫江雪……你觉得怎么样，好看吗？”

郑和正好路过，替周明叙答了个“嗯”字，然后就转头去看另一个人的了：“哈哈哈，兄弟，这里全是女生，你一个男生在里面弄啥啊？”

乔亦溪听到郑和的声音，回头看了眼，又想起刚刚江雪问周明叙自己绣得好不好看，有人答了声“嗯”。

音节太快太急促，她也分辨不出什么，只当是周明叙答的，于是探头瞧了眼江雪绣的。

真的不错，一个小雪人，怀里还抱着一朵雪花。

课间就十分钟，老师一来，周明叙他们也都走了。

乔亦溪中途走了次神，看着篮球场发了个不知道什么味道的呆，回过神来又觉得脑子里空空如也，不知道在想什么。

她晃了晃脑袋，继续绣起来。

由于是第一次课，大家绣的东西不太难，所以几个小时后，下课时都差不多弄好了。

剪一片差不多大的布料，缝合之后塞上棉花，就成了一个小挂件。

“怎么样，是不是很有成就感？”老师说道，“第一次作业要交上来，我就给你们布置个——”

思索半晌后，老师又道：“外面篮球队你们看到了吗？他们前阵子得奖，今天发了奖品，每人一个双肩包。这群孩子上次帮我搬了东西，你们今天就把自己做的东西送他们好了，等他们训练结束，随便挑个男孩子给他。

“到时候我要去问，要检查的啊，你们别想给我蒙混过关。”

底下有女生叫唤：“老师，你是不是在给我们创造机会啊？”

老师笑了笑，像是被打开了新思路，笑道：“也行啊，你们谁喜欢哪个男生就送挂件给他，多浪漫，指不定能成。”

底下发出一阵尖叫跟哄笑，女生们开始隔着窗户观察，思考自己要将手上的东西给谁。

毋庸置疑，乔亦溪听到最多的还是“周明叙”三个字。

今天是周五，这节课上完就放学了。

下课后，乔亦溪被舒然拉着去上厕所，厕所人太多，等了好几分钟。

其间，她收到周明叙的消息：“今天回不回去？”

她答：“回呀。”

周明叙："好，一起回去。"

乔亦溪发了个"嗯"的表情包，然后问："你们结束了？"

"结束了。"

"是不是有很多女生围过去送东西啊？"

"对。"

"你收到很多了吧？"

出乎意料，周明叙回道："没，我没要。"

乔亦溪："为什么没要？"

"不喜欢。"

不喜欢？是不喜欢她们送的，还是不喜欢这种挂件？

乔亦溪还没来得及问，就被舒然拽进了厕所。

上完厕所之后，她和周明叙在学校门口会合，上了一辆车。

到家的当晚，周明叙洗澡的时候，乔亦溪想起自己的挂件还没给出去。现在不给的话，不知道什么时候她才会再想起来。而且万一到时候那老师真去检查，她忘了给，那就不好了。

于是乔亦溪拿着自己的小挂件，准备塞到周明叙的书包里。她没记错的话，他今天把篮球队发的包带回来了，就放在沙发上。

乔亦溪走出房间，果然在沙发边找到了新包。

抖了抖看似空空如也的包，她准备拉开拉链，却在侧边摸到了一个鼓鼓的东西。她有点什么预感地愣了两秒，把东西拿出来一看，是一个小雪人。

是江雪绣的。

她之前居然还信了他的话，真的有点笨地以为他一个挂件都不会收，背着空空如也的包回来，然后在她死皮赖脸的攻势下，无奈地叹息一声——像以前每一次的妥协一样，他似情愿又似不大情愿地收好她的折耳兔，作为唯一的挂件放在包里。

可她没想到，他拿了江雪的小雪人。

乔亦溪一只手拿着自己拙劣的折耳兔，另一只手上摆着江雪的小雪人，看起来像是在对比。

别说差距还真是有点大，江雪的小雪人绣脚非常工整，而且栩栩如生，像摆在店里售卖的精致纪念品。

她想到课间江雪问周明叙雪人好不好看，他应了一句“嗯”，应该是那时候给了江雪勇气，所以把这么个小玩意送给了他，而他也真的收了。

他不收那些女生的，可能只是不喜欢绣得不好看的，不是不喜欢十字绣。

乔亦溪低着头，心里有点不是滋味，好像在某个时刻被人归到了想要放弃的那一栏。

毕竟她绣得也不好看。

这时候，浴室的水声忽然停下，她猜周明叙马上要出来吹头发了。

于是她眨眨眼，随便收拾了一下心情，把折耳兔捏好重新放回自己的口袋，而江雪的那个小雪人，她也放回了周明叙的书包。

平时再怎么和他嘻嘻哈哈，这种情况下她也是开不了口的。

她总不能去质问他为什么要收江雪的；总不能要求他谁的都不准要，只能拿她的；总不能要求不管别人绣得多好看，他都只能收她丑陋的折耳兔。

她总不能要他时时刻刻都偏心自己吧。

两个人不过是关系好点的朋友，她是他什么人，又有什么立场要求他呢？

乔亦溪边在心里想着边慢慢走回房间。

虽然拼命安慰了自己，只是在对比下难免受了点打击，她从小和人比什么都没输过，更遑论输得这么惨烈，不过幸好只有她自己知道。

她的情绪好像有点低落，胸口闷闷的。看着窗外夜景，她心里回荡着一句话：谁不想要人偏心呀？

后来周明叙洗完澡，吃晚餐的时候，侧了头问她：“晚上打不打游戏？”

她的元气还没恢复，不大有兴致，脸埋在碗里，摇了摇头。

这还是她第一次拒绝他打游戏的邀请，周明叙愣了一下，问道：“为什么？”

她随便扯了个理由：“我得做作业。”

他沉吟半晌，点头说“好”。

结果他晚上路过她的房间，发现她很早就睡了。

第二天一早，周明叙刚起床，就看她收拾好，背上了包。

他的手还搭在脖子后头，此刻看起来有点无措，问道：“要去哪儿？”

乔亦溪抿唇，没什么情绪地扯出一抹礼貌的笑：“我先回去了，舒然喊我吃饭。”

虽然乔亦溪什么都没说，但周明叙已经感觉到了气氛的不对。

他想说点什么，可又不知道说什么，只好抬头看着她开门关门，消失在视线内。

后来的一周，她面对他都有点提不起劲似的，就算有两次答应了他一起玩游戏，但也比以前沉默了很多，可又不像是生气。

连带着周明叙的心情都不太好。周三去打球的时候，他发现篮球场有很多人背了同一款很丑的包。郑和也不例外，包上还挂着仨花里胡哨的挂件，走过他面前，甚至有意无意地在显摆。

终于，郑和忍不住了，开始主动炫耀："挂件你收了几个啊？"

"什么挂件？"

"就是上周五手工课那些女生做的，老师让她们把做的东西送我们，所以她们下课才一窝蜂围过来……你忘了啊？我记得那时候还有挺多女生找你的。"

"我没要。"

"那乔亦溪也没给你吗？"

听到这句，周明叙面色沉了沉："没有。"

"不会吧？那她给别的男生了？毕竟她们老师要检查的，不可能没给谁吧？真没给你？你不是骗我？"

郑和越问周明叙越烦，又想到这阵子和她连话都没说多少，他蹙着眉起身往外走，不说话。

郑和蒙了："怎么了你？！又干什么去？不打球了吗？"

他烦躁地揉揉头发，甩下一句："不打了。"

周末的时候，乔亦溪回家拿衣服，顺便留在周家吃了个午饭，吃完就准备回学校。因为她一直没找自己说话，周明叙只好凭借自己搜集来的情报，在午饭时主动搭话。

"听说你们上次手工课做的东西都送给篮球队的男生了？"

她垂着长长的眼睫，看不出什么情绪，说道："嗯。"

周明叙问她："你的呢？"

想到了某件事，她伸筷子戳了戳碗里的米饭，抿抿唇，说："没给。"

周明叙抬头问道："为什么没给？"

郑和跟他说起这件事的时候，说到“真没给你”时语气里满满都是不可置信，他自己也有点不可置信。

甚至有点失落。

乔亦溪伸手夹菜，目光不期然地和他的视线撞上一瞬，少年目光直接而炽烈，说不清为什么，她心里的小人好像被戳了一下。

“本来准备给你的，”她声音闷了一下，又转小，“但是……”

“但是什么？”

“但是你也不需要吧。”斟酌半晌，她说。

“我为什么不需要？”周明叙看她支支吾吾，越发觉得事情奇怪，开始寻根究底。

“又不是什么重要的东西，而且也不好看啊。”

“谁说不好看？”周明叙撂了筷子，认真询问，“谁敢说你的不好看？告诉我。”

“没人说，可是大家肯定都这么觉得，都觉得能有更多更好看的，你肯定也一样。”

周明叙问道：“我怎么就一样了？”

“你收了江雪的嘛。”她尽量保持语气轻快，可怎么也高兴不起来，心里有点酸涩，像气泡水灌到胸腔里。

乔亦溪夹了块排骨放进碗里，随便拨弄着道：“肯定是你觉得好看。”

“我收了谁的？”周明叙越听越奇怪，甚至一度怀疑自己难道失忆了，说道，“我没收任何人的。”

她指尖抓了抓软肉，说道：“那你书包侧边的呢？”

“书包侧边？什么书包？”

“篮球队发的那个。”

周明叙想了半天，才记起篮球队的确是发了个包。

因为周母做好饭就出去了，所以他也不知道那个包被放到了哪儿，在家里搜了好一阵才找到。

他提着包打开拉链，问：“哪儿？”

“左边，不开拉链，放水的那里。”

周明叙手放进去，摸到一个什么东西，拿出来一看，果然有个小雪人。

“不知道她什么时候放的，”周明叙摇摇头，“我肯定没接。”

“没事啊，”乔亦溪咬了咬下唇，说道，“你喜欢她的就拿她的呗，她的是挺好看的。”

周明叙百思不得其解：“我怎么就喜欢她的了？”

“你怎么就不喜欢她的？你还夸她的好看。”

“我什么时候夸她的好看了？”

“课间休息的时候。”

周明叙仔仔细细地回忆了一阵，说：“你说的这个人，是坐你后头那个？”

“嗯。”

当时碍于她的面子，他的确是跟那个人说了两句，但夸那人的东西好看，他肯定没有。

“我和那人说的话都不超过三句，怎么可能夸她？我只夸过你。”

乔亦溪提醒：“她问你雪人好不好看，你说‘嗯’。”

周明叙垂眸，调出那段回忆，反复细想，终于发现了问题所在：“那是郑和说的，我根本没说话。”

乔亦溪还来不及说“郑和不是在和别人聊天吗”，就被周明叙抢去了主动权：“你连我和郑和的声音都分不清？”

乔亦溪呆愣半晌：他怎么又变成了委屈的那个？

二话没说，周明叙摊手道：“你的给我。”

“我不要。”

算了吧，她不想再拿自己的和江雪的对比一遍了。

虽然她这人平时豪爽了点，但好歹是个女孩子，在异性面前和另一个人做对比，这委屈她顶不住。

她正这么想着的时候，周明叙自然地把手里的那个雪人随手扔进了垃圾桶，然后继续找她要：“给我。”

乔亦溪因他方才的那个动作，又恍惚了好半天，没发现周明叙已经走到了自己旁边。

他一眼看到她口袋里透出个什么边，还有一点点针线感，于是伸手一夹，乔亦溪的那只折耳兔就被他捞走了。周明叙挑唇道：“你随身携带这个，不就是想找机会送给我？”

乔亦溪转头一看，赶紧去抢："哎！你还给我啊。"

这回拒绝的变成了周明叙，他高举着手里的东西说："不行。"

"江雪的那么好看你都扔了，"乔亦溪仰头，气鼓鼓的，"你还抢我的，就是想当面羞辱我的难看。"

"谁说的，比她好看多了。"

她猜可能是血液没来得及回流，于是大脑有那么片刻的挂机，居然不假思索地问了句莫名其妙的话："你指东西还是人？"是指挂件还是说我？

刚问出来她就后悔了，绞尽脑汁快速思索怎么圆场，但周明叙居然只是反应了一会儿，就这么接了话茬。

"都是。"

乔亦溪深深觉得，有的文字可能是有温度的。

不然怎么周明叙一句简简单单的"都是"，只是说她的兔子和她本人都比江雪好看，就能惹得她耳根都烫得有点不正常，脑子里也嗡嗡两下，好半天才恢复正常。

她轻咳一声，随便找了句话应对："你还挺有眼光的。"

周明叙本来在饶有兴致地观察她的反应，猝不及防听到她冒出这么一句话，手指旋了一下，然后开始笑。

他抚着眉心，笑的频率先是传到手，然后递到后背，甚至连头发丝都一根根愉悦起来。

"你笑什么啊？"她本来就被他讲得有点上头，好不容易找了句勉强回应的话，结果说完他就开始笑，"很好笑是吧？"

听她这么讲了，周明叙蓦然敛了笑意，重新靠回椅背上，手指在桌上敲着，说道："还行。"然后嘴角又扬起来。

最后，气氛是被回来的周母拯救的，她一看，四十分钟过去了，两人还在吃，并且还没吃完，不由得惊呆了："我都出去了一趟，准备回来收碗的，你们怎么连一半都没吃到？干什么去了啊？！"

乔亦溪"无辜"地低头扒饭，说道："他老找我讲话。"

周明叙低头看着这个把自己摘得很清的人，她探出舌尖，舔掉唇边的酱汁。周母还有点不可置信地确认："明叙？"

"嗯，都怪我，"周明叙抬起双手，承认道，"我老找她说话。"

周母回来之后，两个人以最快速度吃完饭，然后进了房间打游戏。

刚打完一把，舒然来找乔亦溪了。

“乔乔、乔乔！来啊！上线啊！郑语找我打游戏了！”

乔亦溪：“我在线上呢。”

舒然：“玩游戏吗？你和谁啊？”

乔亦溪：“周明叙。”

过了几分钟，舒然消息回过来：“我问郑语了，我们这边就两人，你带上周明叙，我们四个一起打。”

乔亦溪偏头问周明叙：“舒然喊我去陪她和郑语，差个人，你可以去吗？”

周明叙略作沉吟，道：“我说不可以……我说不可以的话，难道一个人看你们打？”

乔亦溪“嗤”了一声：“你不早说。”

经过周明叙同意，乔亦溪把舒然和郑语邀请了进来。郑语大概是知道周明叙的，进来后也没发出什么疑问。

开局后，乔亦溪跟着周明叙跳伞，舒然跟着郑语跳伞。

周明叙标了个点，跳人不太多的地方，这是对乔亦溪游戏体验的基本照顾。然后乔亦溪开始和舒然聊天。

乔亦溪问舒然：“然然，咱们要跳一起吗？”

“当然了，不一起算什么队友？”

于是舒然也对郑语道：“郑语，我们也跳河静好不好？”

郑语说“好”。

跳下去之后，乔亦溪和舒然完全沦落成两个什么都不用管的，敌人全被周明叙和郑语杀完了。她们越打越惬意，舒然还看起了风景，说道：“乔乔，你来这儿，你看这底下的河好漂亮啊。”

乔亦溪火速前往观看，看到舒然在山边跃跃欲试，疑惑道：“你干什么？你想跳下去啊？”

“是啊，感受一下投入水中的快感，跳水似的，”舒然撺掇道，“我们一起啊！”

“这样跳下去会死吧？”

“不会啊，放心。”

就这样，乔亦溪跟着舒然往河里一跃而下，为了体验“投入水中”的快感。

然后，周明叙在下方的提示里读取到信息。

你的队友“Ciao”因为从高空坠落重伤了。

你的队友“Ciao”被“枪王之王”使用手榴弹淘汰了。

周明叙懊恼地按按眉头，声调稍抬：“你这是在背着我练习蹦极？”

“不是，我怎么就死了？”乔亦溪还没缓过来，问道，“舒然，你不是保证不会死的吗？”

舒然在那边也很有点手足无措，回答道：“我们俩掉在地上了啊，掉地上当然会死，但我觉得我们明明是跳到河里了呀——怎么这么倒霉跳到岸边了呢？”

更要命的是，落到地上摔成重伤之后，两个人正好碰到一队人在底下搜索物资，一个手雷直接把她俩都解决了。

当然，最后的结果是，周明叙和郑语把那边的一队人也都解决了。

“我包里还有信号枪，”乔亦溪当即开始分发“遗产”，“周明叙，快舔我，我在草里。”

舒然语调忽然变得暧昧：“舔你？”

“舔我的包。”乔亦溪无奈地补充完整，又开始催周明叙，“快啊小周，你捡我的装备，代替我活下去，带着我的皮囊吃鸡，可以吗？”

周明叙笑了声：“行。”说完，他就开始卸装备，掉了一地的物资。

乔亦溪侧头问道：“你干什么呢？”

周明叙答得轻巧：“捡你的东西，替你活下去啊。”

他就真的换上了她的两把枪，背了她的背包，捡了她的子弹和药。

乔亦溪有点恍惚：“不用这么认真的，我就随口一说，你捡点需要的就行，不用全换。”

“怎么办，”周明叙淡淡地道，“我当真了。”

她抿了抿唇：“对不起。”

“没事，”逗完她之后他正色道，“这样我也能赢。”

周明叙替乔亦溪报仇，郑语替舒然报仇，后面的大半局，两个人竟难得表现出一些操作默契——毕竟是奔着同一个目标。

有好几次，舒然整个人都亢奋了：“你们俩好厉害啊，果然水平高的就要和水平高的一起打！我现在才觉得我哥真是好——”

“废物”俩字还没出来，舒然后面传来询问的声音：“你哥怎么样？”

舒然“嘿嘿”道：“哥，你回来啦？我说我哥技术特别高超，真的，没当职业选手真是国家的损失。”

在舒然和她哥的贫嘴斗争里，周明叙和郑语没什么意外地吃鸡了。

两个人的血量都没掉多少，带着整队都加了分。

由于这四个人一起打，意外地还挺合得来，所以大家又一起打了好几局。

打完游戏已是十点了，乔亦溪平躺在床上，窗帘没拉，听着风声欣赏夜色。当然，不可能只欣赏夜色的，她一边往外看，脑子还一边在转。

除了游戏，就是江雪的事。

没想到挂件的事居然又是个乌龙，周明叙没有收江雪的东西，也没有夸雪人好看。虽然不知道他夸自己的那只折耳兔可爱是不是真的，但是……起码看上去还挺真诚的。

她抿了抿唇，也不知道眼角眉梢流露的那股满足和欢欣雀跃是打哪儿来的，但还是任由它们肆意蔓延。

可能是今天打游戏太满足了吧。翻了个身，她就这么嘴角噙笑睡着了。

周五，她继续去上手工选修课，去之前特意看了几个视频教程，以确保自己不会再把兔子绣成狗，把猫绣成猪。

课间的时候，舒然出去买水，两个人逛了一圈，发现篮球队的男生还在打球。

舒然好奇地嘀咕了一句：“他们是每周五都会在这里训练吗？”

“不清楚，应该是。”乔亦溪眯着眼瞧过去，“去看看？”

“走啊。”

两个人刚走到篮球场，正好赶上训练结束，大家把球物归原位，然后手上搭着自己的衣服，提着包准备离开。

乔亦溪走过去，发现郑和也在收拾东西。

郑和也沿袭了马期成他们的习惯，看到乔亦溪之后熟稔地打了个招呼：“乔妹！”

乔亦溪点点头，看他们人手一个包，问道：“你们今天都背了那个包？”

“是啊，也不知道教练咋想的，非要我们背这个，难道是觉得有排面吗？”郑和晃了晃脑袋，“不过还行吧，哈哈哈，我们都在书包上挂了你们送的那些小东西，还挺好玩的！”

他这么一说，乔亦溪望过去，果然，获得了赠送挂件的男生都把它挂到了书包上。

这也是一种无声的炫耀和展示吧，是有人气的证明。

男孩子应该都好面子，爱展示。

乔亦溪用眼角余光看到周明叙来了，把目光投向了他手上拿的包，什么都没挂。

可能他不是男孩子吧。

结果，周末的时候，她看他顺手提了另外一个包回学校，侧边似乎还挂了个什么，乔亦溪没看清楚，好奇地问他：“你书包上那是什么？”

“什么？”周明叙提起包看了看，这才恍然道，“你送我的那个东西啊。”

她愣了一下，说道：“大家不是都挂在学校发的那个包上？”

“那个包我不常背，就换到这个包上面来了，”周明叙挑了挑眉，“怎么，不好看？”

“没有，”她摸摸鼻子，“挺好看的。”

乔亦溪一回学校，舒然就迫不及待和她分享自己收藏的一堆视频。

“呜呜呜，我哭了，这是什么神仙眷侣。”

“什么？电视剧吗？”

“不是。”

“电影？”

“也不是，”舒然的表情一下变得有些莫测，说道，“其实最好搞的 CP（couple 的缩写，出自漫画，一般是指粉丝把自己喜欢的角色凑成一对）就在我们身边，而我们居然没有发现！”

乔亦溪没听明白，问道：“谁和谁？”

舒然神秘地把视频推给她看。

视频打开，里面是《绝地求生》的游戏画面，乔亦溪一开始觉得画面里的两个人怎么有点眼熟，视线扫过去一看，这场游戏自己也在场。

不，不光是自己在场，舒然也在场。

这就是前阵子，她、周明叙、舒然和郑语一起四排的那局。

“这不是咱们几个一起打游戏的时候吗？”乔亦溪把包挂了起来，说道，“你点错视频了？”

“不，”舒然情感丰沛地道，“乔乔，我们是多余的旁观者。”

乔亦溪眉头皱起，问道：“什么鬼东西？”

“那场郑语刚好在直播，我们俩死得早，周明叙为了替你活下来，就捡了你的装备，代替你好好活着对吧？后来他和郑语配合着吃了鸡，我当时就觉得他们俩打得还有点默契，果不其然，今天看到了这个视频，把他俩的操作剪成合辑，有人开始站他俩的 CP 了。”

乔亦溪更觉得惊愕了：“他们俩全程没什么交流啊？”

“你想啊，就连不说话都能有默契，而且还是强强 CP，敌对关系，这难道不好吗？”

乔亦溪百思不得其解，问道：“好在哪儿？”

“好就好在可以脑补啊——来，你看看评论。”

太有默契了吧，我不能想象这是第一次合作，肯定不是！他们俩是不是之前都用小号打啊，然后忘记切号就开了直播，又不能退直播，就装作不认识，但是相互配合的技术出卖了他们！啊啊啊！

太带感了，我脑补十万字强强对抗，囿于竞争关系无法公开，可是又忍不住想靠近的心啊。

你看这两个打酱油的女生死得特别早，而且死因还这么奇葩，根本不成立嘛！所以这就是他们雇来混淆视听的两个路人甲，看似和他们俩一人组成一对 CP，实则真正的 CP 已被我们识破！这两个女生真好啊，大智若愚，虽然高空坠落的表现很蹩脚又刻意，根本不是正常人能搞出来的奇怪走位，但我感激她们。

看到第三条的乔亦溪陷入了漫长的沉默。

死因奇葩？刻意？大智若愚？

最可怕的是什么？是你游戏玩得不好吗？是你寻死之心迫切吗？

都不是，是你明明在认真玩，别人却说你是特意去找死。

“舒然，我现在真的要好好思考以后要不要再和你一起打游戏。”乔亦溪的重点完全跑到了别人对她们俩的评价上。

她，音乐系第一，打游戏的时候被人怀疑是个低龄儿童。

“别啊。”舒然赶紧道，“你看到那条说我俩的评论了？在意啥，你不知道我上次打《王者荣耀》打得可认真了，结果被人举报，人家说我送死。”

舒然一拍手掌，说道：“我哪儿送死了？我靠自己的本事自找的死路、堂堂正正的技不如人，怎么能叫送死呢？”

乔亦溪无语凝噎半晌，说道：“你心态真好。”

舒然继续询问：“怎么样，看完这个视频，你不觉得带感吗？”

“还好吧，”乔亦溪说，“主要还是大家太会想了，又是两个会打游戏的。”

她又说：“我可没时间看这些，下周周明叙好像要打篮球赛了，这阵子要分一点精力去练球。你可别发这种乱七八糟的东西给他，分散他的注意力。”

“行行行，臣领旨。”舒然撑着脑袋道，“再说，我又没周明叙的联系方式，怎么让他看自己的CP视频啊？”

“万一你盗我的号呢？”

低声吐槽了她一会儿，舒然又问：“篮球赛是什么时候啊，我们能去看吗？”

“应该可以，我找他多要一张票，看看能不能要到。”

“就多要一张？”舒然忽然想到什么，问道，“你的票他已经主动给了？”

“还没给，但是他邀请我去看，我答应了。”说话间，乔亦溪发给周明叙的消息已经有了回复，“他说可以，他还有五张票，我可以再带四个。”

舒然挑眉一笑，道：“完全没问题，我们到时候给他搞个最难忘的篮球赛应援！”

乔亦溪有种不好的预感，问道：“你又想搞什么？”

篮球赛当天，乔亦溪终于知道了舒然的葫芦里卖的什么药。

她买了四套篮球宝贝的衣服，虽然不暴露，但是真的特别打眼。

看到衣服的那一刻，乔亦溪就拒绝道：“为什么买这种啊？”

“我们寝室的人出去应援，就是要有排面，”舒然说，“来，快穿上试试。”

“别了吧，”乔亦溪道，“音书她们肯定也不愿意，到时候就我们俩穿着，多尴尬，你说是不是？”

“不会啊，音书答应了。”

乔亦溪不知道舒然到底是怎么做通另外两个人的思想工作的，总之，最后大家都换好了衣服，她也不得不换上。

她手长腿长，皮肤白皙，扎个马尾，整个人青春到不行。

舒然满意得直鼓掌。

四个漂亮姑娘穿成这样出现在篮球馆，自然是非常吸引大家目光的。

周明叙本来正在热身，循着突如其来的欢呼声往门口看去，看到乔亦溪这身装备时不由得愣了一下。

她是真的没适应，连招呼都不敢跟他打，找了个位子坐下，然后埋着头降低存在感。

无奈少女一身亮片短裙，牛奶肌肤白得晃眼，完全是人群目光的焦点。

周明叙回身去拿包，给她发消息：“为什么低着头？”

乔亦溪回道：“你看到我了？别啊，真的，这不是我的主意，都怪舒然。”这句话后面还跟了个“哭”的表情。

周明叙：“挺好看的，没必要遮挡。”

舒然在乔亦溪旁边，一看到周明叙发来的消息，立刻了然，说道：“看吧！男人就需要这种加油方式，然然是不是很厉害？！”

乔亦溪沉默了一会儿，总算稍微好受了点，跟舒然说：“男人就需要你这种为他们着想的损友。”

两个人正说着话，门口又走来两个人，舒然站起来喊了声“哥”。

“票不是多了一张吗？我就给我哥了，”舒然解释道，“但是今天郑语来P市，我就不知道他们来不来看球赛。毕竟当时我哥也只是顺嘴一提，两个人没有商量好，没想到真来了。”

“妹妹穿成篮球宝贝模样，无论如何都应该来取笑一下。”乔亦溪了然道，“你哥旁边那人就是郑语啊？”

舒然她哥旁边还站了个穿着运动服的男生，拉链拉得很高，看起来对这里挺陌生，但居然抬手跟周明叙打了招呼，两个人还击了个掌。

“对啊，如假包换的郑语，比照片上还好看。”舒然指着郑语，不知是因什么而激动，“你看到郑语和周明叙互动没，天哪，击掌了，‘语序’（语叙）CP 是真的！”

“他还挺养眼的啊，”乔亦溪又奇怪道，“而且你不是郑语的女友粉吗？现在站郑语和别人的 CP，这合理吗？”

“我就站一天！”舒然委委屈屈伸出一根手指，说道，“今日限定，绝美友情。”

“不会吧，郑语从 W 市赶来，真是为了见只跟他打过几局游戏的周明叙？”乔亦溪也有点没转过弯来。

舒然回道：“那倒不是，他是来找我哥喝酒的。”

“你吓死我了。”

“但这也不妨碍‘语序’CP 是真的！”

周明叙和郑语打了个招呼，正准备来跟乔亦溪说话，一靠近，就听到两个女生的对话。

舒然还在重复“‘语序’CP 是真的”这句话。

其实马期成告诉了他这件事，他也知道有人剪了他和郑语的视频，但他一直不在意，觉得没几个人真的会信。

正要说什么的时候，他听到乔亦溪开口了：“你说得不对吧？”

他抬了抬眸，以为乔亦溪要维护他了，心里还有那么点期待。

她会说什么？会坚定地捍卫他吗？会吃醋吗？

他居然有一瞬间的心跳停滞，听到少女的科普声认真地传来：“这个东西是有讲究的，前后顺序分攻受，你要是站周明叙是攻，应该说你站的是‘絮语’（叙语）CP。”

周明叙一时语塞，感觉自己真是高看她了。

他咳嗽两声，乔亦溪回过头道：“哎，你怎么来了？”

“来跟你说声，比赛要开始了。”

乔亦溪琢磨着这有什么好说的，但还是扬起一抹笑：“行，那你加油。”

比赛很快开始了。

乔亦溪本来以为自己对这些根本不感兴趣，但是直到周明叙开始进球，她才发现，原来自己身体里也有一个易燃易炸的灵魂。

对方也很厉害，比分一直穷追不舍，两边打得难舍难分，最后十秒的时候，两边比分平了，周明叙抢到最后一个球。

她感觉世界都静止了，似乎只剩下自己的呼吸声，目光随着他一路向前，手指紧抓着衣摆。画面定格的一瞬，好像被偏心地切割成慢动作，他投进一个漂亮的篮。

结束哨声高响，现场开始沸腾，乔亦溪也激动地站起身来。

周明叙足尖触了地，篮球从他身后掉落，他没接，抬头朝她的方向看来。

他谁都没看，和她分享这份荣耀。

少年额发微湿，一双眸子黑得分明，眼尾漾开一点，平添几分潋滟。他勾唇笑的那一秒，光束被切割成光灯晃至他的脸颊，画面瞬间被点亮。

好像有什么闪了一下，很晃眼。

她第一次感觉到，这双眼意气风发地笑起来，原来居然是真的很勾人。

勾得人好像丢了三魂七魄。

乔亦溪片刻失神，腿一软，重新跌坐回位子上。

旁边的人全站起来，她又坐下了。

舒然看着她的动作道："怎么了？"

乔亦溪有些放空又不可置信地捂住胸口，像分享，又像喃喃自语："我的心跳怎么这么快？"

舒然略作思索，当即答道："哦，那可能是心律不齐。"

满座都在欢呼，喧闹声简直要把场馆掀翻，可她觉得整个世界都似乎安静了下来。

为了配合这一份安静，她的脑海中循环播放着方才的画面，没有杂音，就连音质都是立体环绕的。

他的球衣，他滚动的喉结，他滴落的汗珠，他嘴角的弧度。

还有他的目光。

获胜的那一刻，他第一个看的——是她。

第二章 假如热恋期

篮球赛结束之后，因为获胜，大家自然就开了个庆功宴。

乔亦溪和舒然她们也跟着去了。

舒然她哥舒蔚带着郑语，不知道怎么的，几分钟就跟篮球队的打成一片，也参与了庆功宴。

这是篮球队有史以来参加人数最多的庆功宴，也最热闹。

舒然看气氛挺融洽，不由得想起上一次和篮球队的人一起吃饭的时候……是齐甘因为滑板跟水晶男孩打架，乔亦溪就请了顿饭，结果气氛尴尬，齐甘话痨闹得她头都大了。

幸好这次没有。

想到这里，舒然抬头问："对了，你们队里不是还有个叫齐甘的吗？今天怎么不在？"

"他啊，他最近有事，请了几个月假，好像是因为家里的事情。"

了解后，舒然点了点头，小声跟乔亦溪说："怪不得这人没来烦你了。"她又接着说："挺好，没他就自在很多。"

乔亦溪也是才想起这码子事，怪不得自己最近来篮球队都比之前轻松了，原来是由于齐甘不在。

"希望以后我在的时候他都不在吧。"

"别聊了别聊了，来干个杯啊，"有人举杯道，"今天打得真是太……太精彩了，可以载入史册了，哈哈哈！"

大家举杯，清脆的玻璃杯碰撞，音乐似的。

“对了，还有两个生面孔呢？你叫郑语？我叫郑和，”郑和兴奋地对着郑语举杯过去，说道，“久仰大名啊！”

舒然接道：“怎么，你看过郑语的比赛视频？”

“我看过他和周明叙的CP视频啊。”郑和显然有些兴奋，口不择言道。

饭桌上一下就热闹起来了。

“什么，我没听错吧？谁和谁？”

“叙神？叙神怎么了，和郑语还认识吗？”

“怪不得今天见第一面你们还打招呼呢，我寻思着这是谁啊，没想到……失敬失敬。”

“在吗，看看视频？”

郑语赶紧摇头：“没有，他们胡说的。”

周明叙抬眸淡淡道：“郑和这张嘴你们也信？忘记他在群里匿名骂自己然后害你们把所有人都怀疑了个遍吗？”

篮球队有个大群，有天郑和没事儿干，就匿名骂了自己一句，大家便开始相互怀疑到底是谁对郑和如此不友好加怀恨在心，毕竟没人想到会有人自己骂自己。

结果大家都截图自证清白之后，惊诧地发现：是郑和自己在骂自己！

郑和回应周明叙：“我那是为了调节气氛好不好！”

乔亦溪笑着喝饮料，话题回到周明叙和郑语的CP视频上，说道：“周明叙和郑语之前都不认识，你们别瞎信了。”

“郑和。”舒然忽然叫了骚乱制造者一声，而后抬手叩桌子，说道，“我说你这么能，怎么不去下西洋？”

一个突如其来的梗又把大家逗笑，话题就这么巧妙地转换过，变成了“郑和声讨大会”。

“我太惨了吧，我们不能聊点别的吗？”郑和提高音量，“那个叙神啊——你们决赛什么时候来着？”

周明叙伸手拿纸，答道：“年后决赛。”

“是不是要和郑语厮杀？”

“嗯。”

周明叙把纸递给刚刚不小心打翻了饮料的乔亦溪。乔亦溪愣了一会儿，然后接过，擦了两下桌子和袖口。

郑语接过话茬道："也不能说是厮杀，比赛而已，输赢不重要。"

大家开始聊起比赛，乔亦溪小声问周明叙："你和郑语是怎么熟起来的？"

"也没多熟，"周明叙道，"就是有几次半夜组过队，不排斥，普通朋友。"

人和人之间本来就讲气场，有人气场合，现实里见到了也能打个招呼说上两句。不奇怪。

乔亦溪仰头问他，一双眼亮得似是含着光："那你到时候要和郑语打哦，紧张吗？"

"紧张什么？"他低声笑了，"你不相信我？"

她忽然就想到刚刚，最后一球进篮的时候，他的目光也好像在说，相信他是对的。她低头咬住排骨，含混不清地说："我不敢。"不敢不信你。

饭局快结束时，大家还在聊决赛。

"太精彩了，我到时候要看决赛直播，看看你们的精彩对决。"

"行啊，我也去，到时候大家决赛直播见！"

一顿饭就这么收了尾，乔亦溪回寝室的时候，又收到江雪的消息。

江雪又拜托她去学校某个活动里当一次主持人。

这种江湖救急的事情她遇见得多了，也不意外了，回寝室看到自己位子上摆着江雪送来的"谢礼"零食，回了个"好"。

人家连东西都送来了，还是帮个忙吧。

第二天，江雪连着串词一起给她发来的，还有一个提醒："你要是有时间的话，录一个酷炫的玩滑板视频给我哦。"

乔亦溪发语音问她："有什么用吗？"

"到时候你就知道了！"江雪说，"肯定有用的。"

过了会儿，江雪又发来消息："位置还有空的，你到时候可以喊你朋友来玩。"

乔亦溪发了个"好"过去。

她和江雪的关系本来比较一般，所以就算之前闹了个乌龙，也没有什么太大影响。两人不过是工作上的那点交集，她也不介意。

而且江雪人还挺好的，上次社团活动她没时间去，还是江雪帮她把任务完成的。

周末的时候，乔亦溪回周家，临近下午时拿着相机找到了周明叙。

“有空吗？”

周明叙正在打游戏，取了半边耳机听她说话，问道：“怎么了？”

“我等会儿要去录个滑板视频，你有空吗，帮我录一下？”

“可以。”周明叙在游戏里杀了两个人，才又想起什么似的道，“我把这局打完，稍等。”

“我知道，”她失笑，“我去门口等你啊。”

乔亦溪半集电视剧还没看完，周明叙就出来了。

“走吧，”少年玉树临风，立在阳台上，说道，“今天天气好，适合散步。”

“别只记着散步，”乔亦溪把相机塞到他手里，说道，“你是有任务的人。”

周明叙看她收拾滑板，倚在门口问：“拍这个干什么？”

“我不知道，他们没跟我说，应该有用处的吧，”乔亦溪把滑板装好，说道，“到时候就知道了。”

冬日的阳光确实非常稀缺，而且难得一见，乔亦溪站在日光下，惬意地伸了个懒腰。

这么好的天气，最近一个月确实是头一遭，连风都柔和了几分。

两个人在公园里逛了一圈，热了个身，乔亦溪在一个圆形的凹地停住。

这是个练滑板的地方，只可惜来玩的人不多。

乔亦溪在滑板后绑了个什么东西，然后把滑板的半边放在地面上，另外半边悬着。

踩上滑板，她向周明叙比了个手势道：“开始录吧。”

周明叙蹙了下眉，居然走过来把她的手腕捏住了，关切地问道：“安不安全？底下这么深，你不怕受伤？”

“不怕，你也别怕，真没事儿。”她安抚似的拍拍他手背，笑道，“我练过很多次了，不会翻车的。”

或许是她手心覆盖手背的安抚让周明叙一下紊乱了神思，他也没继续阻止，人被她往后推了几步，乔亦溪自己点开相机的录制键。

下一刻，她往前一个倾身，滑板带着她以圆形轨迹向下坠落。

周明叙是个胆子很大的人，高中时候班上风扇掉下来差点砸到他，他也只是恍惚了一会儿。但此刻只是看着乔亦溪往圆形凹地下滑了一圈，他居然感觉心像在被人按着跳。

乔亦溪就随意多了，轻车熟路地掌控着脚底的东西。

滑了一圈上来，乔亦溪放好滑板，伸手找周明叙要相机看刚录好的视频。

画面里，少女一踩滑板，身姿优美地乘风飞扬，滑板后面绑了东西，随着她前行，滑板跟着飘出彩色的雾，粉蓝相交，非常酷炫。

周明叙这才发现滑板后的玄机，问道："你自己弄的？"

"是啊，之前看到有人这么玩，还挺好看的。"乔亦溪拍拍手掌，"行了，收工。"

周明叙跟在她身后，仍心有余悸，低声同她道："以后少玩这么危险的。"

"这哪儿危险呀，很正常啊，大家都这么玩的。"

"怎么不危险，万一滚下去了怎么办？"

乔亦溪感觉自己现在像在跟父母斗智斗勇，唯一的解决办法就是安抚和妥协："好，以后少玩行了吧？"

少年轻轻"嗯"了一声，这还差不多。

一颗心放了下来，周明叙这才有工夫重看一遍录下来的她的视频短片。

她穿着短款浅咖色毛衣，头发没扎，随风跃动的样子确实很动人，带着青春的朝气。

莫名地，他问："这个短片要展示吗？"

"应该吧？我也不太清楚，"她问，"怎么了？"

"没什么。"他摇头。

就是不想让太多人看到。

某些时刻，有点想自己私藏。

回去后，乔亦溪把视频传给江雪，说道："我不会剪视频，所以麻烦你们啦。前面和后面都有我和朋友的对话，你们帮我剪掉就好。"

江雪："好的，不麻烦。"

那边接受过她的文件之后，似乎是看了一遍，江雪又道："是周明叙在帮你录吗？"

乔亦溪："是啊，你听出他的声音了？"

江雪："嗯，还挺好认的，他的声音好听。"

对话到这儿就结束了，乔亦溪翻开江雪给的串词看了看，发现这次和自己上次的主持不太一样。上次是主持节目，一个个节目连着来；但这次主要内容是介绍学校。

过两天，她跟舒然说起这事的时候，舒然还有点惊讶："这次换你去主持了？"

"怎么……是什么重要活动吗？"

"算挺重要的，会有些领导和记者，还有家长代表，主要是主持人介绍我们学校呗，然后还有一些优秀学生的展示。"舒然非常了解，"到时候要剪成宣传片的，也代表学校的脸面了。"

"我就是看过我们学校去年的宣传片才考进来的，你说重要不重要？"

乔亦溪感觉舒然就像个情报员，问道："你怎么什么都知道？"

"我知道的还不只是这些。"舒然说，"这个活动以前都是赵怡主持的，就连江雪也不是每次都在，人家都说'流水的概念片，铁打的赵怡'。我前两天只知道赵怡不录这个了，没想到是你换上去了。"

"换？这不就是江湖救急吗，我以为是找不到人了。"

"怎么可能，学校的宣传能找不到人？这是经过学校老师讨论还有各方面决定的。"舒然笑道，"可能是他们觉得你比赵怡更出挑些，所以才换了你。"

乔亦溪挑了挑眉，没说话。

虽然舒然这么跟她说了，但她也没抱什么出风头的想法前去，还是觉得自己是个无关紧要的群众演员，念念词就够了。

乔亦溪在一周之后，准时参与了学校的宣讲会，这次的主持人是她和江雪。

来之前，江雪塞给她几张票，说道："我这里还多了四张票没人给，不如你叫你三个室友来，还差一个……"

"还差一个吗？"乔亦溪说，"那我喊周明叙吧。"

江雪点头如捣蒜："可以、可以。"

当天到了场，乔亦溪才发现阵仗还是挺大的，倒不是有多么烦琐，就是布置得特别正式。

连带着她的表情都肃穆了些。

流程其实不是很复杂，手上还可以拿手卡，记不起来的词看看卡片就行了。

就这样，乔亦溪和江雪轮流介绍了学校、学校的王牌专业、学校的环境还有宿舍情况，四五十分钟过去，活动基本到尾声了。

最后，江雪倒是准备了个别的："当然，好学校培育出好青年，我们学校也是有很多优秀学生的，下面就用一部短片来给大家介绍一下我们学校优秀的同学。"

紧接着，事先剪好的影片播放了出来。

影片里既有辩论赛火热的场景，也有优秀学生手捧奖杯的照片，有人展示悠悠球技术，还有人展示论文和科研成果。里面有前阵子刚打完的篮球赛的场景，周明叙还入了镜。

紧接着，放到一支漂亮的舞蹈，画面里的人体型匀称，前凸后翘，正在跳一支芭蕾。

舒然小声和站在一边的乔亦溪说："这就是赵怡。"

她身材不错，长相也不错，怪不得有"铁打的赵怡"之称。

赵怡柔美的舞蹈过后，画面一切换，变成了玩滑板的乔亦溪，烟雾绕着滑板升腾，在空中曳出行云流水的轨迹线，既炫酷，又好看。

最重要的还是个女生在玩，底下响起一阵"哇"声。

乔亦溪的短片是最后一个，放完就结束了，大家对着漆黑的屏幕鼓掌。

"以上都是我们学校的优秀青年，本着民主原则，等会儿会举行投票，选出你喜欢的人，让他明年站在这里，以学校杰出代表的身份展示学校。"

总结词说完了之后，江雪开始表达感谢："好了，活动到这里就结束了，让我们感谢……"

最后的感谢环节不归乔亦溪负责，所以她提前下了台，去卫生间换衣服。

毕竟一身正式礼服勒人得很，而且冷得够呛，她赶紧穿上了自己长被子似的羽绒服。

她换完衣服出来，活动正式结束，礼堂里的人都去了一大半。

舒然去位子上拿包，乔亦溪跟她一块儿，到那儿才发现周明叙还没走。

她四下看了看，问道："你怎么还在啊？"

舒然了然道："肯定是来带我吃鸡的吧。"

就这样，四个人就着老师的贵宾席位坐下，打开了游戏。

江雪不知从哪儿路过，也加入了。

两个小时之后，舒然揉揉自己的肚子，率先终止了战役，说道：“别打了，去吃饭吧，我饿了。”

乔亦溪道：“行，等我去上个厕所。”

“等等，我也要去！”舒然也起身。

乔亦溪和舒然上厕所的途中，舒然还在一个劲儿翻看手机，乔亦溪侧头看她：“你早晚有天要撞电线杆子上，才能改掉这毛病。”

“不是啊，我看八卦呢，”舒然说，“刚江雪不是说啥投票吗？我以为没几个人会参加，没想到学生会发到每个班级群去了，现在好多人在投票。”

“他们靠什么投？都认识吗？”

“靠那个短片呗，还能靠什么？”舒然伸出一根手指，说道，“现在很多人投你哦，滑板小姐姐。”

乔亦溪还没来得及说什么，走到厕所门口的时候，听到里面传来讨论声。

“真不知道那个乔亦溪每天在学校里跑什么，找什么存在感，她是播音系的吗？是播音部的吗？一个音乐系的干什么天天串场主持，人家的短片就是随便录一下，她倒好，还特意挑个艳阳天，搞些花里胡哨的烟，有完没完啊。太想出风头，心机太重了吧！”

舒然和乔亦溪在门口站定了。

舒然一听这不能忍啊，撸袖子就想冲进去，乔亦溪摇摇头，让她先冷静下，看看情况。

里面的声音还在继续：“怡怡，你别生气，她就是有手段抢戏，人家看到她，图个新鲜投票给她，你别不开心了。”

乔亦溪看进去，发现洗手台边站着两个女生，抱臂不语的应该是赵怡，旁边一直讲话的应该是她朋友。她偏了偏头，想听那个女生还会怎么继续说自己。

“乔亦溪多半是没把心思放在学习上，就想博眼球。

“你今年没上肯定是老师看你上太多次了，要我说你绝对比她强，你的地位可不是她随便就能撼动的。

“你想，话剧里最抢眼的不就是蹦跶得最欢的吗？她就是抢别人的关注，咱们这种仙女不和她争，啊。”

赵怡的声音“嗡嗡”的：“嗯，你说得对。”

她们边说边往外走，一转头，那女生看到了站在门口的乔亦溪。

乔亦溪礼貌地询问道：“说完了吗？”

女生张了张嘴，吓得都有片刻失声了。

“刚好我也有两句话要讲，”乔亦溪真诚地眨了眨眼，好声好气地道，“不是你得不到的东西，别人就都得靠抢的。还有，以后说人坏话别在厕所说，人多眼杂，被正主知道了，不好。”

出了厕所之后，舒然还在亢奋中。

“小乔姐姐好会讲！尤其是那句——”舒然咳嗽了一声，模仿道，“不是你得不到的东西，别人就都得靠抢的。

“就是——那什么赵怡眼红的乱七八糟的东西，你根本都不在意的好吗？还抢，你稀罕吗？真是——

“那都是别人主动到你面前来，问您，乔乔大佬要吗？”

乔亦溪没打扰舒然沉浸式的表演，出来的时候居然还看到周明叙坐在原位，而江雪在他旁边和他聊着天。

乔亦溪抬抬眸问道：“你们怎么还在啊？”

周明叙偏头道：“一起去吃饭？”

“好，吃什么？”

周明叙道：“都行，看你。”

江雪看向乔亦溪：“我也没吃，一起？”

于是四个人就一起吃了。

乔亦溪这边正在吃饭，转眼就把赵怡和她朋友这件不快的事儿忘了个干净，毕竟不是什么重要的人，无所谓。

但赵怡和宋苋那边可不一样。

两个女生背后讲人坏话被当事人听到，确实是件很尴尬的事，更何况她们没想到乔亦溪不是什么软柿子任人捏，居然也还是有点脾气的……就说了几句话，把她们怼得好半天都没回过神来。

两个人从厕所出来，还有点恍惚的状态。

过了会儿，宋苋气冲冲地掏出手机道：“乔亦溪牛什么牛呀，这么硬气，不就是录了个还行的短片吗？”

毕竟全程都是她怼乔亦溪比较多，这会儿自然生气。

“我记得我朋友认识学生会那边的，我让他帮我要一下乔亦溪没剪辑之前交上来的全片，听说她不会剪辑，录完直接传到学生会让帮着剪的……”宋苋说，“我不信她是一次录成功的，看看前面是不是失败了很多次。”

赵怡问：“如果是呢？”

宋苋当然想找心理平衡，说道：“那就把视频传出去嘲弄她呗，平时看起来厉害得很，说不定是个简单动作都要排练一万遍的人。”

结果找朋友拿到乔亦溪一刀未剪的视频源，宋苋打开发现她真的是一次过的，甚至有朋友和她的对话声。

宋苋气得半死，挑刺地把视频翻来覆去看了好多遍，终于发现了一点别的：“怡怡你听，给她录像的这个是不是个男生？好像周明叙的声音啊，奇怪了，她怎么不找朋友录非得找周明叙，我听八卦，他们好像有一腿……”

赵怡也有点踌躇：“你能确定吗？”

“没事，等我去侦查一番，”宋苋道，“总能发现点什么。”

周末的时候，乔亦溪准备带被子回去洗。

可惜当天有晚自习，她的课一直上到九点半。

前段时间都是和周明叙一起回去，但是今天太晚了，她估计周明叙已经走了，就做了一个人回去的打算。

结果冷不丁地，九点的时候她收到他发来的消息：“几点出发？”

乔亦溪看了一眼表，说：“九点四十吧，你还没走吗？”

周明叙：“没有，在等你。”

乔亦溪想了想，问：“你怎么知道我在上自习？”

“你朋友圈不是说了？”

“噢。”

今天的晚自习来得太突然，她走前还悲怆地发了条朋友圈，感慨女大学生深夜在外游荡时不为人知的艰辛。

晚自习下课之后，她给周明叙发消息：“我下课了，现在回寝室收拾东西。”

过了会儿，周明叙已经叫好车停在了公寓门口，并且把车牌号发给了她。

由于乔亦溪火急火燎地收拾被单枕套，加上晚自习放学时路上确实也有部分人，所以自然就忽视了……有道视线，一直紧跟在她身后。

那周的行程安排也没什么好说的，无非就是上上提琴课吃吃鸡，还有早上被周母派遣出去和周明叙一起晨跑打卡。

周一下午，她在学校，由于想起孤刀那件事，想看看他的粉丝还有没有继续死缠烂打，于是点开了学校的论坛。

这一点开，发现孤刀的事情下去了，和周明叙有关的热帖却在持续“飘红”。

并且，标题里和周明叙并列在一起的，是她的名字。

帖子热度不小，不知道是谁发的，但拍的图片很清晰。

无非就是拍到上周她和周明叙一块儿坐车回家，由于那天不知道什么鬼原因堵了车，所以他们到家时已经是十一点了。

楼主特意标了重点：“晚上十一点一起回家，第二天早上八点有说有笑地又一起出来……后来又一起回去，最后坐一辆车回学校的，没有这样的巧合吧？”

总之，画重点就是——两个大一新生开学不到半年就同居了。

她往下翻，底下跟帖评价两极分化也很严重，还有吵起来的。

图片好清晰，不知道会怎么发展。

有病？这都什么年代了，成年人同居还要别人管？

话是这么说，但是也有人读书早，没满十八岁吧？万一乔亦溪没满十八，我觉得确实对自己很不负责任……

虽然别人的事我们管不着，但我觉得大一同居真的太早了，父母同意吗？

楼上一群叽叽歪歪的真烦，人家花你们钱谈恋爱了？

对对对，反正你们靠键盘交朋友。

那些说没关系的，有本事让他们班主任和父母知道啊？不敢的话还谈什么光明正大！

本来不是什么大事，但因为乔亦溪和周明叙在学校都属于有点名气的类型，讨论度和热度便一路攀升。一直到下午她上完课，帖子还持续火热中。

乔亦溪由衷地感慨大学生都吃得太饱了，连这种无关紧要的事都能讨论成这样。

放学的时候是下午六点，乔亦溪和舒然一起走出教学楼，忽然被一双手拦住。拦住她的人挺眼熟的，是宋苋。

在厕所里有过那么“一面之缘”后，舒然去了解了一下，得知赵怡旁边那位话很多的叫宋苋，摄影系大四，由于辩论赛的时候神色凶悍，语调也毫不温柔，有过直接把三辩学妹吓哭的经历，人送外号“蛇蝎美人”。

宋苋手里拿着个话筒，好像在做什么采访，是偶然，也是早有预谋地等到了下课的乔亦溪，借机递过话筒。

“同学你好，我最近正在做大学生婚恋观的调查。

“最近你的事在学校论坛上很火，听说你和周明叙同居了？那你的爱情观是婚前也可以同居吗？”

学校热帖一传十十传百，大部分人有所耳闻，加上宋苋一闹，大家都围过来了。

乔亦溪看过去，宋苋脸上洋溢着微笑，一颗心早已不耐烦。她琢磨着，最近这种笑面虎怎么这么盛行呢？

外头风大，乔亦溪拢了拢头发，冷静回应：“别说同居了，就算我们结婚，学校还会给加学分。”

宋苋愣住了。

乔亦溪眨眨眼：“还有什么问题吗？”

万万没想到会得到这种回复，宋苋一时间竟说不出话来。

“没问题的话让让，我等会儿还有摄影课。”

宋苋没想到风波这么大，乔亦溪还敢继续在外面跑来跑去，有点嘲她脸皮厚的意思：“你还去上课？”

“当然得上啊，”乔亦溪也露出八颗牙齿的微笑，“毕竟我拍照技术没你那么好嘛。”

乔亦溪回应过后，论坛的跟帖热度又翻了一倍，不过这次为乔亦溪说话的人多了很多。

乔亦溪自己都那样说了……看热闹的都散了吧，没什么可讨论的，人家就算真的结婚了，学校也会给他们加学分的。

我才知道大学结婚是可以加学分的！

我觉得他们俩恋爱好甜呀。

晚上就有人放出乔亦溪和周明叙入校时填的家庭住址，关键信息打了马赛克，但能看出是同一栋楼，两个人填了不同的楼层。

入校信息总不会有假，能看出来是两家本来就住得近，上下楼。真别瞎传了，我要是有好朋友跟我住一栋楼，我也跟他一起回家啊。

总算有人放出了真实的消息，可惜乔亦溪不知道是谁。

由于辟过谣了，帖子也因此慢慢沉了下去。第二天下午，已经没人回帖了。

乔亦溪被舒然拉着去逛街，舒然美其名曰要带她散心。

“我也不郁闷啊，没必要散心。”乔亦溪说。

舒然立刻换了个说法：“那就当陪我散心。”

“你怎么了？”

“太久没逛街，快得病了。”

一个两层的百货店，舒然能逛出花来，乔亦溪就这么陪她扫荡了三条街，回学校的时候，感觉双腿似乎已经不属于自己，连走回寝室的力气都没有，准备吃个小龙虾再动身。

舒然还很有活力，去买奶茶了，乔亦溪就瘫在龙虾店等她回来，手里把玩着一个蛋黄哥的小玩具。

这是她刚买的，配套还有个黄色小软泥，模拟蛋黄。把软泥放在手心里，然后把蛋黄哥按下再松开，它就一个吸气把那团小蛋黄吸进嘴里。

再用力一捏，它又吐出来。

乔亦溪正玩得起劲，忽然感觉到背后覆上一道暗影，转头一看，是周明叙。

她看他旁边没人，道：“你一个人来吃小龙虾？”

周明叙点了点头。

沉默了会儿，他说：“昨天下午的事我听说了。”

乔亦溪正在捏蛋黄哥的外壳，过了几秒才反应过来，他说的应该是她回应宋苋同居的事。

毕竟她自我感觉那个回应还是挺帅气的。于是乔亦溪偏了头，喜滋滋地问他：“听说了什么？”

周明叙眼睑垂了垂，说道：“听说你想跟我结婚。”

乔亦溪手蓦地一紧，那团软泥从蛋黄哥嘴里“咻”的一下被捏出，掉在桌面上，弹了两下。

看着在桌面上弹跳了两下的“蛋黄”，乔亦溪张了张嘴，一时间竟不知道说些什么好。

说“对，我是想跟你结婚”吧，明显不合理；说“我不想跟你结婚啊”，这种情况下，又显得有点不太尊重人。

思前想后，她发出了一个类似沉吟的单音节。

其实吧，说“就算我们结婚，学校还会给加学分”这种话完全是一时脑抽，而且当时面对宋苋，她只想赶快找句强有力的话堵住这人的嘴，要知道那种时候的任何解释都显得不够有力，不如一句不关她事来得痛快。

确实，当时她就把宋苋堵得没话说了。当然，现在看来也成功为自己挖了个坑。

乔亦溪摸了摸鼻子，尴尬地道：“那个……我的意思是……”

“我知道，”周明叙看出她的窘迫，挑了挑眉，“我开玩笑的。”

乔亦溪重新把蛋黄塞回去，松了口气，随口道：“况且我们还没到法定结婚年龄。”

少年身形几不可察地顿了一下，说道：“到了你就想结了？”

乔亦溪仔细想了想自己这八字还没一撇的单身生涯，道：“那倒也没有吧。”

说话间，舒然买了奶茶过来了，看到周明叙也是一惊：“周明叙怎么来了？”

乔亦溪主动接过舒然手里的奶茶，拿吸管戳开喝了两口，珍珠混着红茶香荡漾，她回答：“他来吃龙虾，偶然碰上的。”

“一个人啊？一起吧，”舒然笑眯眯地说，“等会儿还能带我们打游戏。”

三个人一起吃完小龙虾之后又打了两局游戏，乔亦溪又休息了二十分钟，这才拖着自己疲惫的双腿跟逛街天后舒然一起回去。

回去的路上，舒然还在回味之前游戏胜利的画面，说道：“太爽了，周明叙太厉害了，带着舒然都能吃鸡，太了不起了。”

乔亦溪点头：“是挺了不起的。”

舒然眯眼，道：“我自己损我自己就算了，你怎么还当真了呢？然然不厉害吗？”

“你厉害在哪儿，又菜又刚吗？”乔亦溪认真回忆了一下刚才的画面，说道，“你明知道周明叙能打人，还非要探个头出去瞄人，瞄准就算了，你还一动不动，不就是送上去给别人打吗？”

就这样，舒然一局能倒地五次，她倒是还好，每次都是乔亦溪扶她，还得给她扔药，差点累死。

舒然不服道：“好，你现在嫌弃我，总会有求我的一天的。”

舒然才说完没多久，第二天，乔亦溪就有求于她了。

那天上午舒然出门学车，乔亦溪在寝室睡懒觉，一觉睡醒就看到老师给她发消息：“有空吗小乔？我现在不在学校，能帮我取份资料吗？明天上课要用的。”

乔亦溪赶紧回：“可以的，在哪儿取资料？”

老师：“就在钟楼门口的收发室，明早记得带来哟，谢谢啦。”

乔亦溪：“好的。没事儿。”

这边刚答应完，下一秒，乔亦溪一点开朋友圈，发现舒然更新了一条动态：“即将开启生物实验室一日游，我绝对不会当场吓晕，发朋友圈为证，请各位监督。”

乔亦溪立刻评论：“然然好厉害！”

没一会儿，舒然就给她发了消息来：“有什么事求我是不是？”

乔亦溪：“没有呀，我就是单纯想夸夸你。”

舒然：“少在这儿给我阴阳怪气的，什么事赶紧讲。”

知乔亦溪者莫若舒然，于是乔亦溪赶紧回道：“老师要我给她取个资料，就在钟楼收发室，爱您！”

舒然：“我还没答应吧？”

今天乔亦溪没课，又是寒冬，出门就要换衣服弄头发，她实在懒得弄，更何况舒然刚好在外边，她当然不能错过这么好的“资源条件”。

果然，在她给舒然发完红包后没过一会儿，舒然就顺利取到了资料，然后拍照发给她看：“是这个吧？”

乔亦溪一看名字，立刻发送了个“疯狂点头”的小人表情过去。

舒然：“我等下就要去生物实验室了，等我凯旋。”

乔亦溪：“好嘞。”

晚上十点，舒大小姐凯旋了，还顺便开了场滔滔不绝的大型分享会。

乔亦溪禁不住小小地打断了她一下，问道："你去了这么久？"

"没，还在外面吃饭唱歌了，"舒然继续滔滔不绝道，"你是不知道，我居然在里头看到了……"

乔亦溪准备上去睡觉了，临行前手一伸，道："先停停，见多识广的舒小姐能不能把我的资料给我一下？明早要带去教室的。"

舒然忽然打住，睁大眼看向她，像是发生了什么意外。

乔亦溪以为她在跟自己开玩笑，说道："别闹。"

舒然瞳孔放大，一拍大腿道："资料好像真被我忘在生物实验室了！"

乔亦溪脑子里嗡了一下，问道："真的假的？"

"我骗你这个干啥啊，"舒然的样子也不像在说谎，"我的妈呀，我真的忘在位子上了，走之前有人跟我科普东西，我听入迷了，就跟着她一边走一边听，结果忘了拿了！"

"那怎么办？"向沐加入讨论，"能找门卫要钥匙吗？"

阮音书摇摇头："生物实验室的钥匙他们管得很严，提前申请或者老师去借才能借到。"

舒然回忆道："对，今天下午就是有个老师带我过去的。"

乔亦溪按了按太阳穴，道："那我去找老师？"

"算了吧，多麻烦，老师指不定都睡了。"舒然道，"实验室那个窗户很低，翻进去就行，别担心，我等会儿帮你弄出来。"

乔亦溪对这个行动持怀疑态度："能行吗？"

"怎么不行，拿个资料而已，明早还要用啊，不然怎么办？难不成让你在老师面前出丑啊。"舒然立刻拍板决定，"等我喝口水，马上带你去。"

结果乔亦溪只是换了件衣服的工夫，再出来，舒然已经当场蒙住了。

乔亦溪隐有预感，问道："怎么了？"

舒然面色不太好，说道："我奶奶摔跤了，我哥说全家今晚要去医院看她，说车已经来接我了……"

乔亦溪还没听完，当机立断道："没事，奶奶比较重要，你先回去吧，我找别人去。"说完，她迈步出门。

舒然的声音还响在后头："你找谁去啊？"

乔亦溪道："周明叙。"

这时候还能找谁，向沐不够高，阮音书不会翻窗户，她自己总不可能一个人去吧，只能去找周明叙了。

她一边走一边给周明叙发语音："你睡了没啊，有没有时间出来一趟帮我个忙？我去你宿舍楼下等你。"

说是问他有没有时间，实际上乔亦溪已经做好了和他同行的准备。

周明叙洗完澡出来一看，手机上有条消息，三分钟前发来的，看起来十万火急。

他一打开门，正好碰到跑到门口的乔亦溪，她正准备敲门。

少年低头问他："什么事？"

乔亦溪抓住他手腕道："来不及了，路上边走边说！"

"好。"

少年反手带上门，和她一起奔跑在风声呼啸的冬夜里。

两人一起跑进了教学楼，乔亦溪站在生物实验室门口，终于停下了步伐，开始喘着气。

一片黑暗里，周明叙看着紧闭的大门，又看看惊慌失措的她，问："到底怎么了？"

"那个，"乔亦溪平复了一会儿，才问道，"你有没有翻过窗户啊？"

周明叙沉声道："没有。"

"一次也没有？"她不死心。

周明叙点头："一次也没有。"

"先说好，不是什么违法的事，是舒然把我的资料忘这里了，明早要用。"乔亦溪竖起三根手指，轻声道，"那个，我如果跟你说，我大晚上喊你出来是想让你帮我翻进去拿资料，你会揍我吗？"

周明叙抄着手，好整以暇地挑了挑眉："会。"

乔亦溪心想反正人都带来了，男生在翻窗这方面似乎有天赋，于是视死如归地站到他面前，双眸紧闭："来吧。不过我说好，揍完我要帮我拿啊，不许赖账。"

周明叙低头觑她，还没来得及做什么，乔亦溪又忽然伸出手："等等——记得别打我脸就行。"

“好了，”周明叙没跟她计较，揉揉她的脑袋，然后把她的身子朝后转去，说道，“去帮我搬个凳子过来。”

没得到一个栗暴，反而被人温柔地揉了揉头，乔亦溪恍惚地揉了揉发顶，搬来一个凳子。

周明叙踩上凳子，很快凭借腿长的优势跃了进去。他刚落地，想着要不要把乔亦溪拉进来的时候，外面一阵响动后，少女也攀着窗沿翻进来了。

虽然有点吃力，不过她没要人协助。

乔亦溪满意地拍拍手掌，笑道：“看来我在这方面还有点天赋。”

“找东西吧，”周明叙收回手，问道，“放哪儿了？”

“不知道，”乔亦溪打开手机手电筒，说道，“我们顺着找吧。”

绕着教室走了半圈，乔亦溪终于在最后一排找到了舒然落下的资料。

“找到了找到了，走吧。”

周明叙走到她身侧，刚说了句“我们走”，就听到外面传来巡逻的人声。

“谁在里面？！”

乔亦溪根本没想到这里还有保安过来巡逻，赶忙关掉手电筒，扯着周明叙袖子把他拉进墙角里蹲着。

“嘘！”她食指在唇前抵了抵，轻声道，“我们先藏一会儿……”

第一次做这种事还能碰上巡逻的，乔亦溪紧张得要命，一颗心狂跳，她都怀疑自己胸腔里是不是安了个扩音器。

周明叙就跟着她蹲在这个小小的角落里，一句“可以站到门后”还没说出口，忽又想了想，没再说。

毕竟她抱膝蹲在这儿的样子还挺可爱，像幼儿园里等家长来接的小蘑菇。

这么想着，周明叙低声笑了。

乔亦溪惊诧地看过去，用刻意压低的紧张音调惊骇道：“我紧张得都要吐了，你还在笑？你笑什么呢？”

周明叙嘴角微勾：“不好笑？”

“好笑在哪儿？我们可能会被抓去坐牢吗？”

“坐牢倒不会，”周明叙淡淡道，“顶多全校通报批评吧。”

乔亦溪有点震惊于他所给出的“处理结果”，没出声。

保安打开手电筒往里扫了眼，乔亦溪抱成一团在心中默念大慈大悲咒，地狱一般的煎熬等待过后，手电筒在教室正中晃了圈，没照到角落。

保安终于走了。

“幸好走了。”乔亦溪转头看向周明叙，长舒一口气。

由于两个人靠得太近，她一呼气，气流顺着撩动他的额发，带着向后吹了吹。

周明叙一双漆黑的眸瞧着她。

她畏首畏尾地往后退了两步，耳根有点红，说道：“那个，我们也走吧。”

“嗯。”周明叙站起身，很快翻了出去。

乔亦溪摸了摸有点发烫的耳垂，跟着他跳了出去。

结果一出去，他们又碰到等候多时的保安，厉声问道：“谁？谁在那儿？我就说有人！”

乔亦溪又开始拔足狂奔，毋庸置疑，周明叙被她抓着漫无目的地往前冲。

好不容易摆脱了保安的追赶，她带着他钻进一个小树林里。

乔亦溪今晚的体力彻底透支，站在原地靠着树干休息，周明叙抬腿走了两步，她以为他要走，赶忙抬手制止：“别别别……”

周明叙回过头，还没来得及说什么，外面却又有声音传来：“怎么还有人啊？谁在里面？”

躲过了一个保安，又碰到一个巡逻的男人。

乔亦溪根本避无可避，就这么和周明叙暴露在手电筒的强光之下，被照到的那一瞬，她差点以为自己是扫黄现场被押走的犯罪嫌疑人。

灯太亮了，乔亦溪伸手遮住眼睛，不太适应地眯了眯眼。

周明叙站到她身前。

“又是一对？”男人看起来脾气不太好，踩着树叶朝他们靠近，说道，“我之前不是都说了吗？让你们别再来这儿谈恋爱了，怎么就是不听呢？

“也是奇怪，你们年轻人恋爱怎么老往这儿钻，去别的地方光明正大不好吗？”

乔亦溪心说，我们也不是来这儿谈恋爱的啊，不知者无罪不是吗？她觉得有必要解释一下，不然别人还真以为他们是来树林里偷偷摸摸做见不得光的事儿的呢。

“不是，我们是……”

“不是什么不是，”男人一副“我这双眼能看破太多”的架势，说道，“我还不知道你们这些年轻人，就爱在外面找刺激！而且这可是在学校，真要被家长或是领导看见了……影响多不好啊。”

怎么越说越像他们真是来这里做什么事的？

乔亦溪看了看自己，又看了看周明叙，他们两人衣服也穿得挺整齐的啊，是什么让这男人误解了？是周明叙身上散发的荷尔蒙吗？

她张了张嘴：“我们真不……”

她一说，男人也继续说个没完，好像跟她对着辩论一样：“你说春秋季我还能理解，大冬天跑来这里，不冷吗？年轻也要注意节制，注意身体。”

乔亦溪启了启唇，一时间竟不知道说些什么好。

周明叙回身瞧她，温声提醒：“别顶嘴了。”

“好。”

乔亦溪想想也是，她越说这男人越来劲，想赶快结束，就应该懂得沉默是金。

男人还在继续说教：“年轻人，恋爱态度要端正，不要偷尝禁果，没什么好处的。”

说完，男人上下扫视他们一眼，说道：“看你们这样，正是热恋期吧？”

乔亦溪也是被弄得一头雾水，想好好给男人解释这一切，又怕越说男人越来劲，时间再拖下去，寝室有门禁，她可得睡大街了。

这时候想到周明叙刚刚说的“别顶嘴”，乔亦溪巴不得赶紧结束，于是顺着男人的话，认真而恭顺地应和道：“嗯，您说得对。”

◖◖○ 第三章 想泡我吗

顺着男人的话乖乖认错之后没过多久，男人终于放他们离开了。

乔亦溪从树林里钻出来，虽是松了口气，可还是忍不住皱鼻子。

“走是走掉了，但是还真被他误会我们是在里面缠绵悱恻的……”

周明叙跟在她后头出来，听她怅然地说出这句话，思考自己该回应什么比较好。

但乔亦溪很快又晃晃脑袋，摆摆手不打算追究：“算了，管他呢。”

以为他们是情侣就这么以为吧，误会就误会吧，她也没那么介意。

很快，她抓着手上的资料回头看周明叙：“今晚谢谢你了，想吃什么？我请你。”

周明叙似乎极为了然，停顿了一下，徐徐道：“你想让我吃什么？”

“我尊重你，这次不是我借着请你的名义吃我自己想吃的了，”乔亦溪弯眼笑了，洁白若编贝的上齿露出来，说道，“是作为邀你跑腿的报酬。”

夜晚风很凉，她的鼻头和下巴尖被吹得泛起一点粉色，周明叙盯着看了会儿，然后说：“先欠着吧。”

“什么欠着？”

“我的报酬，”他单手插兜，说道，“下次想到了再跟你说。”

“可以啊。”乔亦溪想也没想就答应，却在答应之后开始支吾起来，“你不会提一些……无理要求吧？”

周明叙挑眉：“比如？”

“比如让我跳湖。”乔亦溪指着桥下湖面说道，“或者，让我钻火圈。”

“怎么可能？”周明叙这下是明显地皱了皱眉头，“你脑子里都在想些什么？”

“在想你。”

周明叙的眉头几不可察地皱了皱。

“会让我帮你干点什么。”她被口水呛了一下，这才连着把话说完。

虽然答应了周明叙他这次的报酬先欠着，但乔亦溪还是在回程的时候给他买了香芋吐司，让他明早吃。

她还记得他喜欢香芋味道的吐司。

回寝室之后，周明叙把吐司放在桌上，准备换鞋的时候，后背被什么东西戳了几下。

他隔壁的福贤正惬意地躺在床上，伸着自己买来的自拍杆敲打某人的背脊：“洪姚，帮我把底下的耳机拿上来！”

福贤还没来得及得意自己居然能用自拍杆当神器，足不下床就能精准委托到室友，结果周明叙一转头，吓得他自拍杆都掉了。

“周明叙？你怎么回来了？你不是在外面吗？”

周明叙抬了眸，目光淡淡地往上瞧。

福贤心道完蛋了，他居然认错了人，在周明叙背上猛戳五下，还对这位没什么耐心脾气不大好的大佬呼来唤去，语气恶劣——一切都完了。

“不是，叙神你听我解释，我真的认错——”

床上猛地被丢上来一个什么东西，福贤差点以为是炸弹，一个恶龙出水钻出被窝缩在床头，定睛一看，是自己的耳机。周明叙真给他扔上来了，而且还没打死他。

“你今天咋回事啊，居然没骂我？”福贤震惊了，“而且也没有用冷冻的目光杀死我，老天，你出去一趟发生了什么？你捡到钱了吗？”

紧接着，洪姚又凑近周明叙道：“不过说实话，你今天确实看起来心情很好，遇到什么高兴的事了吗？”

周明叙抬了抬眉尾，嘴角还若有似无带着那么一点弧度：“怎么？”

洪姚指指他的桌子，说道：“平时我把插线板放你桌上，你都会嫌弃地给我撂回来的。今天没有哦。”

周明叙目光顺着看过去，看到了他的插线板，却没说话。

洪姚的表情能算得上是惊诧了，他说道："你看，我说了之后你还无动于衷，都没把我的插线板扔回来！你默许了？！今天是什么好日子啊。"

周明叙淡淡地道："不是什么好日子，单纯的不想跟你们计较。"

单纯的心情好。

大概是上次折耳兔挂件的事情上，她误以为他收了别人的东西和他闹别扭，那时候他就隐隐感觉到，她对他大抵也是有那么一点不同的。

刚刚和她蹲在墙角，她无意识吹动他头发的那一刻，她的反应有点慌张，借着淡淡的月光，他依稀能瞥见她红透的耳垂。

在树林里被人误会的时候，她居然应着"你们是热恋期吧"答了句"是，您说得对"。

她不排斥和他产生某种暧昧的误会，这个认知让他无来由地愉悦起来。

周明叙感觉到，她对自己也是有好感的，只是这好感多还是少，有没有到喜欢的程度，还不能确定。

虽然乔亦溪只是没否认和他不是男女朋友，也没有真的和他谈恋爱……

不管了，先爽着。

乔亦溪回寝室之后没多久，舒然也回来了。

舒然问她："东西拿到没？"

"拿到了。"乔亦溪躺床上玩手机，问道，"你呢？奶奶还好吗？"

"还好，没啥事，明天就能出院了，"舒然又把话题转回来，"周明叙圆满完成任务了？"

"嗯，就是差点被捉到，我们还被人当成情侣在小树林捉住，教训了半天。"乔亦溪想到就头疼。

向沐及时捕捉到了什么，问道："你俩跑小树林里去干什么？小树林里的情侣都是干什么的你们知道吧？"

"我知道……"乔亦溪道，"我上次还不小心撞见了，当场夺路而逃。"

舒然看着手机，跳转了新话题："啧啧，我刚才刷朋友圈看到有个学长发照片了，还挺帅。"

"什么样？看看。"

舒然的手机在寝室里传了一遍，向沐说：“是还可以。”

乔亦溪接过看了一眼，脑海里当即浮上了另一张脸，说道：“一般吧。我觉得没周明叙好看。”

“你拿人家跟周明叙比？疯了啊？”舒然道，“周明叙那么高的档次，你别老——不是，哎，我发现你最近怎么看到人就喜欢跟周明叙比啊，你认识的男人就只一个周明叙吗？”

经舒然这么一说，乔亦溪发现好像是这样。

不知从什么时候开始，她见到男生会不自觉地跟周明叙对比，会觉得这人没他好看，那人没他高挑，某某又没有他绅士。

她是从什么时候开始变成这样的呢？不自觉就会想到他，有困难想找他，回家想等他，只要和他能沾上一点点关系的，她脑海里都会第一时间浮现他。

篮球赛最后，他扫过来一眼时她会心跳加快；靠近会觉得口干舌燥；再近一点，耳垂都开始变红。

“舒然。”乔亦溪忽然坐起来了。

舒然莫名道：“叫我干什么？”

乔亦溪斟酌又斟酌，想了半天，这才开口道：“我觉得……我可能……是不是有那么一点点……喜欢周明叙啊？”

之前以为心跳是意外情况，她总还想等等，再确认点什么。舒然方才忽然说了那么一句，却好像变成尘埃落定的什么关键句型。

向沐蓦地看向她，阮音书也停下了手里的事情，仰头看着她，嘴唇张开。

舒然顿了那么一会儿，然后不太意外地发出了个语气词，说：“喔，你才发现啊？”

乔亦溪偏头瞧着她：“才？”

舒然娓娓道来：“我早觉得你们俩有点什么了，但是看破不说破，我打算让你们再暧昧会儿。毕竟暧昧期很美好嘛，好好享受一下。”

乔亦溪完全没料到是这么个情况，有点蒙了。

舒然跟个大佬似的靠在椅背上，问道：“怎么用这种眼神看我？”

乔亦溪寻根究底道：“你是什么时候觉得的？”

“这不重要，”向沐说，“我也觉得你俩奇奇怪怪的呢，有点奸情的那种感觉。”

阮音书在这方面确实有点迟钝，说道："我没觉得，就是感觉你们关系挺好的，他应该是你关系最好的一个男性朋友了。"

"何止——"舒然坏笑了一下，"很快就要去掉那个'性'字了。"

"八字还没一撇，"乔亦溪往上扯了扯被子，说道，"他对我有感觉吗？我不清楚。"

舒然舔舔唇："应该有吧，我看他对你很好啊。"

"我一直觉得他很照顾我，是把我当妹妹那种，"乔亦溪斟酌着道，"毕竟……"

舒然点着头接过话茬："毕竟你打游戏时那么菜，像小妹妹一样需要被保护。"

"嗯？"

舒然赶紧解释："不、不是，我的意思是你的想法也有点道理，毕竟你们两家家长认识嘛，他照顾你一点也可能是因为这个。"

"是啊，"乔亦溪撇嘴，"毕竟他妈妈老是让他对我好点。"

舒然想了一会儿道："这样吧，到时候找个机会，我帮你试探一下他。"

乔亦溪奇道："怎么试探？"

"之前学校那个舞会不是因为和某个空降节目撞了档期所以延迟了吗？改成立春那天举办了，我到时候帮你想想办法，"舒然打了个响指，说道，"要知道，试验一个男人心意最好的办法就是……"

"就是什么？"

"等着看吧，我还没想好具体的，"舒然倒是一副胜券在握的模样，"到时候你听我指挥。"

乔亦溪思索了一会儿，道："看情况吧，你别给我安排太不靠谱的啊。"

"我不会。"

虽然没什么恋爱经验，但舒然讲起来可是头头是道，堪称情感专家。

"到时候你就等我安排吧。"

没过几天，好不容易沉寂下来的学校论坛又炸了一回，乔亦溪这次是被人提醒才去凑了凑热闹。

这次的事件和她无关，和宋苋有关。

距离宋苋上次造谣乔亦溪和周明叙恋爱同居被打脸之后没多久，同样的事情再度在这位蛇蝎美人身上上演了。

有人在酒吧门口拍到她上了一辆豪车，开车的人四十来岁的样子，很油腻，她上车的时候，那人还摸了一把她的脸蛋。两个人暧昧亲昵，在夜色里很有点说不清道不明的味道。

宋苋在学校也是个会来事的，加上又有乔亦溪那件事在前，人群几乎是顷刻间涌入，一传十、十传百，留言量就更大了。

帖子发酵了一天一夜后，终于有人澄清，说这是宋苋的小姨，只是人长得胖了点，剪了个短发，没想到在晚上能被误认成男人。

这个理由说真也真，说假也假，群众又陆陆续续地散了，连宋苋发的小姨身份证照都没来得及看，当个玩笑就这么过去了。

只听说宋苋在那边气个半死，感觉澄清也没人在意，该认为她被包养的还是那么认为了。

谣言世家的子弟是以谣言杀人，也以谣言被杀的。

乔亦溪看八卦正看到尾声，舒然进了寝室，问道："同志们，要不要去唱歌呀？"

舒然进来的时间太巧，乔亦溪试探着问了句："庆祝？"

"庆祝什么啊？"舒然没弄明白，说道，"我哥给了我一堆券，就在凛正路的那个大KTV，要不咱们周末就去把券挥霍了？"

向沐欣然同意："可以呀。"

舒然道："好，等音书回来我问问。"

"对了，宋苋那个事儿你们听说没？"舒然说，"一报还一报啊，她居然也有被人挂上论坛的一天。"

向沐和舒然讨论起来，乔亦溪本也想加入群聊，结果被周明叙的一个邀请哄走，美滋滋抓了耳机去打游戏去了。

游戏开局没多久，阮音书回来了，舒然问她想不想去唱歌，阮音书温言软语地表示同意。

舒然拍拍乔亦溪肩膀，问道："你呢，乔乔，唱不唱？"

乔亦溪被敲了两下，这才回应："去啊，你请客为什么不去？"

阮音书道："那正好，唱完歌我就搭车回家，这星期我要回去一趟。"

“那可不行，”乔亦溪顺口说，“漂亮女孩一个人走夜路是会被抓去泡酒的。”

舒然有些为难：“这样吗？那我不要一个人了，我和小沐一起回寝室吧。”

“你少说点话吧。”

耳机那边，周明叙在问她：“你这周回不回？”

“回啊，”乔亦溪道，“我得回去上提琴课。”

“你们在哪儿唱歌？”他又问。

“凛正路那个。”

真正到了唱歌那天，四个女生做好了战斗五个小时的准备，却没想到最后一个小时大家都累坏了，什么都没唱，开着音乐在里头放空。

尤其是舒然唱了首《死了都要爱》，差点累晕过去。

散场时候已是十点，舒然和向沐回寝室，乔亦溪和阮音书回家。

只可惜乔亦溪和阮音书不走同一条路，出了路口就要分别。

“你没问题吧？”路口处，乔亦溪关心阮音书，“一个人回去可以吗？”

“我没一个人，”阮音书说，“程迟等会儿就来接我了，让我在对面逛会儿街等他。”

行，不就是有男朋友吗？了不起吗？！

“那我走啦。”乔亦溪觉得此刻最该被关心的还是自己，默默点开了软件。

“好，到家了给我发消息。”

乔亦溪点了点头，走到地铁口的时候，发现出口处钻出一个熟悉的人影。

她揉了揉眼睛，以为自己眼花了。

“周明叙，你怎么到这儿来了？”

“来接你。”少年如实道。

“为什么忽然来接我？”乔亦溪抬头看天，说道，“现在好像也没那么晚。”

“不是你说的？”少年偏偏头，笑道，“我怕你被抓走了。”

“啊？抓去干什么？”

“泡酒。”

这时候，她随口胡扯的话涌上脑海：“那可不行，漂亮女孩一个人走夜路是会被抓去泡酒的。”

他刚刚说什么来着？

他说，我怕你被抓走了。

乔亦溪感觉自己心里好像有个小人正扯着嗓子疯狂大叫，可面上还是装作非常优雅贤良识大体，竭力展现自己好像世面见了很多的样子，冷静地继续说：“那你怎么就刚好能在地铁站碰到我？”

周明叙道：“你那天说了自己坐地铁回去。”

“噢。”

两人走回家，刚洗完澡，马期成喊他们打游戏了。

乔亦溪一登录，就听到了马期成的声音：“怎么样乔妹，好久不见，想我没？”

乔亦溪偏头道：“前段时间不是还一起打游戏了吗？”

“谁说的，你们最近都不带我！”小马非常委屈地说，“有了新欢就抛弃旧爱，人就是这么善变。”

游戏在马期成的声讨中开了局。

今天傅秋不在，乔亦溪把舒然拉了进来。

乔亦溪刚落地，就捡到了一把 M416，是一把非常好用的枪，比较稳，伤害值也不错。

她又搜了个倍镜，开始找配件给枪装上。

每把枪都是有自己的专属配件的，分为枪口、握把、弹匣、枪托，还有瞄准镜，配件就是作辅助之用，满配的枪会更加好用点。

乔亦溪找了半天，其他的配件都捡到了，唯独差一个扩容弹匣。

恰在这时候，舒然不知道看了什么，跟乔亦溪聊天：“乔乔，纪时衍新剧要上了，但是要会员，还有纪时衍专属头像会员卡，你懂我的意思吧？”

乔亦溪抿唇道：“不是很懂呢。”

舒然不抛弃不放弃，为了暗示乔亦溪给她买会员，使尽浑身解数。

“泡奶茶需要一分钟，泡面需要三分钟，而泡舒然，只需要一个 ×× 会员，让我看看我们时衍小哥哥的新剧吧，呜呜呜。”

乔亦溪找扩容弹匣正找得焦头烂额，顺口就跟她贫了起来：“那我就不一样了。

“泡奶茶需要一分钟，泡面需要三分钟，而泡我——只需要一个 M4 快速扩容弹匣。”

游戏里，她所处房间的门不知道什么时候被推开了。

乔亦溪正准备翻窗往外走，眼角余光却看到周明叙站在屋子正中。

出于好奇，她走到了他旁边。

他往地上扔了个东西。

乔亦溪点开拾取键，发现他不偏不倚——丢下的正好是个 M416 的快速扩容弹匣。

周明叙给她扔完弹匣之后，马期成就“哇啦啦”地叫了起来。

“有人有人！有两队过来了！”

叫唤完，马期成标了个“前方有敌人”，周明叙顺着他标的点出去打人，乔亦溪挪了挪屏幕，也看到了马期成那个叹号的标点。

马期成灭了两人，周明叙灭了六个，就这样，刚到这里的两队很快都变成了盒子。

这时候，马期成好像看到了周明叙的枪。

“叙神，你的 M4 扩容弹匣呢？”M4 是 M416 的简称，这样说方便点。

周明叙似是哽了一下，这才回他：“我没有。”

“没有扩容？”

“嗯。”

“不对啊，这东西虽然是难捡了一点，但是我明明记得刚刚看到你的时候是有的，你有吧？！”马期成又催促一声，“啊，东西呢？”

周明叙实在懒得跟他多说，道：“我扔了。”

马期成更震惊了：“你扔了？你为啥扔了？你不喜欢子弹多的枪？”

“想扔，”周明叙淡淡地反问，“不行吗？”

“行、行啊。”

周明叙答得太坦然，马期成也没话说了，舔包时百无聊赖把屏幕那么一转，大声骂了句：“空投来了！”

大家都往空投处围拢，乔亦溪也没例外，只是总有点分神。

马期成问的也正是她想问的，刚刚她说了句“而泡我——只需要一个 M4 快速扩容弹匣”，下一秒，周明叙就在她面前扔了个扩容弹匣下来。

是手滑吗？但也没有这种方式的手滑吧？

那难道是，他想泡她？

可人家丢完东西就走了，仿佛再正常不过，她也不能觍着脸去问“你是不是想泡我”吧？万一人家没那个意思，只是听出她开玩笑，又知道她缺这个，就丢给她了呢？

毕竟他搜东西的效率总是那么高，每次明明是跳同一个地方，她还没感觉到自己捡了什么，他就把背包都装满了。

这么想着，乔亦溪决定先把这事儿记在脑袋里，先不着急问，等到日后真的和他相处时观察到什么端倪，才能确定周明叙对她到底是怎么个意思。

这么想着，她跑到了空投边。

她来得有点慢，空投箱里空空如也，当然，这两秒的查看里她也不是一无所获，起码收获了两梭子子弹——她被打倒了。

——队友的物资她不能分担，但她起码为他们分担了子弹。

倒地的时候，乔亦溪这么想着。

周明叙就在她身后的房子里，朝她那儿丢了两个烟雾弹，同她道：“往我这边爬。”

乔亦溪往他那个标点匍匐爬去，内心感慨万千：什么都没捡到还挨了子弹，我真是伟大。

舒然不忘数落她：“谁叫你站那儿发呆的！空投一落装备就全被那个马捡走了，我也跑了，你来的时候正好赶上别人闻声而动跑来，自然就……”

乔亦溪爬到周明叙旁边，被他扶了起来。

周明叙给她扔了药，而后才出门。

乔亦溪边打药边问：“你出去打人？”

“不全是，”周明叙道，“顺便给你找顶头盔回来。”

她一看自己的脑袋，空空如也，刚刚的二级头已经被打爆了。

果然，一连串的淘汰名单后，周明叙喊她：“到我这儿来，给你找了个三级头。”

没打一会儿，舒然和乔亦溪今天的精力已经透支了，提前下线去睡觉，只剩周明叙和马期成一起打。

今天傅秋不在，周明叙又不陪马期成唠嗑，小马同志空虚得很，问周明叙：“你介不介意我把李胜和张博喊来一起玩啊？没人陪我说话，我太寂寞了。”

周明叙道：“你是来打游戏还是来聊天的？”

“我无聊嘛！而且乔妹不在你也不打手游了，现在我们俩来打端游，我认识打端游的也没几个，就叫他们来一起呗！”马期成说，“而且又不是别人，他们俩跟你关系也不错啊，不是你们班的吗？”

见周明叙没说话，马期成反复试探着问：“那我拉了啊？”

周明叙忙着切换端游模式，但也算是默认了。

“好了，我拉到了，他们俩开了电脑马上来！”

说完这句，马期成又开始自己嘀嘀咕咕：“真是的，以前怎么没发现你是这样的人，为了带乔妹就打手游，乔妹不打了你就换端游玩儿，太真实了吧你这个人！”

因为乔亦溪晕3D，所以一直打的是手机游戏，手游和端游不能共通，所以周明叙陪她的时候，一般是用模拟器打的手游，不和她一块儿才会打端游。

比赛什么的都是端游比赛，他自然不可能不练习。

没一会儿，李胜和张博就都上线了。

周明叙跟他们俩关系都不错，所以一上线，李胜就开始跟他聊天了。

“我都多少年没跟周明叙打过游戏了。叙神你也真是的，都不说带带我。”

周明叙淡淡回应：“你也没让我带。”

“嗤，”李胜说，“我让你带你就带我了？上次约你出来玩你都不出来，绝情得很。”

“是吗？你们啥时候约他了？”马期成问。

李胜说：“当时在学校门口碰到他了，然后就约他晚上出来打游戏啊，他说他不行，没时间，要回家当陪玩。”

张博也开口了：“我现在还对这个陪玩挺好奇的，上次我们喊他，他也是说出不来，跟我们打游戏打到八点就结束了。是啥陪玩啊？家里的亲戚小孩吗，老要你陪？”

马期成想了想，非常狎昵地笑了两声：“是——有人在家等他陪玩呢，很重要，不能迟到。”

李胜声音里带着嘲弄道：“这就是他晚上从不答应我们邀约的理由吗？”

马期成回答：“当然咯，毕竟他肩扛任务嘛。”

说完，马期成心道，真没想到周明叙为了回家陪乔妹打游戏，连“陪玩”

这种话都说得出口。

没一会儿，周明叙收到马期成发来的消息：“还陪玩，您挺有情趣呢。”

周明叙当时完全就是找不到别的词顺口一说，没想到今天能被李胜翻出来讲。

他今天的游戏手感不错，一直连着打到了夜里一点多，这时候，李胜还在穷追不舍问“陪玩”的事。

正好碰上乔亦溪起来上厕所。

她余光瞟到他房间灯还亮着，就那么顺道晃进了他房间，轻飘飘地问了一句：“几点了？”

周明叙过了几秒才反应到她过来了，瞥一眼手机时间，道：“一点半。”

乔亦溪脑袋蒙蒙的，问道：“还不睡吗？”

周明叙敲敲桌面道：“快了。”

少女声调轻软，带着迷蒙的睡音，飘飘忽忽，莫名像团棉花糖。

李胜一句“什么样的优越条件才能请动叙神当陪玩啊”哽在喉咙里，诧异半晌，乔亦溪的声音从他耳中过了一遍，他才颤抖着声音开口道：“我知道了。”

乔亦溪像幽灵一样飘回房间，周明叙的游戏里安静了几秒，然后爆炸了。

李胜情难自抑，说道：“这声音——好听啊！怪不得叙神不愿意跟我们这群大老爷们儿打，我们大老爷们儿哪有小姐姐带劲啊。”

张博：“听声音跟我们差不多大啊，咋回事儿叙神，有情况？”

马期成又往燃烧烈火上添了油：“而且人超漂亮哦，身材也好。”

没人不喜欢八卦，李胜也不意外，说道：“我终于知道了！原来叙神好这口！”

张博也道：“我以后晚上再也不打扰你春宵一刻了，叙神。”

周明叙道：“正常点。”

“行了行了，散了吧，打完这把不打了，”李胜嘿嘿笑，“人家催叙神睡觉了呢。”

“叙神，去睡吧。”张博也在那边阴阳怪气地道，“别让美人久等哦。”

周明叙本来还想继续打，结果一堆人催他去睡觉，全部下线了。无奈之下，他一个人打了两把单排，感觉差不多了才睡下。

——催他睡有什么用。

乔亦溪又不是真睡他旁边。

冬即将滑至尾声，过了个年，乔父乔母回来了一趟，乔亦溪跟着他们回家待了十几天后，春天就要来了。

今年的春天不错，立春那天出了太阳，天气很好，舞会也是在那天举行。

舒然爱凑热闹，当天也拉着乔亦溪去了。

不少女孩子为舞会换了漂亮小裙子，乔亦溪嫌麻烦，只是在外头套了件卡其色的风衣，看起来非常利落。

虽然是立春节令，但是天气也没有多暖和，敢为了好看穿裙子的女生都是非常豁得出去的。

两个人一起走进大厅，乔亦溪特立独行的风格倒也打眼，在一众美女露胳膊露腿的舞会里，按自己的风格杀出了一条血路。

她本意是不怎么想参加舞会，所以根本没打扮，没想到无心插柳，变成视线焦点，一直有人来跟她聊天。

但一旦有人约她过会儿一起玩游戏，舒然就会拒绝。

乔亦溪笑着揶揄她："你拒绝什么啊？你对我有意思？"

"少来，我给你安排了游戏拍档，"舒然朝她挤挤眼睛，"是个金发碧眼的外国小帅哥哦，国际院的。"

乔亦溪身子抖了一下，说道："你的朋友安排给我干什么？"

"我之前跟人约好，有拍档了。那个外国小哥跟我关系好，没参加过我们学校的什么活动，你就当帮我招待一下外国友人咯。"舒然对着她眨了下眼。

乔亦溪沉吟："可是……"

"乖，听我的，"舒然摸摸她的头发，真诚地说，"我肯定不会害你，你按我说的来准没错，知道吗？"

乔亦溪觉得奇怪，问道："你是在背着我密谋什么大计划吗？"

"不是，我在帮你。"

"帮我什么？"

乔亦溪刚问完，手机收到一条消息，是周明叙发来的图片，提醒她立春了。

乔亦溪给他回着消息，自然忽略了舒然那句"帮你找答案啊"。

她只顾着回周明叙："是呀，春天来了。"

回完，她又仰头看舒然："你刚刚说帮我什么？"

舒然眼珠转了一下，道："帮你拓宽人脉。"

"反正你按我说的来嘛，就跟人家一起玩次游戏怎么了，又不会掉块肉，就当卖我个人情，"舒然手搭在她肩膀上，说道，"让我在外头有点面子。"

乔亦溪"嗤"了声。

这时候，周明叙给她的消息传来了："在哪儿？"

乔亦溪如实回道："学校的舞会。"

周明叙："怎么到那儿去了？"

乔亦溪："舒然拉我来凑热闹。"

这么好的天气，她在外头参加舞会，他想，他也不能缺席，于是换了套衣服出门了。

周明叙赶到的时候，乔亦溪正靠在窗口吹风，卡其色衣摆拖到脚踝处，衬得她脚踝细腻莹白。在欢快热闹的舞会上，在长裙曳地的莺莺燕燕里，她整个人却透出一股"很酷，不聊天"的气息。青草味的风从窗外吹入，像有手指温和抚摸过她发间。

周明叙走到她旁边。

她转头看到他，抿唇笑了笑，颊边梨涡一瞬间漾开，像是春日里花苞倏然绽放。

"你也过来凑热闹？"

春日酷甜心可爱得有点犯规。

周明叙喉结滚了滚，说："嗯。"

她仰头往某个房间内看，小声抱怨："怎么还没好啊……"

周明叙循着她的目光看去，问道："在等什么？"

"等游戏开场啊，"她百无聊赖地眨眨眼，"舒然跟我说等会儿要玩个什么游戏，还要组队，两个人一组。"

周明叙背在身后的手忽然转了转，指腹若有似无地摩挲了一下："那你有搭档了吗？"

他看向她，本以为看这情况肯定没有，谁料她竟哽了哽。

乔亦溪有点不知道怎么开口："我……那个，不知道你要来，舒然给我安排了一个国际友人，让我替她照顾下。”

周明叙皱眉：“男的女的？”

“男……”

乔亦溪一句话没说完，便有人从方才他们看的那个房间里跑出来，站到乔亦溪面前，亲昵地问道：“嘿，是乔亦溪吗？”

“是，”乔亦溪稍抬眼睑，疑惑地道，“你是……”

“你的拍档，”男生眨了眨眼，碧蓝的眼睛深邃得跟海洋似的，夸赞的话几乎是张口就来，“你比照片上还要好看很多呢。”

周明叙侧眸看去，心道，她好看和你有什么关系？

乔亦溪腾出空观察了一眼，金发碧眼的外国小哥，连睫毛都是卷翘纤长的，有着非常浓的外国风情。

小哥招呼她道：“好了，游戏要开始了，我们赶快进去吧。”

乔亦溪侧头看向周明叙：“那你……”

周明叙垂眸道：“我和你一起。”

包间里正在做游戏前的准备工作，由于周明叙没报名，所以只能拖把椅子在一旁观看，乔亦溪和外国小哥则是入了座，准备参与游戏。

大家玩了两局《狼人杀》，有个女生说自己会占卜，硬要现场测塔罗牌。

“就测你和周围人的缘分指数吧！大家先和另一位组员牵手感受一下！”

乔亦溪表示怀疑：“塔罗牌是这样玩的吗？”

“你先按照我说的来嘛，”那女生慌了一下，但很快又道，“旧瓶装新酒，可以的。”

但乔亦溪和旁边的外国小哥也不怎么认识，所以当小哥来握她手的时候，她只是意思了一下，把手搭在了人家手腕上。

占卜的女生还没来得及开口，乔亦溪就听到身后一阵咳嗽声。

咳嗽声是周明叙发出来的。

“咯、咯咯、咯咯咯……”

她转头去看他，手下意识地滑落到自己身上。

“怎么了，你喉咙不舒服吗？”

周明叙看着她重新回到“原位”的手，抿了抿唇，说道：“不是。”

后来游戏玩到一半，有人进来送水，乔亦溪眼尖看到一杯冰糖雪梨，想到周明叙在后面好像时不时就在咳嗽，也不知道是怎么回事。

可能是感冒了？

她眼明手快，拿了冰糖雪梨准备给周明叙，结果扫了一眼，发现周明叙不在。

她问旁边的人："周明叙呢？"

"好像去休息室了。"

她点头，看大家还在选水，便端着水去了休息室。

他一个人坐在休息室的沙发上，房间内气压很低，他定着脑袋，面上没什么表情。

进去之后，她把门关好。

乔亦溪察觉到这不对劲的气氛，摸摸耳垂说："你不舒服吗？嗓子不好？还是想回去了？"

周明叙没说话。

她也不打算再打扰他，把水放到他身侧的桌上说："这是雪梨水，我给你放这儿了啊。"

"嗯。"

放完之后，她往门口走了两步，正在想还能说些什么的时候，外面传来催促声："亦溪，出来玩游戏了！"

说话的正是那个外国小哥。

乔亦溪下意识仰了仰头，还没来得及说话，就被周明叙的哑声打断。

"别去。"

就是这个人，一会儿握手，一会儿跟她说悄悄话，一会儿还跟她自拍。

——烦人得很。

乔亦溪对周明叙的话表示出了一点茫然："啊？"

可她回过头看周明叙，他仍是维持着那一个姿势，好像刚刚那句话是她的幻听。

外面那人还在催，带着浓浓的外国口音："亦溪，你怎么还不出来，差你一个，我玩不了了！"

这时候，乔亦溪手机振动了一下，是收到了消息。

她低头正想从口袋里拿手机，从周明叙的角度看，像是准备开门。

她还想出去见他？

忽然有无名的火从某处蹿出升腾，裹挟着浓浓的、不能自控的占有欲吞噬掉理智，天平倏然倾斜，打翻潜藏在内心深处的欲望。

他想，他大概是不能接受的，不能接受有人靠她比自己近，不能接受有异性牵她的手，同她亲密，或者是分享她更多的亲密时刻。

原来他喜欢她，已经到了这种地步。

背脊爆炸开丝丝缕缕的躁动，他有些失控地从沙发上起身，三两步走到乔亦溪身后。

他觉得自己肯定是疯了。

要么就是快疯了。

这里信号不好，乔亦溪正想开门找找信号，谁料手指刚搭上门把手，门却猛地被人转着锁了一道。接着，她猝不及防被转了个身，后背抵上门板——然后，周明叙温热的嘴唇就压了下来。

时间仿佛顷刻间凝滞，挂钟指针不再走动，窗帘被拉着裙裾定格，灰尘轻飘飘地降落。

伴随着她的眨眼，面前的一切终于又从幻象中恢复正常，只是那张过分靠近的好看的脸，静止似的停在她面前。

乔亦溪整个人都蒙了，手一松，手机掉到脚边，声音被地毯吞没，来不及捡。

他的嘴唇贴合在她唇上，似乎有冰糖雪梨的气味从他唇齿间散逸，由于这个吻太急，两个人都没什么准备，似乎还有牙齿相互磕碰的声响。

唇上的触感还在加深。

他含着她的下唇，压抑、克制，一点轻微的辗转，似乎还有轻咬的痛感，是一股很奇妙的又有点羞耻的感觉。

她心跳如擂鼓。

模模糊糊的时候居然还在想，原来接吻是这种感觉。

然后呢？她该看哪儿呢？这一切又是怎么回事呢？

在做梦吗？还是真的？周明叙这是……什么意思？

像喝断了片，脑海里是一片纯色的空白，甚至有短暂的强光闪现。

周明叙稍微退开一点，呼吸声不均匀，乔亦溪瞧着他近在咫尺的脸，好像能看到他紧皱的眉头。

鼻尖几乎相抵的亲密距离里，周明叙的手仍牢牢捉住她的手腕，沙哑的声音似带着电流，揉搓着人的心。

“你敢出去，试试看。”

这句话回荡在小小的休息室里，充满了暧昧的气息。

乔亦溪感觉自己耳边好像蒙了一层挡板，他说的话都不怎么真切，隔着挡板“砰砰砰”地敲击耳膜。

她可能是被亲晕了，不然怎么好像还有点耳鸣？

乔亦溪晃了晃脑袋，对着少年深潭似的黑眸，刚整理出的一点头绪又烟消云散。

她张了张嘴，没说出话来。

这人发脾气的样子好像真的有点帅。

这时候还在想这种事，她是不是没救了？

忽然，外面天绝地灭似的拍门声，把两人从双人小世界拉回了现实。

舒然的声音穿透力极强，像开了电钻拆门，说道：“乔亦溪，你人呢？说句话啊倒是！”

乔亦溪就那么看着门板在舒然手下晃动，内心飘忽了一会儿，居然回头问周明叙：“我要开门吗？”

周明叙喉结滚了滚。

当然，舒然没给他们犹豫的机会，很快，无所不能的她搞到了钥匙，拧了两圈把门打开了。

“乔亦溪，你这个杀千刀的哑……”话说了一半，她忽然顿住了。

舒然僵在门口，看着乔亦溪背后的周明叙，感觉有些哽咽。

“周、周明叙也在呢。”舒然有那么点心虚，感受到里头的气氛有些怪异，眯了眯眼，“你们两个，在里面一言不发的，我以为是出了什么事……才……”

舒然的目光又转向乔亦溪：“你们在里头干什么呢？”

乔亦溪的脑袋不明就里地转了转，然后机械地低了低头：“啊，我手机掉地上了。”

舒然一脸复杂地看着她捡起手机，问道：“这手机是掉到十八层地狱了？”

乔亦溪皱了皱眉，沉默了五秒。

舒然继续道：“你们两人捡了十分钟还没捡起来？”

三个人就这么站在这儿，舒然也被这种说不上来的气氛感染了，站在门口不知如何是好。

他们俩得是在里面说了什么，才搞得二人耳根红透了？

她是不是打扰到他们了？

就在这时候，外面一声呼唤穿越而来。

郑和仿佛一阵旋风溜进休息室，说道：“周明叙！我找你找了五百年了！”

周明叙喉结滚了滚，看到郑和，真实感才更明显了一点。

郑和赶紧道：“快快快，找你有事呢！”

“什么事？”

“先跟我来！”郑和抓着他手臂就把他往外拖。

周明叙被郑和拉走之前，还回头看了一眼乔亦溪，眼底暗流汹涌，掺杂的情绪很复杂。

乔亦溪也仰头目送他离开。

“看什么呢，看什么呢，”舒然用手臂捅她，说道，“人都走了，还看呢。”

人确实已经走了，三秒之前消失在拐角处。

乔亦溪这才如大梦初醒一般，拿着手机重新坐回到沙发上，陷在沙发里放空自己，手边还摆着周明叙喝了一半的冰糖雪梨。她低头看了看，手机屏没碎，还能开关机。

舒然站在旁边看着她道：“怎么还坐下了？不去玩儿了？那小帅哥还在等你呢。”

乔亦溪想了会儿，说道：“不去了吧。”

周明叙他刚刚很生气……好像是因为这个。

他大概不想让她去和舒然那个朋友组队玩游戏。

他第一次是僵硬地撂下“别去”两个字，第二次倒好，极有效率地压制住她的身子，还堵了她的嘴……乔亦溪手背抬起来，蹭了蹭自己的下唇。

刚刚那种有点酥麻的感觉似乎仍然残留，还带着点灼烧感。

舒然看她反复摸自己的嘴唇，也抄着手“啧啧”了几声，问道：“你上火了？”

乔亦溪好看的眉皱了皱，道：“什么？”

舒然又道：“那就是得唇炎了？”

乔亦溪眯眼："嗯？"

"那你一个劲儿地摸自己嘴唇干什么？"

"刚过完冬天，"乔亦溪轻咳两声，说，"嘴唇有点干。"

"行吧，"舒然勉强接受了她这个理由，说道，"话说回来，你跟周明叙刚刚到底在这里面干什么啊？"

乔亦溪目光躲闪，不敢看舒然的眼睛："就……说话呗。"

"胡说！我在外面听了一分钟，里头一点声音都没有，就跟没人似的。"舒然想想就奇怪，"怎么，你们俩用脑电波交流的？"

乔亦溪抿了抿唇。

能听到声音就怪了，那时候，周明叙还在不遗余力地堵住她的嘴。

舒然的问题一个接一个："对了，他有没有不高兴啊？"

这下换乔亦溪占据上风了，她反问舒然："你感觉呢？"

"我感觉……有一点？"舒然推她肩膀，说道，"我问你呢，你说啊！"

"那肯定有啊，而且还不只是一点不高兴，是真有点生气了。"

说完这句话，乔亦溪好像忽然反应过来了，问道："这外国小哥是你故意安排的？"

"对啊，试探周明叙对你有没有感觉——要知道，试验一个人最好的办法就是让他嫉妒，男人很爱吃醋的。"舒然挑眉，"不管是喜欢你，还是喜欢你不自知，遇到那种情况都会吃醋的，醋完就发现自己的心思了。"

舒然狡黠地笑道："怎么样，我很聪明吧？这个计划我可酝酿了很久啊，差点把我折腾死。"

乔亦溪撑着脸颊发呆。

怪不得她和那个人稍有点触碰的时候周明叙就开始咳嗽，她还以为是因为换季他感冒了……

"如果是明显吃醋了，那证明他在乎你，"舒然表情忽然变得暧昧起来，"那就证明他对你有意思。"

吻都接了……应该不至于对她一点意思都没有吧？

乔亦溪轻轻咬了咬唇，想到他松开她时的眼神，明明真是被刺激得不行，可是嘴唇相抵时，除了最开始状似凶猛的碰撞，他一直在温柔地克制着。

她的心忽然没来由地漏跳了一拍。

自己喜欢的人好像也喜欢自己。

她感觉像在春天的草坪上打了个滚儿，像蜷在樱花树下晒过了暖和的太阳。

舒然起身道："得，我先上个厕所啊，你自己好好回味下。"

"好。"

舒然走后没一会儿，又有人走进了休息室。乔亦溪抬头一看，是有一阵子没见的江雪。

江雪的目光在屋子里扫了一圈，而后坐在乔亦溪旁边，问她："周明叙呢？"

"被朋友拉去了，"乔亦溪抬头问道，"你找他有事？"

江雪眼珠子转了一圈，轻轻耸了耸肩，道："没有啊，就……问问。"

乔亦溪点了点头。

没一会儿，江雪又问她："周明叙今天……和别的女生跳舞了吗？"

乔亦溪道："怎么？"

"就，就想问问他有没有女朋友，"江雪眨了眨眼，一副很紧张的模样，"他没有吧？"

话说到这个份上，乔亦溪就算是不用脑子想，都知道江雪的潜台词。

一个女生无缘无故问男生有没有女朋友，满眼都写着"你最好告诉我没有"，还能是为了什么？

乔亦溪咳嗽一声道："目前没有。"

"我上次加他微信了，但是他没通过，"江雪靠近乔亦溪一些，说道，"你能帮我跟他说一声吗？"

乔亦溪愣了下，问道："你哪来的他的微信号？"

"找别人要的，"江雪笑了笑，"他不爱主动，就只有我来主动了嘛。"

乔亦溪想到江雪嘴里那个"不爱主动"的人，刚刚还很主动地把自己摁在门上……

江雪在乔亦溪旁边，居然就开始回忆起来了："刚开始我是觉得他人还挺厉害的，后来觉得他不仅厉害，还很自律，而且很有自己的想法，更何况长得还那么好看。"

乔亦溪明了，问道："所以就在观察里喜欢上他了？"

“对啊，那样的人，很难不喜欢吧。”

“巧了，”乔亦溪偏了偏头，说道，“我也喜欢他。”

江雪呆呆地看着她，半晌没讲出话来：“你、怎么……”

“不是你说的吗？很难不喜欢他吧，”乔亦溪笑了笑，“我也不例外啊。”

江雪震惊了好一会儿，这才看向她说道：“我之前看你还……怎么忽然就……”

“不管了，”江雪又道，“既然这样的话，那咱们俩就公平竞争好了！”

乔亦溪看着她站起来。

江雪掌握了二人的竞争关系，立刻调整了战略，说道：“那这件事就不麻烦你咯，我换个人搜集情报去啦。”

说完，江雪跟她挥手说了“拜拜”，离开了休息室。

江雪性格不错，平易近人，长相也不错，为人豁达，其实还挺招人喜欢的。

乔亦溪居然察觉到了一丝危机感，尤其是在她说完“公平竞争”之后。

第四章 双向喜欢

乔亦溪的时间不急不缓地在闲聊玩乐中度过，周明叙那边就没有这么轻松了。他先是被郑和拉去打了一局游戏，游戏结束后，他才觑了一眼郑和道：“你把我拉来就为了这个？”

浪费他那么宝贵的时间，火急火燎的，这人居然只是因为三个队友落地成盒了四次，让他来带他们吃鸡？

“不可以吗？”郑和哼哼唧唧道，“以我们的交情，占用你今天的时间都不可以吗？”

周明叙言简意赅道：“不可以。”顿了一下，他又道：“你知道你耽误了多少事吗？”

他刚亲完人家，结果一句话都没来得及说就被拉走，乔亦溪会怎么想他？

万一她把他当作欲火焚身的变态了怎么办？

按照以前的经验，也不是没有这种可能。

“再打一把我就走了，”周明叙道，“今天有重要的事，不能在这儿和你浪费时间。”

郑和挺意外，说道：“哟，你还知道今天要去激活决赛刷个脸呢？”

“什么？”

“什么什么？”郑和声音提了起来，“上周不是马期成说的吗？说你下个月决赛，但是要去刷个脸存档一下，比较正式的那种，还要穿白衬衫——怎么，你今天穿白衬衫不是因为这个吗？”

周明叙沉吟半晌道：“我忘了。”

他真的忘了。

最近忙成这样，这种小事没人提醒他当然不记得，白衬衫只是他出门时随手换的。

“忘了也没事，我现在不是跟你说了吗，等会儿咱们就坐车过去，也不远，二十来分钟就能解决，”郑和说，“给你安排得明明白白的。”

周明叙蹙了眉道：“你怎么不早说？”

害他计划全被打乱，一瞬间居然还多了件事要做。

明明感觉自己帮了大忙，却莫名被骂的郑和觉得自己好无辜。

后来那局游戏周明叙提早结束了，然后带着证件就前往存档目的地。

郑和在他旁边一头雾水，问道：“这才下午三点，你到底在急什么啊？今天是有什么紧急国务等着你回去处理吗？”

“反正有事。”周明叙懒得跟郑和多说。

乔亦溪还一个人在舞会上，怎么想怎么解释都另说，万一又和那个男的组成一队玩游戏，岂不是前功尽弃？

趁着刚刚那件事还没过去多久，他或许可以找到机会说点什么，但万一赶回去的时候，乔亦溪已经走了，又由于他不经过她同意亲了她，而把他定义成一个轻浮的人……那可就真是错过了。

这么想着，周明叙又加快了脚步。

郑和在后面死命地追。

两个人前脚进了大厅，周明叙刚填好档案，抬起头，居然看到了孤刀。

孤刀正在准备拍照，很显然也看到他了，目光对撞中，似乎有火星溅出，二人的目光都不退让，火药味弥漫，连郑和都被吓得缩了缩脖子。

后来孤刀拍完照出来，正好碰上周明叙进去，错身而过的时候，孤刀用只有二人能听到的声音道：“我会赢的。”

每个音节都不圆润，像是人用刀子砍出棱角，带着凉薄的锐意。

周明叙只是淡淡回应：“你不会。”

这阵子，孤刀粉丝的事件看似平息，但只有周明叙自己知道，还是有孤刀粉丝孜孜不倦地找到他的微信号，在验证留言里输入恶毒的攻击话语。

好像只有拼命维护自己喜欢的人才算有情有义一样，那些人也不管孤刀的话可信度有多少，更不管自己做得对不对。

“等着瞧吧，”孤刀嘴角挂上一抹嘲讽的笑意，“到时候你别求我手下留情。”

周明叙也扯了扯唇，说出三个字：“你别哭。”

孤刀愣了一下。

周明叙勾勾唇：“到时候输了哭的话……会很丑。”

拍完照之后，周明叙火速搭车赶回舞会现场。

哪怕一路上郑和都在和他讨论孤刀的事，他表面上答应着，却没在真的认真听。

毕竟吊打孤刀实在是很简单的事，他没必要浪费这么多感情，影响自己的心情。

倒是乔亦溪，那边才是关键。

他径直赶到休息室，幸好，乔亦溪没走，她正在跟舒然打手机麻将。

一边打麻将，舒然还一边问：“说嘛，刚刚你和江雪到底讨论什么了？”

“不就是……”

乔亦溪说了三个字，感觉门口有人，侧头一看看到周明叙，话音收住了。

乔亦溪起身道：“你怎么……”

她本来想问“怎么这么久才回来”，可是又怕这样问显得自己好像一直在等他。

周明叙看了一眼表，道：“今天周五了。”

“所以……”

他不疾不徐地道：“我带你回家。”

舒然出了个八筒，问乔亦溪：“你今天回去啊？”

乔亦溪对上周明叙的目光，好像收到了什么暗示。尽管此前也没这样的安排，但她还是福至心灵道：“啊，是，回去。”

“行，那回去吧，”舒然说，“我等会儿跟朋友吃了晚饭再走。”

乔亦溪回寝室简单地收了一下东西，然后和周明叙在楼下碰面。

两个人沿着学校走出去一段路，乔亦溪才回过神来：“你今天没叫车啊？”

“嗯，”周明叙喉结滚了滚，“今天天气好，走走吧。”

况且他还有话要说。

乔亦溪眯着眼仰头瞧了瞧，此刻正是黄昏，一天中很美的时刻，金色的夕阳顺着天幕滑落，为楼房镶了金边，晚霞磅礴而浩大，晕染出层层叠叠的粉橙云絮。

这景象漂亮得真实又虚幻。

就像今天一样。

她也感叹了一句："天气是挺好的。"

结果话音刚落，不出五分钟，下起了小雨。

乔亦溪陷入了沉默。

两个人买了两把透明的伞，雨下得不大，意外地把空气净化到了一种很舒适的模式，乔亦溪把伞柄搭在肩膀上，慢悠悠地走着。

周明叙看着她，看着她伞面上蜿蜒的雨痕，看着皱着鼻子似乎在纠结什么的她，忽然觉得，就是这时候了。

"乔亦溪。"他喊住她。

乔亦溪停住脚步，转头看他："啊？"

两个人相对而立，雨滴滴答答地溅在透明伞面上，像模拟谁心跳的声音，又像是伴奏。

似乎有什么昭然若揭。

周明叙目光看进她眼底，声音放轻了，像风吹到她耳边："我喜欢你。"

不是那么流畅，但又似排练过很多遍。

"我喜欢你。"他又重复了一遍。

嗓子有点干，他没想到自己居然会紧张。

乔亦溪看着面前的少年，高挑、好看的眉眼轮廓分明，穿白衬衫的样子特别符合少女对初恋的幻想。他手指好看，很会打游戏，有很多女生对他示好，但他毫不在意。

甚至她都有想过他是不是对女的不感兴趣。

就连江雪都说他不会主动。

可是这个人——这个看似高不可攀的人，现在站在她面前，还和她说出这样的话。

多一分怕重了，少一分怕轻了，快了怕她听不清，慢了担心她等太久。

她眨了眨眼，想回应，又不知道这个时候自己回应什么才能显得很帅气。

毕竟他的告白还挺有感觉的，她不能太逊色吧？

想了半天，她实在不知道说什么好，经验匮乏让她看起来怎么都不像个情场圣手。

好半晌后，乔亦溪憋出一句："我今天和江雪聊天了，你知道吗？"

说完，她就开始嫌弃自己……这回应的是什么鬼东西？

周明叙皱了眉问："江雪是谁？"

"送雪人给你的那个。"

周明叙这才记起来，点了点头。

"她和我说，她喜欢你。"

周明叙实在不知道这时候乔亦溪说这些无关紧要的干什么，但他还是回："看出来了。"

乔亦溪喉咙动了动，像是在等。

周明叙看向她："然后呢？"

"然后……就随便说了两句，说说她，说说我，"乔亦溪清清嗓子，说道，"然后就说，我们俩公平竞争。"

公平竞争。

这词是什么意思来着？

周明叙竭力克制着自己的情绪，强迫自己冷静下来，再确认一次。

是，没有错，这个词的意思是，两个人有同一个目标，所以一起竞争。

江雪的目标是他，江雪喜欢他，乔亦溪也喜欢他。

乔亦溪悄悄觑他一眼，正好看到少年的嘴角肉眼可见地扬起。

他在笑。

他听懂她的表白了吗？

"公平竞争……你懂吧？"她心一横，鼓足勇气开口，"她喜欢你，我也一样。"

周明叙低头看着她，她的耳郭已经红透了，以前任何一次都比不上这次这么红。

都什么情况了，她还在这儿跟他说公平竞争。

周明叙摇了摇头："不行啊。"

乔亦溪蓦地抬头问：“什么不行？”

不会吧？她说她喜欢他，他说不行？

看着慢条斯理的某人，她觉得跳到嗓子眼儿的心都快要停滞了。

这人怎么老是一副等着她被吃干抹净的悠闲模样啊？

“你说公平竞争，”周明叙给出回复，缓缓摇头，“但恐怕公平不了了。”

他走到她身侧，似乎漫不经心地抓住她，指尖碰触到她的指尖。

少女指尖有点凉，动了一下，很快被他攥在手心。

周明叙牵住她，眉眼舒展，说道：“你应该知道，我只偏心你。”

没什么公平可言的。

我喜欢你，全世界只偏心你。

小雨没有持续多久，很快就停了。

被雨洗刷过的景致带着焕然一新的水色美感，空气里弥漫着绿叶的清爽味道。

两个人收了伞，行走在微醺的橘色黄昏里。

乔亦溪从来没觉得，立春居然是这样好的一个节气。

经过一家蛋糕店，周明叙往里指了指：“想不想吃？”

乔亦溪抬了抬眉，声线拖长：“你买给我啊？”

“不然呢？”周明叙沉吟半晌，笑道，“我卖肾买给你的话，会更感动一点吗？”

“那倒不用。”

他正觉得自己是不是应该感动一下的时候，就见乔亦溪晃着脑袋继续道：“等以后有更需要的，你再卖肾养我吧。”

乔亦溪掀了掀眼睑，偷偷地瞧了他一眼。

周明叙了然：“放心，不会跟你妈讲的。”

“现在是下午，她不会管我的。”乔亦溪的目光落在两个人牵着的手上，说道，“我的意思是，你还要在这儿站多久，你不动我走不了。”

周明叙拢了拢手指，喉结滚了一下，这才往店内走去，说道：“知道了。”

牵着身边一脸满足的少女，他垂眸瞧了瞧。

恋爱真麻烦。

但是麻烦的感觉，出乎意料还不错。

他抿抿唇，不动声色地笑了。

由于进电梯是一前一后，两人就没有再牵手，结果一出电梯，乔亦溪发现周家的门居然是开着的。她刚进去，就见一个大大的黑色行李箱摆在门口。

乔亦溪还没来得及细想，有个男人穿着拖鞋从客厅走来。

乔亦溪一看是周父，立刻恭敬地打招呼："叔叔好。"

"嗯，"周父点了点头，问她，"下课了？"

乔亦溪说："今天下午没课，我们参加完学校的活动就回来了。"

周父问："周明叙呢？还没回？打游戏去了？"

乔亦溪回头，把门后的周明叙拉出来，说道："没啊，他就在我后面。"

几个人又聊了下近况，周父自然扮演的是家庭里大多数父亲那样的角色，让他们好好学习以学业为重。末了，大家起身时，他还嘱咐周明叙："你少打点游戏，对眼睛不好，还浪费时间。"

少年敛眉道："知道了。"

"对了，"乔亦溪看向周母，"叔叔提前结束了出差的话，我爸妈也该回了吧？"

"是呀，"周母道，"他们没和你说吗？我以为说了呢。"

刚聊到这个话题，乔亦溪就收到了乔母发来的消息。

"我们已经顺利到家了，你收拾一下，今晚准备回来吧。"

乔亦溪坐在房间里回复，周明叙恰巧路过，也看到了乔母发来的信息。

他声音很低地问道："要走了？"

"是啊，我爸妈回来了我能不走吗？"乔亦溪说，"我过会儿把行李收拾一下带下去。"

少年倚在门口，心里有点不爽："今晚不走行不行？"

"怎么可能？"乔亦溪笑了笑，又像想起什么一样仰头道，"怎么，舍不得我啊？"

舍不得……倒也算不上。

毕竟两家住得这么近，她又不是马上要搬家去另外一个地方，想见的话还是很容易见到的。只是他都已经习惯她住在这里了，如今忽然有个人不见了，难免觉得空落落的。

刚把话说破的第一天，她就要回自己家了，怎么想都有点像命运在整他。

如果能选，谁不想和她同住一个屋檐下？

现在倒好，忽然又变成上下楼，很多他想做的事都变得不方便。

一个小时之后，乔父乔母上楼来，大家一起吃了顿晚餐。

乔母道："真是感谢你们这阵子对亦溪的照顾，我在盛世酒店订了包间，到时大家一起吃个饭啊。"

"不用麻烦，不用麻烦，"周母道，"亦溪很乖的，我做梦都想有一个像她这么乖巧的女儿。"

周明叙本想低头好好吃自己的饭，结果手机振动了一下，收到一条消息，是乔亦溪发来的。

乔亦溪："你妈说想有我这样的女儿。"

乔亦溪："那我们俩算不算是在乱伦？"

周明叙半天没说出话来。他有时候还真的想知道，她那小脑袋里都装了些什么？

没一会儿，乔亦溪又给他发消息："万一你爸妈以周家不允许乱伦为理由拒绝我怎么办？"

周明叙本想认真地回她点什么，结果余光一瞟，看她正在憋笑，憋得脸颊都有点红，手指还拼命在底下掐自己大腿。

他觉得自己刚刚还真情实感了一瞬，实在是有点被她捉弄了的感觉。

周明叙也顺着她的话题接道："那我就和周家断绝关系吧。"

乔亦溪："行，一言为定。"

一顿饭结束后，乔亦溪跟着乔父乔母回了家。

乔母翻出新的被子给乔亦溪铺床，问道："回家习不习惯啊？不会还想念周家吧？周明叙在家有没有欺负你？"

"没有，想什么呢，"乔亦溪拉着被单道，"要欺负也是我欺负他。"

"真的啊，我们家亦溪还会欺负别人？"

"我随口一说的，我与人为善，不做那种事情。"乔亦溪拍拍手掌。

床铺好之后，乔亦溪把房门虚掩起来，坐在床上，感觉自己是不是应该做点什么。

以前她身边那些朋友谈恋爱的时候，每晚都会干什么来着？

对，打电话、发信息、视频聊天。

她和周明叙虽然没有明说男女朋友什么的，但都互表心意牵过手了，应该算是恋爱了吧？

这么想着，乔亦溪决定给他拨个视频电话确认一下。毕竟心里有个底，会睡得踏实一点。

她举起手机，给他拨出视频电话，举起手机的时候，她下意识开始调整，找寻一个好看的角度。

这时候，周明叙提着东西敲开了乔家的门。

来给他开门的是乔母，她满脸笑意："明叙来了？"

周明叙晃晃手中的袋子，说道："我妈卤的猪蹄，说让我带下来给你们尝尝。"

"好嘞。"乔母接过，道，"你也在我家坐一会儿吧，家里有零食，在亦溪房间里。"

周明叙顿了一下，问道："她人呢？"

"房间里。"

当周明叙走到她房门口的时候，发现她正举着手机在摆姿势，甚至拿起了那个吃了两口的慕斯蛋糕。

周明叙敲了两下门框。

乔亦溪跟只受惊的兔子似的，赶忙回头看，发现周明叙居然站在自己房间门口。

一瞬间，她有种自己的小心机一眼就被瞧破的感觉。

乔亦溪扯了扯衣服，问道："你怎么下来了？"

"下来送东西，"少年道，"你在干什么？"

"我准备给你打视频电话的，结果你一直没接，"她放下手机，说道，"怪不得。"

周明叙坐到她旁边，挑眉道："给我打视频电话干什么？查岗？"

"没啊，就是想问问你……"

"什么？"

"我们俩，"她"嘶"一声，说道，"现在这算什么啊？"

灯光下，少年眸子暗了暗，而后缓缓倾身过来。

乔亦溪不自觉地屏息往后靠了靠，背抵上床沿，避无可避，心跳加速。

他想干什么？

她只是想问问他们现在算什么状态啊？

周明叙凑过来，偏偏头，唇和她的耳垂似乎靠得很近，她感受到他湿润的吐息。

少年似乎笑了笑，在她耳边轻轻吐出两个字："偷情。"

乔亦溪一把推开他，嗤了声："我跟你说正经的啊。"

"是吗？"少年好整以暇地挑了挑眉，"哪种正经？下午饭桌上给我发调戏信息然后憋笑憋出内伤那种正经？"

"我那是调节气氛，你懂什么？"乔亦溪皱皱眉，问道，"对了，你带什么下来了？"

"我妈卤的猪蹄。"

乔亦溪愣了下，说道："阿姨大晚上卤猪蹄干什么？"

"我让她卤的。"他说。

"就为了晚上来见我是吧？"乔亦溪笑道，"以前怎么没发现你是这么有心机的一个人？"

周明叙勾勾唇："以后就会发现了。"

凌晨，周明叙是被一条消息的振动弄醒的。

本来平时他都会将手机调到飞行模式，但由于睡前和乔亦溪聊了天，忘了调。

消息是乔亦溪发来的，只有八个字："我们真的恋爱了吗？"

周明叙手腕按了按发顶，微眯着眼坐起身，心想：她在说什么胡话？

他干脆直接给她打了个电话。

乔亦溪接起电话，听到那边睡意惺忪的一句"还没睡"，十分惊讶。

"你睡着了？"

周明叙揉了揉头发，问道："你怎么不睡？"

乔亦溪从实招来："我太兴奋了，睡不着。"

"你难道一点都不兴奋吗？"乔亦溪反问，"怎么比平时睡得还早？"

周明叙道："今天为了来找你，来回跑得累。"

"噢，"她平躺着看天花板，说道，"但是我好兴奋，本来刚刚要睡着了，结果……"

"结果想到要给我发个消息，问我们是不是在谈恋爱？"

她咕哝着："我没想到会吵醒你嘛，我只是无处可发。"

"没事。"

她愣了下，问道："什么没事？"

"吵醒我，没事。"他说。

周明叙又问她："你今晚怎么一直在纠结这个问题？"

"因为我没有听到正式答案啊，"她把手从被窝里伸出来，看自己各个角度的手指，说道，"人家谈恋爱之前，不都会问一句……你愿不愿意做我女朋友之类的？你都没有问，就牵我的手，我这不是怕你模糊界限，最后说一句我们不是只是朋友吗？"

周明叙根本没想到她能说出这种话，道："你想象力好丰富。"

"不是啊，真的有男生会这样的，说自己喜欢女生，做一些模棱两可的事，跟女生纠缠一段时间，拿到自己想要的之后就走，还能很坦然地把自己撇干净，毕竟他确实没说过两人是男女朋友，搞得最后像女生自作多情。"

周明叙略作思忖后点了点头，道："确实应该说得更清楚一点。"

而后，他在半明半暗的暖黄色灯光中过了道程序，沉声问她："要做我女朋友吗？"

乔亦溪佯装思索许久，为难地道："算了吧。"

周明叙声音难得有点不清晰："一般不是会答应吗？"

乔亦溪得逞般笑了："那你求求我。"

她本以为能捉弄到他，可以看他犹豫挣扎不情愿的样子，结果这人没有丝毫停顿地说："求你。"

乔亦溪哽了哽，问道："你这人有原则吗？"

"在你这里没有。"

她眨了眨眼睛，说道："好吧，那就勉为其难地答应你。"

周明叙在那边低低地笑了："那我谢谢您？"

"不客气，"乔亦溪晃动着手指，说道，"男女朋友嘛，应该的。"

周明叙拢了拢被子，听到她在那边小声道：“感觉你赚了。”

“怎么？”

“一个电话，收获一个又好看又多才多艺的女朋友。”

“是——”周明叙失笑，“那我又好看又多才多艺的女朋友，现在得到了想要的回答，可以睡了？”

乔亦溪手指收拢，翻了个身，弯了弯眼睛：“嗯。”

很快，电竞赛的决赛也到来了。

决赛定在P市，而且这次决赛的场地很大，据说是因为“国民老公”裴寒舟的巨额赞助，预算充足。

场地是圆形的，最外圈可以坐观众，里头是选手，还有大屏转播，毋庸置疑，也有解说。

因为决赛观众位不多，据说已经被炒到一票难求的地步。

乔亦溪肯定是没有这样的烦恼的，毕竟周明叙是热门选手，举办方会为他准备送朋友的票。

乔亦溪本来还想问舒然需不需要，需要的话自己就再去问问周明叙，结果舒然美滋滋地说郑语给了她一张票。

比赛在周六下午三点开始，一共比三局，按平均分定名次。

乔亦溪和舒然两点二十就进了场，舒然坐在位子上，看着气派的装潢和布置，感慨道：“裴寒舟也太有钱了吧，又不是特别大的比赛，竟然搞得这么正式。”

乔亦溪拿吸管戳着奶茶里的珍珠，问道：“这是你关注的重点吗？”

“你别说，我还真有点紧张，”舒然道，“郑语昨天才到P市，他能适应吗？不会水土不服吧？不会影响他发挥吧？”

“放心，”乔亦溪给她打安神针，“不会的。”

“昨晚他还吃鸡了是不是？那时候应该是在找手感。”舒然回忆道，“那时我俩都睡了，他好像是和周明叙一起打的。天哪，‘絮语’CP是真的。”

乔亦溪吸了一口奶茶，说道：“别站‘絮语’CP了。”

舒然没料到，说道：“怎么？我站周明叙和别人的CP你还吃醋？”

乔亦溪解释：“不是呀，因为‘絮语’CP不是真的，要站你就站真的嘛。”

舒然成功上套，问道："什么是真的？"

"稀粥（溪周）。稀粥 CP 是真的。"乔亦溪得逞地笑了笑。

舒然反应了好一会儿，这才不可置信地看向乔亦溪："你和周明叙？你们俩成了？"

乔亦溪扬眉："对呀。"

"啧，看你这得意的表情。"舒然凑近道，"怎么成的？啥时候？"

"上个星期，舞会之后。"

"那么早啊，你怎么现在才告诉我？"

"因为我想在你站周明叙和郑语 CP 的时候告诉你，你站错了，"乔亦溪放下奶茶，总结道，"'絮语'CP 是假的，'稀粥'CP 才是真的。"

"得得得，"舒然一副投降的模样，"你还挺记仇。"

又坐在位子上，舒然回味了一会儿，说道："甜甜的恋爱什么时候才能轮到我呢？"

"快了，"乔亦溪说，"你和郑语应该有戏。"

"呸，郑语这个直男……"

聊天中，比赛开了场。

第一场开头比较平静，大概大多数人刚上场，采取的是保守打法，只有周明叙和郑语两个人很强势，一直在拿枪打人。好在初期他们俩并没有碰上，所以不会互相残杀。

还剩三十个人的时候，比赛的可看性渐渐高了起来，仅剩十人时，比赛更加精彩了。

伏地、正面刚、绕远、占高点，各种打法都有，非常丰富。

第一局结束，周明叙第一，郑语第二，孤刀第三。

孤刀是被周明叙的三个雷直接秒杀在三楼的。

第二把大家渐入佳境，场上气氛也热烈了起来，随着每一次精彩的击杀，场中都能响起欢呼声。第二局结束，前三排名还是一样。

许是觉得不甘心，第三把，孤刀直接和周明叙跳了一样的地方。因为周明叙跳的地方很固定，无非就是那种跳下去人就很多的修罗场，因此孤刀不难判定。

一开局，第一个击杀是周明叙拿的，然后他又连杀了两个。

镜头切了一下，转到孤刀那边，他蹲在楼外，靠周明叙很近，大概已经通过枪声发现了周明叙在那儿。

乔亦溪已经猜到了孤刀的策略，整场，他的劲敌就是周明叙和郑语，更何况他和周明叙还有过那么一段故事，所以他躲在这里，想趁周明叙不注意的时候发动偷袭。

虽然办法看起来是下流了一点，但毕竟这是比赛，所以只能算个不那么光彩的战术，毕竟比赛就是胜者为王。

乔亦溪为周明叙捏了一把汗。

看着周明叙离孤刀越来越近，而孤刀蹲在那里没动静，乔亦溪害怕周明叙根本不知道危险在哪儿，心跳都快停止了。

周明叙从天台处下楼，这时候孤刀看见他，起身打他，结果下一秒，周明叙从楼梯侧边翻过，还没落地就把孤刀打成了盒子。

两个人是面对面对打，没有任何掩护，比的纯粹就是枪法。

谁更胜一筹，答案显而易见。

舒然捏住她的手腕，夸道："反应好快！"

周明叙也是扫了一眼名单，才发现自己这么快就把孤刀淘汰了。

他收回目光，在墙角打了个药，然后开车走了，连孤刀的盒子都没舔。

"真是够嫌弃，人死了都懒得舔，哈哈哈！"舒然看得激情澎湃。

舒然又凑近乔亦溪说道："你们俩很适合在一起嘛，气人的功力都这么深厚。"

乔亦溪哽了半天，竟找不出话来反驳。

当然，孤刀确实被气了个半死。守在那里打人也就算了，没打死本就够丢人的，结果还被对手看不起，连他的盒子都懒得舔。

要知道他身上可是有三级甲的，而周明叙身上没有。对枪时，周明叙没打到他的三级甲，甲完好无损，而且他身上还有一堆物资。

可就算是这样，周明叙也不为所动，嘲讽之意溢于言表，仿佛碰他一下都嫌恶心。

孤刀摔了鼠标，骂了一句。

周明叙那边就顺利多了，好几次险中求胜，捡了空投，仅剩三人时和郑语在一个小圈内相遇。

他们彼此都不知道对方身份，有人拿枪击杀了刚进安全区快没血了的郑语，下一秒，周明叙把那人干掉了。

周明叙又是第一，郑语第三，而孤刀已经掉到了几十名开外。

总分成绩排下来，冠军周明叙，亚军郑语，季军是一个叫李肃的男生。

观众席和弹幕讨论得热火朝天。

本来抱着随便看看的想法进来的，没想到有两三个选手不错啊。

这周明叙真的挺厉害的，三把都是击杀王，这么会打的小哥哥怎么从来不开直播啊！

感觉冠军的游戏意识特别好，思路也很清晰，打人还超凶，好好训练一下肯定是个不错的职业选手。

你们都关注冠军的技术，抱歉，我全程都在看脸，这脸好帅啊，是我看错了吗？会打游戏的还有长得这么好看的？

啊啊啊，裴寒舟，签他！签他啊！！

你冷静点，裴寒舟现在还没开始签人进战队。

舒然也挥动着手里的荧光棒为郑语欢呼。

乔亦溪心里涌起一股非常不矜持的骄傲，和周明叙交换眼神的时候，她悄悄在心里想：这么厉害的人，是她男朋友。

出了比赛场地，乔亦溪看到了守在门口的马期成和傅秋。她这才想起他们没进来看比赛，说：“你们怎么现在才来？”

“什么现在才来啊，我们早就到了好不好！”马期成可怜兮兮地说，“我们没票，只能悲惨地蹲在外面，一边感受现场比赛的热闹，一边看直播。”

乔亦溪有些于心不忍，问道：“这么惨的吗？”

“是啊，”傅秋指向周明叙道，“这该死的负心汉只搞到一张票，就在我和马期成讨论谁能拿到那张票差点打起来的时候，人家叙神轻飘飘地说‘票我已经给乔亦溪了’。好呗！行呗！兄弟不是人呗！”

乔亦溪哽住了，好半晌才道：“别生气了，今天中午我请客行吧。”

“不用。”周明叙语气淡淡地替她回绝。

马期成不服：“凭啥不用啊？！”

“凭人家是我女朋友。”某人回答得云淡风轻，却藏不住眼角眉梢的惬意，“别说票了，以后什么都优先给她。”

马期成“嘎”了声，而后捂住嘴，察觉到不对，忙问：“追到了？”

傅秋也愣了好半天，说道：“那不行，叙神你脱单了，今儿要请客啊！”

既得了冠军，又宣布了“早就想宣布”的脱单喜讯，今天这顿饭当然得是周明叙请。

饭桌上，马期成聊到自己得来的情报：“对了，关注这个比赛的电竞俱乐部好像真的蛮多的，我刚刚还听人讨论呢，叙神你拿了冠军，到时候肯定有俱乐部想签你。”

乔亦溪卷了卷碗里的面，说道：“我也在想这个问题来着，如果真的有公司要签你，你去吗？”

“看情况吧。”周明叙道。

毕竟这么打下来，他确实觉得这东西比以前学过的任何东西都让他感兴趣，而且愿意花时间花精力，也是唯一一个可以操控他情绪的职业。

如果有好的选择……他想他愿意试一下。

果不其然，接下来的一个月里，周明叙陆陆续续收到了五个俱乐部抛出的橄榄枝。

经过权衡，他选了其中一家。

面对面沟通那天，他是带着乔亦溪一块儿去的，乔亦溪坐在旁边，听俱乐部的老板在那儿阐述加入他们战队的好处。

“六月份 PGI 就要开预选赛了，虽然练习时间没几个月了，此前你也没有过什么训练，但我们看中的是你的潜力。我相信你，训练四个月绝对又是一位更加优秀的选手。

“况且你真的很有天赋，是我做到现在见过的最有天赋的《绝地求生》选手，我们很看好你，希望你也能好好考虑我们公司。

“如果你能够接受我们的专业训练，我想，到时候在 PGI 里，你一定会大放光彩。名次我不能预估，但一定不会差。”

PGI 全球邀请赛是首个由《绝地求生》官方举办的《绝地求生》大赛，可以说是吸引了全世界《绝地求生》职业战队的目光，没有人不想在这里和游戏内的佼佼者一决高下，杀个痛快。没有人不想捧回至高无上的荣耀，为自己，为战队，也为国家。

回去的路上，周明叙仍在思考，能看出他很心动。

这个俱乐部虽不算十分有名，但也算不错，更重要的是，老板非常非常喜欢他，为了让他加入，不惜提出可以让他一边上学一边训练的条件。

毕竟多数职业选手是住在俱乐部，每天严格遵循日程表进行训练，而大学生想要成为职业选手，大多数只能选择休学。

可目前前景还不够明朗，A大也是国内有名的顶尖学府，他这人素来不做没有把握的事情，于他而言，为那渺茫的希望选择休学，不是明智之举。

马上进入学校课少的日子，还有个暑假，其实他可以用来训练的时间非常多。除了周一到周三的上午有课，其余的时间他都可以参加战队训练。

这样一来，既保证了学业，也能兼顾训练。

倘若到时候觉得电竞这条路真的行得通，他可以再做打算。

目前家里对他的这些规划还一无所知，他还是稳中求胜比较好。

乔亦溪很显然也在思索这件事，抓着扶手看着窗外沉思。

少女认真的侧脸有点可爱，嘴角弯出一道小小的弧度，因为抿着唇，梨涡也若隐若现。

今天应她的要求，他们坐公交车回去。

周明叙的目光又转到她的手指上，少女手指白皙瘦长，指尖是好看的弯月弧，甲盖底下的肉呈现淡粉色，皮肤细腻得似上等羊脂玉。

他忽然想起她拉琴的样子，食指灵巧，轻盈地跃动。

那时只觉得她一双手生得漂亮，现在看来，漂亮里还带了股无法言说的吸引力。

手指近在眼前，周明叙定了定头，靠过去。

乔亦溪本来抓着栏杆在看风景，忽然感觉到手指上传来温热轻软的触感，扭头一看，某人这才把嘴唇挪开。

和她窝在一个小角落里，定头亲她手指，这人是变态吗？！

乔亦溪震惊地用气音问他："你怎么亲这儿啊？"

"不然呢？"周明叙屈身靠近了些，似笑非笑地问她，"那我应该亲哪儿？"

下午三点的公交车上乘客稀少，乔亦溪抓着扶手，被某人抵到角落里，手指发烫。

偏偏这人还一副故意逗她的样子，眼尾勾着，右手撑在她身侧，那张脸过分地逼近，几乎挡住了她面前所有的光。

她感觉自己的呼吸都要被他全数掠夺了。

就在周明叙侧了侧头，准备做点什么的时候，乔亦溪伸出手，软绵绵地推了他两下：“下车了，下车了！”

说完，少女从他左手边的狭小空隙夺路而逃，由于空间太小，侧身的时候，她的脸颊蹭过他嘴角，有若即若离的痒，但又似乎……更软一点。

周明叙抬起手腕，意犹未尽地舔了舔唇，再回过头的时候，她已经跳下车了。

乔亦溪回去没多久，舒然就盛情邀请她上线打游戏。

舒然那边还有个郑语，乔亦溪便叫上了周明叙。

即使两个人曾竞争过，但也没什么隔阂，周明叙和郑语仍旧是之前的相处方式——唯一的交流就是乔亦溪和舒然死后的配合战。

面对最后的躺赢局面，乔亦溪向周明叙解释道：“我只是太久没有打游戏了，没找到手感，你放心，下一把我肯定能活到最后。”

舒然在那边呛她：“被人机打死也叫没找到手感，我告诉你，你这纯粹是退化了——因为男朋友太过厉害而丧失了自保功能，这叫恋爱退化。”

“你好意思说我吗，然然，要不是为了救你，我能被人机打死吗？我每次只要不跟你一起打，就能活得好好的，一和你在一起，千奇百怪的死法都出来了。”

救舒然之前乔亦溪才杀了一个人，血没剩多少，舒然又被人打倒了，在那边一个劲儿地叫唤，说什么乔亦溪再不来扶她，她就彻底死了，还骂乔亦溪无情无义。

乔亦溪药都来不及打就过去拉她，结果刚蹲下没多久，来了个人机打她，她还没来得及看清人在哪儿，就耻辱地被人机打死了。

周明叙为了让她不用脚跑进圈，那时候正距离她一千米去找车，刚从两人座的雪橇上下来，心道终于找了辆四人座的汽车，就看到了乔亦溪和舒然的死亡名单。

所以他大老远跑过来干什么？

由于第一把乔亦溪不小心被打死了，周明叙的心情就不怎么好，因此为了维持他的好心情，乔亦溪打算第二把一定好好打，自保为主。

这次他们跳的地图是热带雨林，非常漂亮的一张地图，草木茂盛、绿意盎然，湖泊清澈见底一望无际，弥漫着水天相接的淡蓝色。

乔亦溪趁周明叙跳伞的时候，看着底下的大好河山，不由得道：“小周你看，这都是朕为你打下的江山。”

周明叙还没回答，舒然先“嗤”了一声：“你连人机都打不死，还想给人家打江山？”

而后落了地，乔亦溪进房子搜物资，结果手机卡了下，手一滑，门没推开。

这一幕正好又被舒然看到了，她便对乔亦溪说：“你别告诉我是这家房东不想招待你。”

“不是，”乔亦溪略作停顿，开始胡扯，“是这张门有问题。”

舒然没想到她能面不改色地说出这种话，说道：“你又胡说八道什么呢？”

乔亦溪向周明叙寻求认同感：“这门有问题，对吧，周明叙？”

恰逢周明叙走到了这个屋子前，乔亦溪话音才落，他就推开了门。

乔亦溪凝噎了一下，心道，你这么不给面子啊。

谁料下一秒，周明叙又把门关上了，随即向后退了两步，一本正经地表示：“嗯，门有问题。”

乔亦溪笑了：“就是，垃圾《绝地求生》。”

周明叙也跟着应和，嘴角噙笑道：“嗯，垃圾。”

“呸！”舒然听不下去了，鄙视道，“好一对一唱一和、妇唱夫随、狼狈为奸、睁眼说瞎话的情侣！”

郑语在那边也笑了两声。

“对了，郑语，”舒然忽然想到什么，问他，“那个比赛之后，有战队想跟你签约吗？”

郑语答：“有。”

“那你签吗？”

“可能，还得再看看，”既然聊到这个话题，郑语顺便也问了周明叙，“周明叙呢，签了没有？”

“打算签了，”周明叙道，“感觉条件还不错。”

他后来去训练基地看过一眼，教练负责，队员也比较认真，大家都很努力，并没有消极怠工。

反正也不用休学，到时PGI的中国区预选赛也要开始了，既然有这个机会，那不如就奋力尝试一下吧。万一真能闯出点名堂，何乐而不为？

周五的时候，周明叙去签了合同，回去的路上，乔亦溪问他："这事有和你爸妈商量吗？"

他摇头。

"那有告诉他们吗？"

周明叙继续摇头，道："我自己的人生，自己决定就好。"

她也知道他一向是个有主见的人，不会太在意别人的目光，某些方面也是霸道而强势的。

"话是这么说没错啦，"乔亦溪道，"但是不和他们说一声吗？阿姨不参与这些的话，你也不和叔叔说？"

毕竟在她的认知里，某些大事还是需要父亲指点的。

周明叙勾了勾唇，说道："他要是知道了，不会同意的。"

乔亦溪仰头问道："为什么？"

"没发现吗，只要一提到我打游戏，他的表情就不会太好，他一直希望游戏有朝一日能完全退出我的生活。"周明叙淡淡道，"现在要是让他知道，我甚至把游戏列入了未来职业道路选择之一，你觉得他会怎么样？"

周明叙这么一说，乔亦溪才想到，无论是她第一次去他家，还是周父出差结束之后去他家，都发现这样一个情况，但凡是听到看到和游戏沾边的，周父都会明显地皱起眉头。

他上次还问乔亦溪，周明叙是不是没回家打游戏去了。

乔亦溪轻叹了一声："不过他们那个年代的很多家长好像是这样的，觉得游戏是消极的、害人的，打游戏是不务正业。在他们心里，电竞行业不能算作一个正常职业。"

但是也能理解，毕竟他们那一代一路走来，不可能完全接受和消化新时代馈赠的所有东西。况且人上了年纪，要改变自己前几十年的固化思维，不是件容易的事儿。

时代更迭变化，大局势造就了一个新的竞技项目，只是游戏这东西有两面性，一面是热血奋斗和青春，另一面，则是学生沉迷游戏后带来的荒废学业。

大多数父母一辈的人，对游戏的印象停留在后者，觉得玩这东西不过是浪费时间。

周明叙沉吟道："所以先不和他说吧，到时候再看情况。"

"你是想做出点成绩之后，再来说服他吧？"乔亦溪抬眼看去。

少年勾了勾唇，瞧了她一眼，语气里有微微的愉悦："聪明。"

签约之后，周明叙的动作特别快，好像一下子就进入了新节奏。

上午上课，和乔亦溪吃过午饭之后，他就去基地进行训练。

第一天晚上十点，他的训练结束，乔亦溪还特意敷着面膜打了个电话过去："今天怎么样啊？适应吗？"

"还好，打几局就找到状态了，"周明叙回她，"你呢？下午干什么了？"

"练滑板去了，顺便看了本小说。"乔亦溪合上那本《月亮与六便士》，继续道，"你今天住那儿吗？还是回寝室？"

"回寝室，现在已经到宿舍楼下了。怎么，准备来接我？"

乔亦溪摸了一把自己身上的睡衣道："那倒没有，我就是问问。"

过了一会儿，乔亦溪问："俱乐部里有女生吗？"

"我们这边没有，但是DOTA2分部那边好像有，怎么了？"

一个俱乐部分很多战队，每个战队主攻的都是不同的游戏。

"没什么啊，"她含含糊糊地问，"那边的女生，好看吗？"

周明叙皱了皱眉，好像就刚进去的时候被教练带着参观了一圈，他也没太注意："一般吧。"

乔亦溪咬了咬唇，又问："那边的女生好看吗？"

周明叙垂眸道："怎么又问一遍？"

乔亦溪仍在重复："好看吗？"

过了一会儿，周明叙意识到了什么，大概是她想问出一个满意的回答。

于是他了然道："没你好看。"

本来以为这就是她想要的回答了，没想到乔亦溪那边还在问："那边的女生好看吗？"

周明叙思索了好一会儿，才道：“不知道，没见过，不清楚。”

果然，这下乔亦溪停止发问，她在那边笑眯眯地道：“叙神的求生欲还是蛮强的嘛。”

“不是求生欲，是真心话。”周明叙道，“我真没注意她们长什么样，而且也跟我没关系。”

乔亦溪躺在床上，感觉还是没缓过劲来。

“我们才恋爱没多久吧，结果你马上就被扔到了一个新环境，而且可能还有很多妹子，我都不熟悉那里是什么样的，都没谱。”她眨眨眼，“你要是在那边另觅新欢，我就……”

周明叙眯眼道：“你就怎么样？”

使尽浑身解数留住他？

乔亦溪给出答案：“我就找个比你更好看更高更会打游戏的。”

周明叙一时没说出话来，觉得她真是好一招出奇制胜。

“可以啊，”周明叙手指动了动，似乎浑不在意地道，“你试试。”

那边沉默了一会儿，一点动静都没有。

周明叙本来只是想接个她的梗，没想到那边真的断了连接，顿时皱了眉，把手机拿下来确认几眼，发现她那边真的没声音了。

过了几分钟，乔亦溪的声音才传过来：“喂？”

周明叙眉头皱得很深：“你去哪儿了？”

“我刚刚下去买了提纸，楼梯间信号中断了，”乔亦溪说，“进寝室才连上的。”

他抿了抿唇，方才倒还真有点没缓过来。

“怎么，你害怕了？”乔亦溪眯了眯眼，“害怕我真去找比你更好的人，然后把你踹了？”

“放心吧，”她缓缓道，“我这么菜，认识不了比你更会打游戏的人了，我匹配到的人全是跟我一样的水平。”

乔亦溪夹着手机道：“你不去洗澡吗？还在跟我打电话。”

“再打半个小时，等会儿才停水。”

两个人又打了半小时电话，一直打到乔亦溪爬上床准备睡觉，电话这才有挂断的倾向。

要挂之前，她随口确认道：“明天下午还要去训练吧？”

得到的答案是肯定的：“嗯。”没多久，周明叙又道：“别担心。”

乔亦溪微愣：“啊？担心什么？”

“不会另觅新欢的，”少年的声音在夜色中轻飘飘地传来，“别的女生我都看不见，只看得见你。好了，我洗澡去了。”

乔亦溪还没反应过来，那边的电话就挂断了。

反应了几秒，她忽然意识到……周明叙他，不会是在害羞吧？

一贯喜怒不形于色的人说了那样缱绻温存的话，感觉五脏六腑连着声带都开始烧灼起来，又不愿意被她看出来，只好竭力装作镇定地放下手机，状似冷静地去洗澡。

实际上，很有可能他连自己在干什么都不知道。

想到这里，乔亦溪把手机放在胸口，咬了咬下唇，难以自持地，嘴角漾出一抹很小很小的弧度。

她在这儿莫名其妙内心荡漾个什么劲儿？

乔亦溪脸都笑僵了才意识到不对，揉了揉酸胀的苹果肌，准备放下床帘睡觉。一侧身，她才发现坐在对面凝视她许久的舒然。

舒然面无表情，气得牙痒痒：“谈恋爱这么快乐是吧？”

乔亦溪张了张嘴，最终真诚地道：“好像是这样。”

而另一边，乔亦溪果然没有猜错，挂断电话的周明叙正在收拾洗澡要换的睡衣，因为洗手间没有篮子，所以他们要把衣服装进袋子里带进洗手间。

这人看起来和平常没什么两样，一脸正气凛然，没过多表情，只是……

室友凑过来问他：“嘿，想啥呢叙神？”

周明叙皱了皱眉：“想去洗澡。”

“洗澡？”室友指着他的装袋动作说道，“那你往袋子里装鼠标和键盘干什么？去厕所玩花洒大战热水器吗？”

周明叙看着袋子里已经装好的东西，陷入沉默。

第五章 人间温柔

次日，周明叙一到基地，就乖乖给乔亦溪发了消息。

乔亦溪刚看完一个提琴视频，就收到周明叙发来的“到了”二字。

他还给她录了一个他从门口进去，然后找到位子坐下的视频。

乔亦溪：“怎么报告得这么详细？”

周明叙：“为了证明我没看别的人。”

乔亦溪：“啧，叙神这么自觉的吗？那万一妹子敲你们房间的门，娇滴滴地问‘叙神在吗，可以带我打游戏吗’，你会怎么办呢？”

周明叙言简意赅道：“那我就说，周明叙死了。”

她哽了半晌，觉得周明叙真是好狠一男的。

果然，这话一说，乔亦溪立刻来阻止他：“撤回，赶紧撤回，哪有你这么诅咒自己的？”

周明叙刚撤回，又看到她的消息：“你死了我怎么办？”

他一愣，恍惚片刻，还没来得及感动，乔亦溪的消息继续发过来：“那我就没有免费的三级头三级甲可以拿了，我不允许。”

行。

周末的时候，乔母之前提过的那场饭局也如期到来了，饭局就只有周乔两家参加，算是乔母答谢过去几个月周家对乔亦溪的照顾。

乔家人嗜辣，这顿饭乔亦溪却发现点的菜是一半辣一半清淡的，完全不符合她家的饮食习惯。而且她那阵子住在周家，也没发现周明叙和周母的饮食多清淡啊。

于是她小声问乔母：“为什么这么多清淡的菜啊？”

乔母答：“周叔叔有高血压，饮食要以清淡为主。之前没听说过？”

乔亦溪一想，这才记起自己好像是在哪里听过这回事。不过也不碍事，她喜欢的菜乔母都点了，就吃那些也够了。

饭桌上，大家聊到孩子以后的就业问题，乔亦溪打算试探一下。

“我前两天看到有个电竞职业选手的直播上热搜了，周明叙好像游戏也打得挺好的吧，我觉得说不定可以走电竞这条路，做好了还是可以名利双收的。”

周父却是摇了摇头：“A 大那么多专业随他选，去打游戏做什么？他上了十几年学，最后跑去打游戏，说起来也不像话。”

“现在游戏行业也没有以前那么混乱了，好多走上正轨了呢。”乔亦溪说，“电竞选手现在粉丝很多的。”

周父蹙眉道：“我还是希望他选个好的方向，不要去弄那些花里胡哨的东西，那么多前辈走得好好的路不走，去走一条还没开垦好的路，浪费资源。”

A 大这么好，没必要摒弃学校里这么多好专业，去干一件他认为很荒谬的事。

“再说了，游戏有什么好打的？简直就是不务正业。”

一讲到游戏这个话题，周父的情绪确实不太好，气压都好像低沉了些。

乔亦溪识趣地打住，换了个话题：“对了，我们下个月有大提琴表演，大家一起来看吧。”

就这样，话题总算被揭过。

周一的时候，二人一起去上课，乔亦溪还在路上说起这件事。

“你还真没猜错……你爸对电竞这行业还真是挺排斥的。”

周明叙抿了抿唇，没说话。

“不过，”她扯扯他的袖子，说道，“他对你严格也是正常的，毕竟你成绩这么好，A 大也是这么好的学校，他肯定不想你去走他看来不正规的路。”

也许在周父看来，这种感觉就像是儿子放弃市值几百亿前程似锦的大公司，非得去一个看起来就很离经叛道的行当自主创业。

偏见实在是根深蒂固得很。

外头有车，周明叙拉着她往自己这边带了带，状似不经意地道："所以更要做出成绩给他看。"

乔亦溪点了点头。

二人今早的专业课不同，在路口处分别。

周明叙的任课老师人比较好，会提前下课，于是周明叙便提早去乔亦溪的教室门口等她。

他们的老师好像正在做随堂测验，临下课时正要收东西的时候，底下一阵骚乱，他看到有人戳了戳乔亦溪的后背，红着脸说了些什么。

应该是借笔，因为随后乔亦溪就把自己的笔递了过去。

她后头的男生填完卷子，又主动把她的卷子带走上交，回来的时候，又拿着手机讲了些什么，随后乔亦溪摇了摇头。

乔亦溪出来之后，周明叙才问她："刚刚那人……找你搭讪？"

"你看到啦？"她有点惊讶，"也不是搭讪。"

他还没来得及松口气，只听她道："要微信号而已，我没给。"

她讲得云淡风轻，似乎觉得这不过是生活中经常发生的小插曲。

周明叙又道："经常有人找你要？"

"也还好，就是偶尔有我不认识的去旁听，然后问我一大堆问题，最后问我能不能认识一下，"她耸耸肩，说道，"也不知道从哪儿搞来我的课表的。"

周明叙皱了皱眉，若有所思。

于是周三当天，当乔亦溪和周明叙一起走到她教室门口的时候，她才察觉到不对劲，问道："你和我一个教室？不对吧，你不是在二教上课吗？"

"临时取消了，"周明叙道，"来陪你上节课。"

他好像还没陪她上过课。

"可以啊，"乔亦溪拍拍他的肩膀，说道，"你就靠你这身好皮囊吸引一下我们班女生，让她们无心学习，然后老师不得不提早下课。"

"你交男朋友是干这个用的？"

"当然不止这个，"乔亦溪把他按到位子上坐下，说道，"你先帮我占个位，我上个厕所，马上回来。"

到了厕所，乔亦溪没想到还要排队，给周明叙发了条消息："我先排队，老师点名了就说我上厕所去了。”

发完，乔亦溪羡慕地看向隔壁冷清的男厕。

为什么无论去哪儿，女厕永远是爆满，而男厕永远那么空荡。

一般这个时候，她才会由衷地羡慕一下男生。

就在她等待的时候，老师开始点名了，乔亦溪在名册里比较靠前，很快老师就点到了她的名字。

“乔亦溪。”

第一遍无人应答。

“乔亦溪。”

第二遍的时候，周明叙才反应过来，接了口。

没承想，另一个声音和他的声音一同响起：“到。”

“她上厕所去了。”

周明叙蹙眉往那个声音发出的地方看去，居然看到了齐甘，齐甘也回身看他。

讲台上的老师看看点名册，敲了敲桌子：“怎么回事？乔亦溪到底是男是女，还会分身术是吧，怎么还有两个人呢？”

底下顿时哄堂大笑。

“都别仗着我年纪大就唬我啊。”老师指着底下的齐甘说道，“这位男同学，你站起来。”

齐甘站了起来。

老师问：“你是乔亦溪啊？不对啊，我琢磨着乔亦溪不是个女孩儿吗？”

底下有人快笑抽过去了。

老师敲笔，询问：“赶紧的，老实说自己叫什么。”

齐甘老实答道：“齐、齐甘。”

“这就对了，”讲台上的人推推眼镜，说道，“别在我课堂上搞假动作，帮忙点到这种事不存在的。”随后，老师又看向周明叙：“你呢，你是谁？”

乔亦溪快速地上完厕所，回来正看到少年站在靠窗的位置，高挑显眼，并且确实成为大家注视的焦点。她正疑惑着周明叙一个旁听的站起来干什么，很快，就听到他的声音。

少年的声音扬了扬，带着一点宣示主权的强势，仔细听，还能听出满足和惬意之感。

“我是乔亦溪的男朋友。”

声音不大不小，却是带着毋庸置疑的肯定，仿佛告诉那些对乔亦溪还抱有旖旎想法的人：别再动歪心思了，这人是我的女朋友。

我的。

谁都没料到，对于“你是谁”这个问句，周明叙会给出“我是乔亦溪的男朋友”这种答复。班内一时哗然，议论声不绝于耳。

齐甘的脸都绿了。

班上也有一两个男生，面色不是特别好，似乎很遗憾的样子。

乔亦溪站在门口，看着这气氛，进也不是，不进也不是，就站那儿徘徊了一会儿。

老师很快看到她了，问道：“门口那位同学，怎么回事？”

“我是乔亦溪，”乔亦溪自报家门，往自己的位子走去，“刚刚排队上厕所去了。”

老师目送她走回座位，问道：“这男生说自己是你男朋友，是吗？”

虽然不知道为什么这位老师也这么八卦，但乔亦溪还是点点头，认真地回道：“是的，如假包换。”

“噗。”后排有人在笑。

老师推推眼镜，也笑了：“行了，那坐下吧。我并不排斥男女朋友来课上旁听啊，但是不要影响课堂纪律。”

“你影响课堂纪律了？因为什么？”乔亦溪小声问他，“太好看了吗？”

周明叙一时间不知道该先解释还是先笑。

“刚刚老师点名，齐甘和我一起帮你应了，老师就开始查了，”某人因为被夸奖愉悦地解释道，“结果你也看见了。”

“老师怀疑你不是我男朋友？”

“不，老师怀疑你有两个男朋友。”

乔亦溪伸出三根手指，说道：“天地可鉴，乔乔是无辜的。”

她又不知道齐甘会帮她答到。

虽然这两天是在班上看到了齐甘，但她也没多想，只想着前段时间他们说齐甘有事回家了，没想到现在又回来了。

下课之后，齐甘居然直接到座位上来堵乔亦溪了。

乔亦溪站在那儿，没来得及讲话，就被周明叙扶着肩膀往后转了转，道："你先出去等我。"

乔亦溪有片刻迟疑："那、那你……"

"我和他说，"周明叙点了点头，"去吧，到外面等我。"

乔亦溪也乐得清闲，免得再跟齐甘纠缠，爽快地出去了。

本来以为自己还要等好一会儿，她打开游戏打算和舒然打一局，结果刚登录游戏，领了点东西，周明叙就出来了。

乔亦溪惊诧地抬头问道："说完啦？"

周明叙点点头："走吧，吃饭去。"

去吃饭的路上，乔亦溪问他："你们都说了些什么？"

"没什么，就是告诉他，"周明叙偏了偏头，说道，"你有男朋友了，他没有机会。"他揉揉她发顶，补充道："他不会再来烦你了。"

虽然乔亦溪不知道周明叙具体说了些什么，但听他的笃定语气，想都不用想，肯定靠着自己的气场和简单利落的宣示主权，狠狠地挫了挫齐甘的锐气。

想到以后不用被齐甘死缠烂打了，乔亦溪心情挺好，扯着他的手来回晃，问道："叙神，中午吃什么？"

"日料？"

"嗯，可以。"

"还有，"周明叙侧头瞧她，"叙神、周明叙、小周，这就是你对我的称呼？"

乔亦溪抬了抬眼，问道："不然呢？你还想要什么别的名字？"

周明叙挑了挑眉，似是酝酿了一会儿才道："情侣之间不是都会起一个……不太一样的？"

"也没有吧，不过如果你想，我就给你想个……爱称？"乔亦溪想了会儿，说，"周周、明明、叙叙？"她又自己回味了一会儿，笑道："叙叙就算了吧，嘘嘘，听起来像小便。"

周明叙沉默地听她胡闹。

乔亦溪展开了疯狂的联想："叙神，神神？你觉得神神怎么样，够独特吗？"

周明叙已经跟着她的节奏开始天马行空地胡扯："那我叫你经经？"

乔亦溪道："经经听起来像经济学。不如叫我道道吧，到时候出道我们俩还能整一组合，神神道道，多好。"

周明叙张了张嘴，无语凝噎了好半晌，终是认输："在胡扯这方面我确实比不过你。"

乔亦溪笑弯了眼，在阳光下轻松地扩了扩胸，说道："你知道就好。"

这周有新电影上映，是乔亦溪感兴趣的悬疑题材，她周四的时候跟周明叙打着电话，顺嘴和舒然激情澎湃地讨论了两句，结果周末就收到了周明叙发来的票码，说要带她看电影。

她那时候在家，果不其然，一打开门就看到周明叙站在门外。

往外走的时候，她问："你不训练啦？"

"下午去，"周明叙道，"上午放假。"

"为什么放假，是因为你打得好，所以有奖励吗？"

某人挑了挑眉，道："可以这么说。"

走出去两步，乔亦溪晃了晃脑袋，说道："我忽然反应过来，我们这是没在一起多久，你就要去别的地方、有特别耗时间的事情要忙了吗？"

好像不像别的情侣那样，刚开始恋爱时成天黏在一起，一天能有二十个小时都抱在一团跟拧麻花似的。

听了她这话，周明叙顿了一下。

其实他也不是没担心过这件事，因为要忙训练，分给她的时间肯定就会相应减少，不能常常陪伴她，偶尔他也会觉得心慌。

譬如此刻，对着少女明亮的双眼，他竟头一次生出了点微妙的情绪。

她这是嫌自己能陪她的时间太少？

周明叙说道："那我多抽点时间来找你……"

话没说完，乔亦溪却扳着手指开始算起来了："那你忙训练的话，我也可以去忙自己的事情啦。刚好最近有个滑板班开课了，我挺心动的，前阵子还琢磨着怕没时间去来着。"

他敛眸，感觉这和原本的剧本不一样。

他偏了偏头，似是没想到会如此，说："你不讨厌？"

"讨厌什么？"

"陪你的时间太少，怕感情变淡。"

"也没有很少啊，我们经常一起上课、一起吃饭，还打电话视频什么的，"乔亦溪说，"住得还这么近，想见随时能见到。

"你想啊，我们已经这么亲近了，住上下楼，上同一所学校，参加的社团还老一起举办活动，到时候再天天黏在一起，刚开始可能不觉得有什么，时间一久，热情被透支，肯定会觉得疲乏的。"

"偶尔留一点彼此的空间，挺好的啊。"乔亦溪眨眨眼，"距离产生美嘛。"

之前虽然没恋爱过，但她一直是个挺享受个人时间的人。

她觉得，女孩子有依附于爱情的权利，但也需要做到相对意义上的独立。恋爱时认真恋爱，而恋爱之外的生活，也需要自己用心去经营，找到自己人生的重点和轨迹。

周明叙垂眸。

也对，之前已经有了太多的相处时间，再时时刻刻待在一起，真的可能会腻烦。

"再说，"乔亦溪举起他的手，说道，"你这不是来陪我看电影了吗？挺好的。"

她娓娓道来："我觉得陪伴这种事呢，在质不在量，不需要你每时每刻都在我身边，而且也不可能。所以我需要的时候你在，就很好了。"

走到影院门口的时候，周明叙很是郑重地沉声回复她："我会的。"

会在的。

你每个需要我的时刻，我一定及时赶到，一定不缺席。

电影院比外头要稍微冷一点，两个人取了票，周明叙转身欲走。

乔亦溪问："你去哪儿？"

"坐着等入场，"周明叙拿着票顿了一下，问道，"不是吗？"

"不买爆米花？吃的喝的？"乔亦溪持不同观点，"干坐着多无聊啊。"

既然乔亦溪提了，那么就算周明叙平时的确是"干坐着的'无聊'人士"，此刻也迁就她，往爆米花机那边走去。

周明叙买了一大桶爆米花拿着。

乔亦溪站在奶茶店前，点了一杯荔枝玫瑰，回头又问周明叙："你要不要喝点什么？”

周明叙扫一眼菜单，随便点了个，说：“柠檬薄荷吧。”

她点点头，跟服务员讲了他要的柠檬薄荷，这才退出来，等待的时候轻声同他道：“我以为你会选枸杞胖大海。”

周明叙蹙了蹙眉：“有这个？”

他好像没看到过这个，奶茶店一般不都是甜饮料？

乔亦溪愣然地抬了抬眼，问：“你还真想喝？”

买好水和爆米花之后，也到了入场时间。乔亦溪一边喝着饮料，一边从周明叙怀里的盒子里抓爆米花吃。

电影的情节其实挺无聊的，不到十分钟，乔亦溪就对着大屏幕发表观点：“凶手是女仆。”

周明叙看着屏幕上的女仆道：“确定？”

“确定一定以及肯定。”大侦探乔亦溪推了推眼镜，说道，“女仆。”

周明叙问道：“怎么看出来的？”

她抿抿唇，有点不好意思了：“昨天刷影评不小心看到的剧透。”

周明叙默然。

由于看悬疑电影，一开始就知道了凶手，剧情也不是特别吸引人，所以乔亦溪没一会儿就坐不住了。她坐在椅子上，开始研究手里的荔枝玫瑰。

周明叙看了她一眼，说道：“怎么，凶手留下的线索在你的水里？”

“没，”她有点坐不住了，小声问周明叙，“你的是什么味儿？好喝吗？”

周明叙猜她大概是想喝，于是把自己的拿到她面前，说道：“尝尝不就知道了。”

乔亦溪顺势低下头，衔住吸管喝了两口。

春天的饮料也是清清爽爽的味道，柠檬混着薄荷，有点像他给人的感觉。

喝了两口，乔亦溪感觉到不对了。

她在喝周明叙的水？她在叼着周明叙含过的管子？

这算什么？确立关系后的第一次间接接吻吗？

周明叙看她仍是低着头不动弹，从他这个微偏的角度，能看到她嘴唇的弧度。

乔亦溪正在发呆，忽然感觉到有温热手指靠近，扶着管子上抬，若有似无地碰到她下唇线，痒痒的。

“还在喝？”周明叙假意敲了敲吸管。

乔亦溪赶忙松了口，说：“喝完了。”

说完这句，她老实地靠回椅背上，捧着自己的水，借着看电影的假动作开始胡思乱想。

周明叙指腹轻搓，方才一瞬抚过她嘴唇的触感仿佛仍然存在，某人心满意足地眯了眯眼，而后喝了口水。

后面的半场电影，二人出奇一致地“心怀鬼胎”，仿佛沉浸在电影情节里。

出去之后，乔亦溪在路边看到卖东西的小贩，这才暂时忘却了自己之前的那些小心思，她指着右手边说：“我想过去看看。”

周明叙陪她过去之后，才发现自己的这个决定究竟有多么离谱。

这居然是个卖小孩玩具的地方，主要是小猪佩奇和海绵宝宝形象的东西，而乔亦溪居然也真的买了一个小猪佩奇的领结。

于是回去的一路上，乔亦溪都试图把那个领结夹到周明叙的衣领上。

“试试……就试试嘛，我看看你适不适合戴领结。”

“别躲啊你，哎哎，这个好看，我保证。”

两个人闹到小区里都浑然不知，当乔父乔母下来丢垃圾的时候，正好目睹了这一幕。

乔亦溪挽着周明叙的手臂，两个人有说有笑，自家女儿甚至像个强盗一样一脸轻佻地笑，用手指勾周明叙的衣领。

周明叙目视前方，最先发现他们，乔亦溪感受到周明叙发出的某种信号，一转头，正好和自己的母上大人四目相对。

她觉得气氛好像有点不对劲。

开口之前，她及时地把自己放在周明叙衣领上的手收回来，还装模作样地咳嗽了几声，解释道：“那个，周明叙衣领上有个线头，我帮他扯，真的。”

十分钟后，六个人端坐在周家的麻将桌边。

这场由乔亦溪和周明叙恋情曝光引发的聚会，参与人员有：周父、周母、周明叙，乔父、乔母、乔亦溪。

无人缺席，百分百的出席率让乔亦溪感觉他们好像在商量国家大事。

大家坐了二十分钟，无人发言。

周母和乔母的目光在两位当事人身上流连，乔父怅然若失地放空自己，周父抄着手像在等什么。

又过了五分钟，周明叙看了一眼手表道：“真的有人想发言吗？我下午还有事。”

四位家长交换了一个意见一致的目光，而后，周母这才大梦初醒般憋出一句：“那……那你们、好好相处，珍惜机会。”

“知道了，”周明叙起身，向乔父乔母打过招呼后才道，“那我就先走了。”

乔亦溪看着门口发愣，这就结束了？

直到周明叙挥手唤她，她才跟着从座位上起来，和他一起走了，徒留房里的四个人继续沉默。

乔母拿手抵了抵额头，道：“真是，我这一直想的成了现实，怎么还有点反应不过来呢……”

下午，乔亦溪被周明叙带着去战队看了一圈。

战队有严格的时间表，比如几点起床，几点训练，几点才能结束。

她看了会儿他们训练，又在俱乐部外面逛了一圈，周明叙就出来吃晚餐了。

他们选择吃田螺。

等待的时间，乔亦溪问他：“晚上还训练吗？”

“嗯，吃完回去打，起码赢三局才能提前出来。”

乔亦溪“啊”了一声：“那我岂不是要等……”

“不用等，很快我就把他们全杀完了。”

好，够强硬，够霸道，够周明叙。

田螺很快端上来了，乔亦溪戴好手套，开始拿牙签戳这难戳的东西。

周明叙动作倒是很快，轻轻松松就挑出了一个，递到她嘴边。

乔亦溪张口去咬，咀嚼的时候还有点没回过神来。

“我还记得刚碰上没多久，那天晚上你接我下课，问我要不要吃田螺，我说太难戳了，你就带我走了，没想到……”

周明叙挑眉，说道：“没想到还没过多久，这人就从带你走变成了帮你戳。”

吃完东西，周明叙又回去训练，乔亦溪就在附近的沿江公园散步等他。

乔亦溪散步的时候收到一张截图，是马期成发来的，有人在微博上给孤刀发私信。

那个人说在某某战队看到周明叙了，提起之前比赛时，周明叙拿了第一而孤刀名落孙山的事，问孤刀还有没有什么计划，日后二人会不会再度 PK。

孤刀居然回复了，内容也很简单："你是周明叙的粉丝？犯不着发这种东西来刺激我，有本事真让他拿个世界冠军看看，大学生电竞赛算什么玩意。"

他气急败坏，为了骂周明叙，连自己的面子都不要了。

乔亦溪问马期成："截图是哪儿来的？"

马期成说："我朋友发给我的，说是刷微博无意间看到的。这孤刀真狠啊，疯起来连自己都骂。下回我就真发张周明叙世界冠军的照片送他，看看他能不能气得当场昏厥。"

乔亦溪又跟马期成说了两句，对话结束，她一个人沿着小桥踱步。

这是个新公园，乔亦溪走走停停，逛完的时候周明叙就出来了。

剩下还有半段路，两个人一起走了会儿，沿途周明叙看到了一家小超市，应该是看到了他一直喜欢的那种糖，买了一盒。

黄色的纸盒包装，柠檬味的，乔亦溪想，应该还挺好吃的吧，毕竟她也没吃过。

没走几步，她实在是累了，找把椅子坐下休息。

"先坐十分钟再走吧。"

"嗯。"

听着耳边的虫鸣，她问："你们是不是快要比赛了？"

她是在走廊上听人说的。

周明叙点了点头："预选赛，决定能不能去柏林打决赛。"

七月底，PGI 的总决赛在柏林举行，各国顶尖战队齐聚一处，争夺奖杯。

"肯定可以的，"她仰头，看着天幕道，"我相信你。"

"多的是训练很久的战队选手，你相信我？"周明叙淡然道，"你对我的喜欢已经到了这么盲目的程度吗？"

"这才不叫盲目，这叫有信心，"乔亦溪眨眨眼，还有点恍惚，"感觉还是不太真实。"

少年声音沉了沉："什么不真实？"

"我们谈恋爱这件事，"乔亦溪说，"因为以前也老是一起散步一起上下学，所以现在做一样的事，偶尔会觉得我们好像还和以前的朋友关系差不多，也没做什么别的。”

可能是朋友的关系维系得有点久，她还在过渡适应期，有时候恋爱感很真实，有时候又会觉得恍惚。譬如，以前朋友时期一起逛公园的次数太多，现在又一起逛公园，仿佛昨日重现。

周明叙满脑子都回荡着她那句“也没做什么别的”。

她还想做什么别的？

乔亦溪还在看着月亮失神，忽然，肩膀被人点了一下。她下意识地侧头看他，还没来得及看清眼前的人和景，一张放大的脸凑近，周明叙偏头吻住了她。

公园里喧闹着各种各样的声音，仿佛混杂成一团团的棉花塞进乔亦溪脑子里。她觉得这个接吻的感觉像在吃糖。

他轻轻含住她的唇珠，少年嘴唇柔软，像一颗悬在外头的软糖。不疾不徐，慢条斯理，是他酝酿前奏时一贯的作风。

他刚刚肯定吃过糖了，吐息都是柠檬糖的甜味儿。

周明叙手掌托住她的脖颈，以方便自己用力。

他的舌尖扫过她的牙关，由于她紧张得牙关紧咬，他没有打开。

他略带薄茧的拇指擦过她耳根，声音魅惑地诱哄道：“你别咬这么紧。”

后知后觉地，乔亦溪松了松绷紧的肩膀，少年似乎是满意地低低笑了一声，舌尖撬开她的牙齿，长驱直入。

乔亦溪觉得自己要是个炸弹，肯定在他笑的那一刻已经爆炸了。

她脸颊滚烫，耳根后酥酥麻麻的，耳垂刚刚像是被人揉捏了一下，她感觉整个人瞬间就软了下来。

周明叙这个吻温柔绵长，一点点地蚕食掉她的理智。

像缠绵，像撩拨，像温柔的报复，报复她喝醉那晚亲过他后转眼就忘的“不负责”，报复她曾让他辗转反侧的那些夜晚，报复她曾一次次让他躁动的念想。

他以为自己擅长忍耐，到这一刻才知道，他根本不是擅长忍耐，只是蛰伏期太久太久，不到爆发那一刻，他不知道原来自己的渴望埋藏得那么深。

他曾为她失眠，内心有过想抱却抱不到的空虚，他悉数用另一种方式还给她。

乔亦溪呜咽着："你别、咬我。"

她已经被折腾得快要缺氧，伸手扑腾了两下，这人才放开她。

末了，餍足的某人还恬不知耻地询问她："现在有真实感了吗？"

他勾了勾唇，头一次，嘴角的笑染了点痞坏的味道。

"如果还没有，就再来一次。

"我不介意帮到你觉得真实为止。"

"谁，谁跟你再来一次，"乔亦溪意识到这人刚刚说了什么话，捂着嘴往旁边蹭了蹭，说道，"你少做梦了……"

过了会儿，她对上少年饶有兴致的眼，回想他方才把自己折腾得够呛，跟五百年没开过荤似的，不由得骂道："流氓，混账，禽兽不如！"

周明叙抱着臂，挑了挑眉，道："怎么不继续骂了？"

"已经没有词能形容你的不要脸了，"乔亦溪重复一遍，递给他一个坚定的眼神，说道，"没有。"

"是吗？"他似是意外地抬抬眼睑，说道，"我看你还挺乐在其中的。"

"乐在其中你个头！"她瞪他一眼，抄起一边的帽子整个压在他头上，然后转身硬着头皮往前走。

她早该知道，这人就是闷骚，平时装得正儿八经、清心寡欲，实际上某个开关被打开之后，比谁都不要脸。

周明叙正了正自己头顶的帽子，满意地回味了几秒，站起身跟上乔亦溪。

她在前面买水，矿泉水瓶刚拿到手上，右边肩膀被人拍了拍。

她吓了一跳，下意识地咬了咬嘴唇，警告道："这儿有人啊，你别胡来。"

站在她右手边，本意是要问路的男生愣住了，好半天后才说："那个，不好意思，问一下 C 出口是往哪边走啊？"

听到陌生的声音，乔亦溪扭头一看，是一张完全陌生的脸，原来是有人找她问路。她现在已经形成条件反射，连被拍肩膀都觉得是周明叙要图谋不轨。

乔亦溪掩饰地咳嗽两声，说道："噢，那个，我也是第一次来，不太清楚，你问问别人吧。"

老板看不下去了，指路道："直走五百米右拐。"

"好的，谢谢啊！"

送走问路的男生，乔亦溪拧开水瓶，出神地喝了两口，连周明叙站她身后都没发现。

有道声音幽幽地从她身后传来："还没看够？"

乔亦溪被水呛到，咳了两声，埋怨道："你走路怎么都没声儿的？"

"我要有声儿不得耽误你看别人？"周明叙蹙了蹙眉，问道，"那人是谁？找你干什么？搭讪你？你回了？还舍不得？"

乔亦溪意味悠长地"嘶"了一声，心想周明叙这问的都是什么啊？

"我没看他，在看路牌，我无缘无故看问路的干什么……"

话没说完，乔亦溪忽然想到什么，骤然打住。

周明叙看着她，乔亦溪狡黠地舔唇，指着他："你。"

周明叙眯眼。

乔亦溪又向上指了指，眼珠转了转，是的："帽子。"

周明叙费解地抬手，摸到自己的帽子，眉间挤出道山川。

少女眯着眼，露出一排小白牙，慢悠悠把话说完："绿的。"

——你帽子，绿的。

周明叙才因了她的解释松了口气，下一秒，就被女朋友凭空扣了一顶帽子。

他伸手想去掐她脸颊，被她提前猜到，捂着脸闪开。

少女眉眼间满满都是恶作剧得逞后的得意，笑得明晃晃，比月光还温柔，比星星还亮。

周明叙愣了一秒，认命地点点头，跟上。

行吧，活该他被吃得死死的。

周五，滑板社接到了一个外面的表演邀请，报酬开得还挺可观，一次一千块钱。

社长琢磨着一千块钱够大家吃一顿火锅了，遂接下了这个表演。

这个表演社长选了五个人参加，类似于迎新那天的节目模式，一个接一个地展示，但是大家彼此之间的展示又有点关联。

乔亦溪自然是被选进去表演了。

除了要表演的五个，其他几个人也需要去到现场，负责一些打杂和场地布置的工作。

由于那天乔亦溪没课，因此她上午也和大家一起参与了布置。棚子初步搭起来之后，他们叫外卖，吃了顿午餐。刚吃完，乔亦溪叼着可乐吸管给周明叙发消息，忽然被叫了声。

社长一边忙着核对东西，一边道：“有没有两个女生现在有空的？我们得去对面小区里取俩灯牌。”

有人问：“我们怎么还有灯牌啊？”

“挂在边上的，好看呗。”社长道。

“那为什么非要女生去？”

“那店主是女的，一个人在家。”社长道，“我寻思着有女生就优先让女生去吧，没有的话我再去。”

乔亦溪摇了摇空可乐瓶子，起身道：“我有空，可以去。”

另一个女生陶陶也抬高手腕说：“我也有空，我和乔乔一起去吧。”

社长点头：“行。”

又有社团干事问：“店主家安全吗？俩女生去能行吗？”

“安全得要死，是我姐朋友的朋友，放心吧。”

被打了这剂安神针之后，她们俩就把手机放桌上了。

“带不带手机啊？”

“不用了，一会儿就回了吧，带手机还得背包，一会儿抱灯牌不方便。”乔亦溪说。

她今天穿的衣服没口袋。

“好吧好吧，那我们赶紧走，”陶陶扯着她手臂道，“我还得回来跟男朋友打电话呢。”

乔亦溪挑了挑眉，说得好像谁还没个男朋友一样。

她点开和周明叙的对话框：“我现在要去拿东西，你等一会儿啊，回来再和你说。”

发完语音之后，两个女生出发了，很快就走到小区里，这里的门牌号很好找，没一会儿她们就找到了八栋五楼，拿到了两个灯牌。

结过账之后，她们抱着灯牌进了电梯。

一切看起来都很顺利。

进电梯后，她们把灯牌放到一边，按了一楼，关上门。

由于乔亦溪还等着回去和周明叙用为数不多的休息时间聊天，便仰头看着显示楼层数字变化，希望快点到一楼。

到三楼的时候，电梯却蓦然停了一下，像是断了电，楼层显示牌整个黑掉，电梯的灯也熄灭了，周遭陷入一片黑暗之中。

电梯里只有她们俩，小女生哪里见过这种场面，伴随着骤然一停的，还有她们的尖叫声。

乔亦溪捂住嘴唇，感觉脑子里有根弦“啪”的一下就断开了。

面前的黑暗真实又不真实，她还抱着一点渺茫的希望在面前张开自己的五指。

看不见，浓稠的黑暗顷刻间将她包裹，像一只手抓住她的心脏肆意拉扯，有一瞬间，她甚至觉得自己无法呼吸。

怕黑本就是她为数不多的命门之一，这时候，她只觉脊背发凉，喉头发干。

心仿佛就停在喉咙口，似乎下一刻就会蹦出来。

她们被吊在了三楼，脚下还踩着地板，可更深处是悬空的。

环境是陌生的，黑黢黢的，周边甚至没有一个居民陪伴。

陶陶捂着耳朵缩在一边，好半天才颤颤巍巍地开口问：“停电了吗？”

“好像是。”

乔亦溪扶住一边的扶手，黑暗悬空与陌生环境让她方寸大乱，恐慌与无助侵袭而来，她甚至觉得腿都在发抖。

好可怕。

而她们甚至连手机都没带，该怎么求助？

而身边的陶陶比她更加崩溃，声音都带上了哭腔。

“那怎么办啊，我们不会有事吧？为什么会忽然停电啊？！”她蒙住自己的眼睛，大声喊道，“有人能听到吗？救命，救命啊！电梯停了！”

然而无人应答。

“在这儿呼救没用的，房间里的人根本听不到，保存一点体力吧。”乔亦溪强迫自己冷静下来，在一片漆黑之中摸索电梯按键，说道，“好……好像有紧急呼救按键。”

她的声音都在颤抖，却只能竭力稳住心神。

没办法，陶陶已经崩溃了，她这时候必须保持清醒，不然事情只会更糟。

虽然害怕得手都在颤抖，声音里也带了些微恐惧和慌乱，但她还是压了压自己的太阳穴，试图直起身子。

“怎么呼救啊，”陶陶被吓得一直掉眼泪，“按什么？我们根本看不见啊！”

乔亦溪掐着自己的手背，让自己在疼痛中维持镇定：“还有灯牌吧……举起来看看能不能照明。”

陌生的环境让一切都变得无法预知，放大了两人心中的恐惧和不安。

陶陶听她说到了灯牌，这才试图往她这边走来，说道：“好……我帮你举灯牌。”

结果没动两步，陶陶灯牌还没拿到，电梯就晃动了两下。

足下是空的，有多深她们不知道，万一掉下去了……

陶陶吓得号啕大哭：“别吓我了，求求了……”

乔亦溪强忍不适，摸到灯牌，往电梯按键处举。幸好灯牌是好的，打开可以照明，虽然不是很亮，但能看到紧急呼叫键。

乔亦溪用力摁了几下，又掐着自己的手背，靠在边沿，告诉自己一定要冷静。

陶陶的声音已经有点沙哑了：“会有人来吗？”

“会吧，”乔亦溪不太确定，咬着牙硬撑，说道，“会的。”

黑暗无限放大所有感知，她的血液横冲直撞四下翻涌，脉搏突突跳动。

虽然打开了灯牌，可还是难掩黑暗，两个女生对坐，茫然无措又害怕。陶陶抓着袖子在哭，乔亦溪闭眼，脑子里闪过了很多画面。

要是周明叙在……就好了。

可他现在应该在训练吧，连她经历了什么都不知道。她应该告诉他吗？会不会只是徒增他的烦忧？

她抱着膝盖空等，幸好没过多久，就有物业的人来了。

外面的人敲敲电梯门，问道：“有人吗？”

“有人——有人！”陶陶拼尽全力大喊着，“两个！”

紧接着，外面传来救援的声响。

来了人，乔亦溪总算安定许多，集中注意听着外面的动静。

在大家的齐心协力下，门终于被打开了。

乔亦溪伸手挡了挡太阳光，扶着电梯门往外走。无奈强撑太久，身体已经没多少力气，踏出去的一瞬，她腿脚骤软，一个踉跄差点栽倒。

此刻，有人拨开人群跑到她面前，在她要倒地的前一秒揽她进怀抱。

鼻尖萦绕的味道很好闻，干干净净的柠檬味，她以为是自己出现了幻觉，不然怎么会觉得这像周明叙的怀抱？

少年下巴抵着她发顶，手牢牢地圈住她，自胸腔内发出长长的一声：“你吓死我了。”

他的声线也极不稳定，像是历经一场持久的担惊受怕。

奇怪，他应该……不会有害怕的事才对。

周明叙见她不说话，又摸了摸她后脑的发，问：“有没有事？”

乔亦溪摇了摇头，甚至没有抬头的力气，小声问他：“你怎么来了？”

“你太久没回我消息，我就打了个电话过去，是你朋友接的，说帮我去小区里看看，结果一进去就听到有人说小区停电。”他道，“按理来说你该出来了，可是小区停电，我担心你被困在电梯里，就过来了。”

他讲得云淡风轻，但十几分钟就出现在这里，内心的焦灼和担忧大概是她不能想象的。

毕竟他的胸膛到现在都还在起伏。

乔亦溪想，奇怪，刚刚没有人可以依靠，所以强撑着一切都还好，可现在他来了，她忽然就觉得那些脆弱的情绪一股脑地涌了上来。

可能是因为他在，所以她也可以放松一点躲在他怀里，不用那么坚强。

乔亦溪抓着他的手腕，心怦怦跳得厉害，合着眼小声道：“太吓人了。”

“没事了，”周明叙拍着她的后背，温声安抚，“我在呢。”

现在有人在身边，她才敢害怕，才敢委屈。

她缩在他怀里，声音很闷：“我怕见不到你了。”

周明叙皱着眉，手指抚过她手背上的掐痕，眉头皱得更深了。

这掐痕大概是她为了保持镇定自己下的狠手。

他甚至能想到她站在里面，一边掐着自己一边想办法的模样。

“不会见不到的，”他一遍遍顺着她的发，安慰道，“这不是没事了吗？”

缓过好一会儿，乔亦溪才觉得好了许多，她仰头道：“你什么时候走？”

“去哪儿？”

“训练。”

“你想让我陪你，我就不去了，”他说，“一下午而已。”

乔亦溪道：“那你过来岂不是错过了训练？”

周明叙反问：“你都这样了，我还有心思训练？”

“噢。”

又稳了稳心态，乔亦溪从周明叙怀里钻出来，拍拍衣服道：“我好了，等会儿要表演了，我得赶紧整理一下。”

而另一边，陶陶借了工作人员的电话，正在和男朋友打电话。

由于是空旷的楼梯间，她男朋友那边的声音他们也都能听到。

那边男生的声音就显得冰冷无情许多：“你别老是哭啊，电梯停电这种意外总有人遇到过的，哭能解决什么，人生本来就很辛苦……等会儿吧，我忙完再说，你到我宿舍底下等我。”

陶陶一个人缩在台阶边，光把她的影子拉得很长。她的嘴唇还是苍白的，脸颊上挂着泪痕，听到这些毫无温度的话，好笑地想，自己为什么要谈恋爱呢？

启了启唇，她对电话那边说：“不用了，分手吧。”然后直接挂断。

乔亦溪走出去的时候，想到陶陶男朋友在陶陶这么脆弱需要陪伴的时候，冷冰冰的连一句安慰的话都没有，这时候她才更觉得……旁边这个人的到来，真的很难得。

她不由得握紧了牵她的手。

周明叙侧眸看着她道：“怎么了？还在怕？”

乔亦溪摇摇头：“不怕了。”

因为你在，所以不怕了。

幸好你在，幸好你来了，在我这么需要你的时刻。

◖◖○ 第六章 深深盛夏

最后表演还是正常开始，圆满结束了。

直到晚上回了家，乔亦溪站在花洒下，被温热的水淋了二十分钟，这才从下午的意外事件中恢复了过来。

她内心好像还有点难以置信，仿佛下午的事件不是在自己身上上演的。

她躺在床上，安慰自己，大概睡一觉就好了。

她正在酝酿睡意的时候，周明叙的消息发过来了："还怕吗？"

乔亦溪回他："不怕了。"

想了想，她又问他："要是我说还怕呢？"

周明叙："那我陪你睡。"

这听起来好像更可怕吧？

消息发出去三秒后，看着乔亦溪发来的一堆问号，他才意识到这句话似乎有歧义，于是修改道："我的意思是陪你入睡，视频电话什么的。"

乔亦溪："呵，你就是为观赏我的睡衣找了个冠冕堂皇的理由。"

她只是随手一回，没想到周明叙的消息又传了过来："我是没见过你穿睡衣？我要真的想看，直接带着吃的去楼下，阿姨不仅会给我开门，还会热情迎接我。

"过去看还是三百六十度全方位展示，岂不是更立体？"

于是那天晚上她做了个梦，梦见自己是个塑料模特，摆在橱窗里，身上穿着当季新款给顾客展示。周明叙见她身上的衣服漂亮，又怕衣服装到袋子里会弄皱，遂将她这个模特一并买了下来。回家之后，他便伸出自己修长的手指，将她的衣服一件件剥落……

乔亦溪是紧紧抓着自己胸前的被子醒来的。

掀开被子看了一眼，见里头的衣服还穿得整整齐齐的，她这才松了口气。

原来他在自己梦里也是如此闷骚。

乔亦溪看着天花板，感慨地摇了摇头。

后面的一个月里，乔亦溪和周明叙维持着一贯的节奏，周一到周三一起上下课、吃午饭。他训练的时候她便去做自己的事情，休息时间两个人就聊聊微信打打电话，乔亦溪偶尔还会杀去基地给他送点吃的。

电梯那件事之后，她莫名感觉二人的关系又亲近了很多。

时间一晃到了五月底，预选赛即将开始。

乔亦溪记得自己前阵子去俱乐部的时候，听到教练在和人小声讨论，说周明叙状态很好，整个战队的配合也不错，不管能不能在总决赛里拿到奖杯，预选赛的时候肯定是能让所有观众眼前一亮的。

教练都这么有信心，乔亦溪自然也对他信心满满。只是有时候看周明叙特别累，她还是会有点心疼。

预选赛开始前一周的周末，周明叙回家了一趟，说是要把自己的键盘设备收拾一下，比赛的时候用。

乔亦溪当时还很奇怪："你不用你们战队的那个键盘吗？"

她发现战队里大家的键盘都不一样，应该也是适应之后做过调整的。

周明叙摇头："不用，我换一个。"

"换哪个？"

"你送的那个。"

乔亦溪没想到他真的用了，问道："那个好用吗？我还以为你当时说喜欢是骗我的，毕竟马期成说得也对，肯定是你自己选的键盘更好用一点。"

"好用啊，"他勾了勾唇，说道，"以后打比赛，我都用你送的键盘。"

乔亦溪眨了眨眼："为什么？为了增添纪念意义吗？还是为了让我高兴？让我分担你的荣耀？"

又或者……

周明叙挤了挤眼："为了显摆。"

——我有女朋友，女朋友送的键盘，给我打比赛用。相当于，我带着她赢。

回家之后，乔亦溪在房间练了会儿琴，琢磨着周明叙应该收拾得差不多了，于是跑去楼上看他。

是周母帮她开的门。

她走到周明叙房门口，听到里头传来对话声。

是周父凌厉的嗓音，夹杂着点愠怒："又是游戏，你只要一回来就成天泡在游戏里，这东西这么好玩？你看天天打游戏的有多少有出息的？你就不能做点有意义的事？！"

周明叙冷淡地回敬："我觉得这事挺有意义的。"

"有意义在哪儿？自甘堕落？"周父已经快要压不住心中的怒火，训斥道，"饭也不好好吃，觉也不好好睡，你什么时候变得这么没有自制力了？中学时心无旁骛专心学习的你跑哪儿去了？你就不能用打游戏的时间好好学习吗？"

周明叙回应："高三我也打游戏，只是你没看到。"

"你！"

乔亦溪赶紧推开门走了进去，扯扯周明叙的袖子，朝周父挤出一抹笑："那个，刚刚是我让他陪我打游戏的，但是我临时有事没加入，他不好放别人鸽子，才打了一会儿。"

周父皱眉："你不用替他圆场，他什么样我知道。我就是太心软，高三毕业让他放松打了两个月游戏，就一发不可收拾了，早知道就该把家里网线拔了！"

周明叙也没被压下去一截，说道："那我也可以给自己开热点，我的手机有无限流量。"

眼见马上就要吵起来，乔亦溪赶紧扯扯周明叙的袖子示意他别再说了，周母也进来劝，好说歹说，乔亦溪才借着"去公园散步"的名义把周明叙扯走了。

电梯里，她小声说："你也是，怼谁不好怼你爸，肯定越说他火越大呀。"

"我忍不住，"周明叙道，"游戏在他眼里是无聊的消遣，在我眼里不是。"

对他来说，这是一个值得被认真对待的竞技项目。为什么在别的地方付出心血和努力就可以得到认可和夸奖，而换成这件事，结果就变得不一样？

在他看来，这和学业没有任何不同。

“唉，是这样的，毕竟年龄差这么大，肯定有代沟的。”乔亦溪拉拉他的袖子，说道，“别不开心啦，小乔姐姐带你去个好地方。”

二十分钟之后，站在 ×× 酒店的门口，周明叙感觉心情非常复杂。

这是什么意思？

“杵这儿干什么？高兴得不知所措了？”乔亦溪伸手在他面前晃了晃，笑道，“走吧，进去。”

周明叙感觉喉咙口有点发干，结结巴巴道：“进去……干什么？”

“打游戏啊，”虽然感觉周明叙问得莫名其妙，但乔亦溪还是耐心解答，“听说这个网吧设备很好，你打起来应该很爽。”

周明叙偏了偏头，这才发现酒店的隔壁是一家大网吧。

她说话为什么不说清楚？他松了口气，但同时，还有点说不上来的……失落？

这时候，乔亦溪似乎也看到了什么，指着酒店金灿灿的牌匾问他：“你不会以为我要带你开……嗯……”

少年一把捂住她的嘴，把她连拖带抱弄进了网吧。

飞快地找好位置坐下后，周明叙也很明智地对方才的事绝口不提。

“为什么带我来网吧？”

“打游戏中途被打断应该很不爽吧，所以小乔善解人意地带你来继续快乐。”她指指面前的电脑，说道，“来吧，我们来吃鸡。”

人家情侣独处时去电影院、游戏厅，他女朋友带他来网吧。

周明叙一时间不知道该无奈还是笑。

一边的乔亦溪已经开了电脑，喊马期成和傅秋上线了。

马期成一上线就愤慨地道：“乔妹真是够义气！不像周明叙，有了女朋友有了训练就不要我们了，我这阵子就像个独守空房的寡妇。”

傅秋说：“指责叙神也就算了，为什么你还要这样辱骂自己？”

第一局，马期成忙着数落周明叙，游戏也没怎么认真打，丢燃烧瓶的时候不小心丢到屋子里，惊慌地喊着：“哇啊，快跑快跑！”

乔亦溪刚被对面打倒，此刻只剩一丝血等待救援，看到满地的火焰，她赶紧往外爬，结果爬得太慢，最后还是难以幸免地被烧死了。

傅秋也不能幸免，被马期成烧得只剩一丝丝血，一出门就被对面打死了。

乔亦溪看着眼前几乎全军覆没的魔鬼打法，开始怀疑马期成也许是敌方派来的卧底。

怎么还能这么打呢？丢个瓶子把队友烧死了！

于是第二局，马期成道歉似的费尽心思跟周明叙搭话示好："叙神！M4 枪托要吗？98K 子弹袋要吗？三级包要吗？"

周明叙直接绕开他，骂道："滚远点，我对蠢货过敏。"

傅秋笑得前仰后合，差点笑岔气。

马期成自我安慰："没关系，叙神发脾气而已，我没事，我可以承受。人和人之间相处嘛，难免会吵架，这时候，就需要我们用一颗包容的心去对待。"

马期成又问乔亦溪："乔妹，你和叙神吵架的话……一般要怎么办他才会消气？"

乔亦溪还没来得及说话，周明叙开口了："怎么会吵架？"

"不能吵架，"少年不疾不徐地缓缓道，"吵架就是我错了。"

马期成惊了："什么鬼话？"

乔亦溪皱了皱鼻子，没忍住，还是笑出声来。

马期成非常感慨："好，本人算是明白了，恋爱的男人都是狗，我现在就打车滚。"

傅秋立即接话："别打车滚了，我嫌慢，坐高铁滚吧。"

乔亦溪撑着脑袋笑，一转头，目光就撞进少年意味悠长的眼里。

她小声说："你还……挺有觉悟的嘛。"

虽然周明叙的"双标"引来了马期成的不满，但毕竟是多年好友，很快，马期成就释怀了。毕竟叙神多年单身终于喜提第一个女朋友，求生欲强点，也是应该的。

几个人没打多久就结束了战斗，马期成去直播，乔亦溪和周明叙去附近的商场闲逛。

她先是逛一楼的专柜，一楼都是些化妆品和护肤品的柜台，她想起有几家出了新的限量款，便跑过去试。

由于试用口红很多人用过，所以乔亦溪只是把颜色涂在手臂上观察，涂了五六个颜色之后，她把自己的手臂递给周明叙看：“你觉得哪个好看？”

周明叙瞧了好半晌，能看出他真的在努力分辨每一支的不同。

半晌后，他说：“我觉得……都差不多。”

“怎么会？”乔亦溪惊了，“一支水红色，一支番茄红，一支草莓红，一支西瓜红，一支苹果红，哪里一样了？”

周明叙又眯着眼回味了好一会儿，这才感慨：“好厉害。”

乔亦溪抿了抿唇，有些不好意思地说：“什么好厉害？我能辨别这么多口红色号吗？”

“不是，”少年手插兜，淡淡地道，“设计师为了骗女人花钱，努力地想出这么多不一样的名字，很厉害。”

他俯身，捏住她的手腕，放到自己唇前。

乔亦溪下意识想躲，不知道他又想干什么。

紧接着，少年嗅了嗅，这才道：“味道不一样？”

“嗯，”乔亦溪说，“不一样的牌子味道也不一样，第一个是巧克力味，第二个是水蜜桃味，第三个和第四个是淡淡的果香，第五个是油漆味。”

周明叙定了定眸，说道：“第五个。”

“买第五个是吧？”

“除了第五个，都买。”

乔亦溪抬眉：是这样的吗？

“前几个味道都还可以，”他给出答复，“在哪儿结账？”

乔亦溪倒是犹豫起来了，说道：“我觉得……那个，买一支就可以了。”

周明叙挑眉：“怎么？”

“因为我也觉得这几支差不太多……”

他低声笑了：“你刚刚不是还说不一样？”

“是有区别，只是不太大，涂上嘴应该很相似。”她小声说道。

周明叙状似恍然地附和点头。

最后，竟变成他说服她：“没事，我相信上嘴之后肯定不一样。”

乔亦溪看他这么坚定，也动摇了：“你讲真的？”

“嗯。”

就这样，她也拗不过他，放他一个人心满意足地去付款了——虽然她也不知道为什么买个口红能让他这么心满意足。

结完账，某人看着自己手里的四个袋子，屈起指节蹭了蹭鼻尖。

她看起来有点好奇，为什么她都说自己买一支就行了，颜色也差不太多，而他要全部买下来，除了最后一支。

其实也没有什么别的原因，最后一支味道不好闻，他怕在某种特定情况下，吃掉这种味道的口红会影响接吻的体验。

少年舔了舔嘴角。

前面几支的味道闻起来都还可以，尝起来……应该也会不差。

先期待一下吧。

乔亦溪万万没有想到，比赛的前一天，周明叙居然还在电影院里陪她看电影。

尽管她百般催促，告诉他自己可以找舒然陪自己，但这人始终一副云淡风轻的模样。

"不用着急，陪你看部电影的时间还是有的。"

"明天就要比赛了，你得回去休息呀。"

"无所谓，"他展了展眉，说道，"我都不慌，你担心什么？"

"我想让你好好休息嘛，明天以最好的状态去比赛。"

"你让我今天多陪你一会儿，我状态就好了，"他道，"见不到你，我反而不能好好比赛。"

乔亦溪哑然失笑，不知道这又是什么理论。

"你真没问题啊？"她还在确认，"我老觉得自己影响你了。"

对于她这个问题，周明叙给出了最简单的解释："高考前一天我还在打游戏，晚上还出去吃了火锅。"

"真的？"

"真的，安心看电影吧，"周明叙抚了抚她的后颈，说道，"莫非在你心里，我连个预选赛都搞不定？"

既然他都这么讲了，那乔亦溪自然也就放下心来好好看电影。

毕竟他心态好，比赛前适当放松一下也行，她相信他的实力，不需要怎么用力准备也能发挥出最好的状态。

电影院在家附近，看完电影已经十点了，他们索性就回家去住。

临别前，乔亦溪同他道："我明早还有课，七点就要走了，你呢？"

周明叙道："十点出发就可以。"

他的键盘鼠标都已经有人背过去了，其实今天战队已经在那边歇了脚，不过是两个人住一个房间。

和他分到一个房间的哥们儿晚上睡觉能打出惊天巨鼾，出于各方面考虑，教练便让周明叙回家休息，明天上午十点前到就行。

乔亦溪点点头："那我先回去了，明天加油！"

他勾唇道："好。"

周明叙回到家的时候，客厅的灯已经关了，只是周父周母的卧室还亮着，里头隐约有说话声传来，不知道在商量什么。

他进了房间，洗过澡之后躺下睡觉。

第二天，闹钟在早上九点响起，周明叙醒来之后关掉飞行模式，看到乔亦溪发来的消息："我到学校了，虽然不能看你比赛，但是乔乔的心和你同在。"

他笑笑，回了条语音过去："知道了。"

洗漱之后，周明叙打开房门，准备出发。

周父坐在沙发上，面前摆着一份报纸，仿佛洞悉一切抬头问道："去干什么？"

周明叙站在玄关处，没说话。

周父站起身来，说道："我看了你的课表，今天上午八点不是有课吗？现在都九点了，你出去干什么？"

周明叙蹙了蹙眉："你看了我的课表？"

"怎么，我是你爸，连你的课表都不能看了？"周父冷笑一声，"我不看我怎么知道你今天旷课，我不看我怎么知道你旷课是为了出去打游戏？！"

周明叙很快意识到他已经知道自己要去比赛的事，不想过多和他纠缠，老实交代："我是去比赛。"

"比赛不也是打游戏？"周父的火气上来了，"要不是上次我看到你去别的地方训练，问过才知道你和公司签了约，这么大的事你还要瞒多久？为什么不和家里商量？你眼里还有我和你妈吗？”

“我要是说了，你会同意吗？”周明叙直视过去，说道，“再说，这是我自己的事，我自己能决定。”

周父气得不行，一拍桌子，道：“你的决定？你这么能怎么不干脆搬出去！以为自己翅膀硬了，胆子也大了，还敢给我旷课逃学出去打游戏！”

周明叙深吸一口气，道：“我这是请假，第一次。”

“现在倒是说得轻巧，谁知道你在学校都干了什么，”周父步步紧逼道，“家里从小为了你付出多少？为你搬家，几万几万砸进去给你找最好的老师，而你现在在浪费生命！

“你准备不上学去打游戏？我看你是脑子不清醒！放着这么好的学校资源不要，跑去玩游戏？哪有你这么自甘堕落的！”

“我很清醒，”周明叙咬住后槽牙，说道，“我只是想尝试我喜欢的东西。”

周母在旁边站着，表情也很为难，最终只有叹息一声，不知该说些什么。

只是周父气得额头青筋暴起：“你现在才多大，你能知道自己喜欢什么？你只是上瘾了，你被游戏诱惑了，我不可能支持你做这种白白浪费时间的事情，如果真这样，你之前十几年的努力可全白费了！”

“我学了十几年数理化，要喜欢早喜欢上了，这很难懂吗？”周明叙面无表情道，“总该吃过苹果才知道自己不喜欢，你不能因为我吃了十年苹果，就说我在吃到梨后喜欢梨不对。”

他想，也许日复一日面对枯燥乏味的试卷所产生的麻木，只是为了衬托他手指搭上键盘那一刻，内心完全没拥有过的汹涌澎湃。

是走过了那么多条路，他才知道脚下这一条是他想要的。

周父连连摇头：“你只是不想努力。”

这句话点燃了周明叙，仿佛他这些天熬过的夜，承受过的压力，顷刻之间被人用一双手抹得干干净净。不承认他的选择也就算了，到头来连他的付出都要被忽视，他绝对不能接受。

少年蹙着眉，竖起刺道：“你知道电竞竞争多激烈吗？我混日子怎么不随便找个事儿混吃等死？”

“我倒宁愿你找个别的事！”周父脾气也上来了，“这么多正儿八经的职业你不选，选个这么不务正业的，你觉得合适吗？！”

周明叙看了一眼表，说："不和你说了，我要走了。"

周父见同他讲了这么多，他却油盐不进，更是怒不可遏，吼道："站住！不许去！"

周明叙打开门，眼尾流出凛意，掷地有声道："我非去不可。"

"我看你是疯了！拿前途当儿戏！"周父在后头大喊。

周明叙勾了勾唇，留了句话在门里："我知道，你只是觉得，到时候和你那些朋友比儿子，人家儿子是律师是政要人物，而你儿子只是个打电竞的，会没面子。"

周明叙走进电梯，按了一楼。

他快要走出小区门的时候，听到周母声嘶力竭地唤他："周明叙！！"

乔亦溪是在下午的时候接到电话的。

电话那边很嘈杂，是乔母打来的，内容也让人听得恍然像在梦里。

乔母同她说，周父高血压发了，被家里人送去医院，做了个手术，现在脱离了危险正在病床上躺着，让她过去看望一下。

乔亦溪坐上车的时候还很迷茫，看着昏黄欲坠的夕阳，想着，他怎么就突发高血压了呢？

她赶到医院的时候，果然看见躺在病床上的周父，她放下自己买的水果，同周母聊了两句。

过了会儿，周母才长长地叹息一声："你知道明叙在哪儿吗？他刚刚出去了，我找了一圈都没找到他。"

乔亦溪几乎是顷刻间就蒙了："刚刚……出去了？"

她这才后知后觉地拿出手机看时间。

这时候他不应该在比赛吗？为什么周母说他刚刚从病房里出去了？

周母扶住额头，苦恼地说道："他和你周叔叔吵架了，一直守在病房门口，等手术做完才走的，表情很差，我担心他有什么事。"

"那我……我去找找看！"撂下这句话，乔亦溪匆忙往外跑去。

跑到医院门口，她才想到这样找他根本不是个办法，他应该不会在附近。

乔亦溪给他打电话，经过漫长的等待之后，听筒里依然只有繁杂枯燥的"嘟嘟嘟"声。

他没有接。

她心急如焚，毫无头绪地绕着路一圈又一圈地找，手机里的电话挂断又拨，拨了却还是无人接听。打了二十多个电话，却没有任何结果，她终于放下手机，开始尝试登录他的微信。

之前有次聊天，他无意间告诉了她登录密码。

乔亦溪屏息输入账号和密码，成功登上了。消息提示闪个不停，一条一条应接不暇，红色未读取的圆点，此刻看起来像印着鲜红印记的章。

她似乎猜到了什么。

最上头是马期成发来的消息，十几条，她徐徐往上翻。

“我听说你没去参加比赛？！什么意思啊周明叙，你咋了啊？”

“怎么不回消息，你别吓我啊！说话啊！”

“叙神，比赛真的要开始了，你真的不来啊……”

“你是和乔妹吵架了吗？是死是活跟我们说一声啊，我和傅秋现在都急死了！”

“比赛错过了也没事，就算是睡过头这种理由也原谅你，你回复一下行吗？为什么人间蒸发了？！”

底下是傅秋的消息：“你怎么了，为什么不去比赛？”

再往下滑，很多是问他为什么没去比赛的消息。

“叙神，我为了看你的直播，逃课跑来网吧开电脑，最后发现你没去。”

“咋的啊，为啥你的位置被另一个我没见过的人顶替了？”

“没有你，你们战队的比赛果然没什么好看的。”

“我期待了这么久，你怎么缺席了？”

乔亦溪咬住下唇，打开他和教练的对话。

往上翻，十一点的时候，周明叙发出去一条消息：“抱歉，家父需要紧急手术，我得陪着，不能去比赛了。”

教练回：“好吧，我想想办法。”

短短七个字，含着深深的无奈。越是简单，越是棘手。

乔亦溪盯着屏幕，看了很久很久，仍然觉得没有回过神来。

他准备了这么久的比赛，他寄予了那么多期望的比赛，他超额负荷用所有的休息时间去训练的比赛，他放弃了很多才能拥有机会的比赛，就这样错失了。

虽然明年还有比赛，但是已在一年之后了。他今年这样意气风发地等待大显身手，却因这样的理由不得不止步，看别人风光无限大杀四方。

他怎么可能不失落？怎么可能不想短暂地消失？

就像是还没准备好盾牌，四面八方已经飞过来箭矢，没预料到的结果到来时，往往能轻而易举地叫人崩溃。

生活似乎总喜欢在少年最踌躇满志时，等在拐角给予重重的迎面一击。

他现在该多难过啊。

乔亦溪吸了吸鼻子，抹了一把眼睛。

她看着车水马龙的街道，漫无目的地往前走，不知不觉就走到了江边。

已经入夜了，街上灯光璀璨，路人的衣摆被吹得猎猎飘动，乔亦溪有种什么感觉似的一转身，看到站在夜色中的少年。

他只是站着，没有表情，也不说话，双眸空洞，平静地看着江面层叠的浪，像放空，又像想到了很多。

乔亦溪确认了好一会儿，这才敢走到他背后，咬了咬唇，伸出手环抱住他。

她的脸颊贴在他背上，声音放得很轻，选用了一个轻飘飘的开场白："你怎么……不接我电话啊？"

她不想用沉重的语气，让他感觉更沉重。

可周明叙没有说话。

"没关系的，明年还有比赛，"乔亦溪尽量保持语气轻快道，"你看，相当于多给了你一年准备呢，到时候你肯定更厉害。教练说今年拿不拿奖都说不准呢，说不定你明年真的就拿世界冠军了。"

周边人声鼎沸，他这边却安静得不像话。

不知过了多久，周明叙声音嘶哑地开口道："明年如果还是这样呢？"

如果还是这样，在最重要的时刻周父进了手术室，他但凡还是个人，但凡还有一点良心，这时候都不可能再忤逆周父去打游戏，毕竟他们是因为游戏吵架导致周父犯病的。

周明叙甚至在想，如果周父真有什么三长两短，他还能拿得起键盘吗？大概内心深深的内疚会让他从此抗拒和电竞有关的一切。

乔亦溪轻声说："不会的。他们只是一时间观念难以转变，多沟通一下就好了，你相信我，我肯定会努力说服我爸妈，然后让我爸妈去……”

少年骤然打断她：“可是结果已经发生了。”

她一愣。

“如果没有我，”他闭了闭眼，说道，“战队会分更多的时间给其他一定会出席的选手，我占据了整个队伍的重心，可今天，我缺席了。如果把我的时间分给今天要上场的替补，没有人会面对像现在这样棘手的局面，他们会比今天打得好得多。”

乔亦溪知道，他除了失落，更多的还是内疚和自责。

他觉得自己辜负了大家几个月的付出，尽管这并不是他能控制的。

“可你也知道这是意外，意外情况是不能避免的，你已经做得很好了。”乔亦溪又将他抱紧了些，安慰道，“没关系，大家会理解你的，你也不要怪自己。”

她第一次觉得面前的人特别轻，不用力抱住就会飞走似的，于是她只好抱紧一点，再紧一些。她的鼻尖抵在他背上，也说不出什么更好的话了，只是一遍又一遍地呢喃着，“会好的，好好睡一觉，马上就好了。”

时令即将入夏，晚风夹杂着一丝燥热，风很大，连树都被吹弯了枝丫。

他们在夜色里站了很久很久。

后来乔亦溪看到消息，说是周明叙的战队没有过预选赛，代表国家出战的是另外两个战队。而且，听说他们俱乐部要被收购了，老板换成谁，将来如何安排，一切都是未知。

那段时间，略有动荡的俱乐部没有训练，周明叙的重心又挪回学校，周父则在医院养病休息。一切回归到平静状态，好像兵荒马乱的风起时只不过是一场梦，现在暴风雪离境，生活平稳如初。

他还是和她一起上下课，一起吃饭，能和她在一起的时间更多，该逗她还是逗她，该迁就她还是迁就她，可只有乔亦溪自己知道，还是缺了点什么。

他差了点状态，好像还有一缕灵魂没有回归到身体里，会毫无预兆地沉默放空，按理来说休息的时间更多，他的状态应该更好，可相反，他的黑眼圈更重了。

马期成和傅秋知道那件事之后，就一直来找他吃烧烤吃夜宵，也是怕他消沉。

以往不爱出门的周明叙，现在倒不拒绝他们了，不时会和他们一起出去。

那晚，乔亦溪去找他们会合，远远看到马期成和傅秋已经喝倒在桌面上，可周明叙还坐在那儿喝，空瓶被他转手扔到篮子里。

篮子里装满了空瓶，扔下去一个，就传出刺耳的碰撞声，她想到一句谁写的诗，觉得特别合适——这清脆的撞瓶，像梦碎的声音。

她尽量想让他高兴一些，给他足够的时间和空间，想凭借自己的小小力量，将他从这恼人的泥淖中拉出一些，哪怕能帮上一点忙也好。

于是她看了很多笑话，和他在一起的时候就讲给他听；带他去射箭，带他去玩密室逃脱；带他爬山，带他去人山人海的音乐节。她又问要不要一起去旅游，他说过阵子再说。

她把更加真实丰富有趣的世界展开在他面前，在他需要人陪伴的时刻，守在他身边，好让他不至于觉得是一个人在战斗。

那天在家，她无意间看到关于比赛的一些评论，其中居然有提到周明叙的。

我记得有个战队特用力地给某个队员造势，结果那个队员根本没上场，哈哈哈，打脸吗！

今年我们打得不咋好啊，感觉夺冠很难。

果然小战队没法和大战队比，进决赛的都是大战队。

话说，我当时其实还挺期待周明叙的表现，没看预选赛直播，他居然连决赛都没进吗？

很多人没看预选赛，没在参加决赛的战队里看到他，便以为他被淘汰了。

她正在看，无意间发现周明叙从背后路过，慌忙收起手机。

周明叙转头问道：“怎么了？”

“没、没什么，舒然给我发小广告呢。”她答得有点心虚。

“嗯。”他点头，没再说什么。

乔亦溪本来是真的以为他没看见，可是第二天去他房间，在抽屉里发现了一个空空的烟盒。

其实她在干什么，周明叙知道。

他也恍惚觉得不能这样，但就像在海底，有水草缠住自己的脚，不停地把他往下拖拽，他竭力控制着不被拖入深渊已是精疲力竭，哪还有力气再浮出水面。

战队动荡十余天之后，他收到信息，有人让他去俱乐部一趟，说是未来的老板找他。

他不知道未来老板是谁，推开门，却看到隔间里坐着裴寒舟。

这个男人很有名，常年游荡在热搜，产业遍布各行各业，还是新闻常客，几乎没人不知道他的名字。

此人年少有为，连长辈们的好感名单里都有他。

“周明叙？”男人侧了侧头，眼神示意面前的凳子，“坐吧。”

周明叙坐下，听到男人先开口：“我之前看过你很多视频，一直很看好你。预选赛为什么没有去？”

他喉结滚了滚，淡声道：“我爸病了。”

裴寒舟端着咖啡瞧了他一会儿，忽然笑了：“我猜……应该不只是这个原因。”

凝视男人良久，周明叙开了口：“他不同意我打电竞，是在我去预选赛之前产生争执的，然后高血压病发，比赛时间他正在做手术。”

裴寒舟点了点头：“父亲发病你没离开，倒还挺孝顺。

“说重点吧，你应该知道我打算收购这里了，不是什么玩票的兴致，我打算认真地做一个划时代的电竞俱乐部。《绝地求生》这块……你是我最想培养的选手，”裴寒舟的手肘搭在扶手上，手指若有似无地轻点，接着道，“老队员可走可留，不想跟我干的可以解约。

“我想签你，当然，如果你愿意签，也要遵守我的规则。”

周明叙蹙了蹙眉：“什么？”

裴寒舟的目标很明确，逐字逐句地道来。

“如果到我的队伍里，那可不能一边上课一边打游戏了。我需要你和所有职业选手一样住在基地，严格遵守这里的作息。

“一般来说进战队就得休学，不过我和A大校长挺熟，到时候跟他商量一下，你考几场试就能顺利拿个学位证书也说不准——这是我基于你的条件考虑，做出的让步。

“这是个好机遇，但也是个挑战，我总不可能让你下一场比赛又缺席，所以……你要保证你家长的同意，或是用什么别的办法——这就不归我管了，我只需要你保证能做到。”

周明叙垂着眸思索了好一会儿，这才抿唇道：“我想想吧。”

“可以，给你两个星期的时间。”

周明叙出了俱乐部，没走多远，看到有情侣在吵架。

女孩流着眼泪，似乎已经没有办法，无奈地扯开男友的手说道：“你总是这样一蹶不振，只是丢了份工作，每天却消沉成这样，饭也不吃、觉也不睡，不知道都在干些什么。我尽力了，但是怎样都拉不起你，我真的累了，我们还是算了吧，我怕我有一天也被你弄得这么颓废。”

周明叙一愣。

他想到这些天里，乔亦溪似乎也是一样，努力地跑到他面前讲开心的事，讲一天里的小确幸，给他看自己拉琴的视频，每时每刻都用两个浅浅的梨涡对着他。

哪怕她也不是那么高兴，也努力地逗他开心。

他居然忘了她也不是机器人，没办法分分秒秒都保持积极的状态，只是在他面前，她总是笑着的，想感染他，想治愈他。

虽然累，可她一次也没抱怨过，每天都在想新的办法，试图用积少成多的渺小推力，将他推上湖面，让他能够呼吸到新鲜而充满阳光气息的空气。

他在原地站了一会儿，抬头看天。

夏天已经来了，聒噪的蝉鸣无止息地奏响，梧桐树叶油亮葱绿，日光很好，经历一个冬天枯萎过的植物已经重生，长势正旺，沿着路两旁伸展枝丫。

不能再这样下去了，他深吸一口气，再睁眼时，仿佛一切都不一样了。

好像有什么沉重的东西随着吐息自体内流出，一瞬间畅快许多，他想，为了她，他也该释怀，和自己和解。

没什么大不了的，不过是从头来过——况且他这也不算从头再来，权当是积累经验。

他到家的时候，乔亦溪正在他房间里布置什么，见他走到自己房间门口，慌忙去挡他的眼睛：“哎呀，别看别看，我还没布置好！”

“布置什么？”

“就……”

她还在酝酿措辞，猝不及防，一把被人搂进怀里，周明叙的下巴搁在她肩上。

乔亦溪愣了下，这才笑着回应他：“怎么了？”

“去旅游吧。”他低声说，“去你想去的地方。”

她看着面前的挂钟，嗅到他身上的气息似乎有所不同，那样新鲜饱满，像是已经恢复到以往的良好状态。大概是新任老板说了什么好听的话，或者他终于想通了。

总之，功夫不负有心人。

乔亦溪抿着唇，嘴角漾开一抹笑：“好。”

◖◖○ 第七章 玫瑰草莓

旅游的地方是乔亦溪选的，房间也是乔亦溪订的。

订酒店的时候她在寝室，一边准备出门上课一边选房间，感觉这个主题酒店还挺浪漫的，房间名字也好听，什么芒果镇、草莓铺、柠檬和叶……

正准备下单的时候，舒然拉着她道：“赶紧的，我的姑奶奶，你还坐得这么端正呢？咱们要迟到了！”

于是她匆匆点了下单，然后去上课了。

后来自然就把这事抛到脑后，也没想过要确认什么的，直到两个人当晚抵达酒店，乔亦溪给了订单号，然后工作人员递上一张房卡。

乔亦溪等了半天，也没有第二张。

她温柔提示道：“那个……我们是两个房间吧？”

“稍等哦，我看看。柠檬和叶，是一个房间呀。”服务员笑着回应。

她脑子里嗡了一下，说道：“柠檬和叶，不是两个房间吗？”

“不是这样的哦，是一个房间，房间叫‘柠檬和叶’，不是柠檬，还有叶。”

乔亦溪张了张嘴，发现自己居然说不出话来。

旁边似乎有人在低声笑。

她忙问：“那还有多余的房间吗？”

“没有了哦，我们酒店的房间都是需要预订的，现场买很难买到。”

乔亦溪无奈地咬唇道：“好。”

两个人拖着行李进了房间，宽大的双人床上撒满了叶子和花，旁边还有香薰灯，浴室还有个超大浴缸。

乔亦溪盯着看了会儿，一时间心情非常复杂。

什么意思？给蜜月情侣准备的是吗？

她逃也似的跑进浴室里，疯狂地给舒然发消息。

“谁能想到，谁能想到‘柠檬和叶’这种名字是一个单独的房间？别的房间都叫‘草莓’‘芒果’‘车厘子’的，凭什么就这个房间的名字里要加个‘和’？”

“我真的以为这是两个房间，只是拼在一起，结果事到临头告诉我是一个！怎么能是一个？它就不能表现得明显点吗？一个房间为什么价格还是别的房间的两倍？这不是混淆视听吗？”

“现场还买不到别的，这酒店就剩这一个豪华大床房了……”

“我死了，我真的死了，舒然。”

周明叙靠在吧台处，好像很惬意地欣赏她的焦灼，调笑道：“你怎么满脸英勇就义的样子？”

乔亦溪顺着看出去，这才发现这浴室玻璃是磨砂半透明，帘子在外面，没拉上去的时候里外看得一清二楚。她硬着头皮走出浴室，尽量露出一抹优雅得体的微笑。

周明叙也好整以暇地看着她。

站了会儿，乔亦溪感觉自己快要被香薰机熏窒息了，匆匆去开箱子。

“那个，那我……我先去洗澡了？”

“不然呢？”周明叙觉得她说这句话挺好笑的，勾了勾唇，挑眉道，“还要我陪你洗？”

“不……不用了，我自己能洗。”

说完这句话，乔亦溪抱着自己的衣服火速冲进浴室，刚把衣服放好，她看到周明叙抬腿走近，她心下有股不好的预感，心狂跳了一下。

然后，周明叙伸手，把外面的帘子拉上了。

好吧，她想多了……

在里头洗完澡，乔亦溪又看着自己的睡衣踌躇良久。

因为做的是一人一个房间的准备，所以她带的睡衣都是非常薄的款式，和以前在周家穿的胸前加海绵垫的完全不一样。

乔亦溪一咬牙，一跺脚，穿上薄薄的丝绸吊带，抓着一条酒店的浴巾出了浴室。

周明叙看到她的时候还愣了愣，问道："你抱着条浴巾干什么？"

结果刚问完，看到她短睡裙下两条纤长的腿，他顿时明白了点什么。

乔亦溪觉得难为情，又想遮裙摆下面，结果裙摆下面一遮，上面又遮不住。

她拿着浴巾纠结到底该遮哪儿，这里也不是，那里也不是，竟有点为难。

周明叙本来还有点别的什么意思，结果一看她这样，立马就笑了："你在给我表演马戏团魔术？"

"快去洗吧你，"最终她找到了解决办法，火速钻到被窝里，说道，"跑了一天，肯定也累了。"

谁知少年只是摇头道："我不累。"

乔亦溪眯眸看他。

周明叙读懂了她的意思，妥协地改口说："我可真是太累了。"

"知道累就好，"她笑着仰起脸说道，"赶紧去吧。"

周明叙挑了挑眉，这才转身去行李箱里拿衣服。

他进浴室之后，乔亦溪才起身从桌子上拿过手机，仔细一看，舒然没回她消息。

乔亦溪问："怎么不回我消息呢？"

舒然："为什么要回你消息，春宵一刻值千金，我就不打扰你了哦。"

乔亦溪努力纠正她："什么春宵一刻？只是不小心住一间房。"

舒然："怎么，难道你们俩要开一间房做数学题吗？"

乔亦溪："你可别胡扯了。"

过了一会儿，舒然的消息才回过来："你没准备好？"

乔亦溪看了一会儿舒然的问题，才反应过来舒然在说什么。

她刚刚只是觉得不方便，没想到舒然把问题又上升了一个级别。

"这太突然了，换你你能准备好吗？"乔亦溪压根没往那方面想，把屏幕按得啪啪响，继续说，"我们在一起还没多久呢。"

舒然："也是哦，那行呗，那你们就好好进行灵魂沟通，我还是不打扰你们了。"

乔亦溪："不行，我现在觉得好慌，求你打扰我吧。"

舒然："我在跟郑语双排，今生是第一次，你别打扰我！呜呜呜……郑语真可爱！"

行，为了美色抛弃她，她一点都不生气。

聊了一会儿，周明叙也洗完澡出来了。刚洗完澡的少年看起来万分可口，色泽白皙饱满味美，还在滴水的黑发有一种流淌的禁欲感。

乔亦溪拢了拢被子。

周明叙坐在床边吹头发，她就看着他五指穿过发间，利索地吹干头发，不过由于他看不到，发尾还有一点没顾及。

吹风机停了之后，乔亦溪提醒他："后面还没吹到。"

周明叙带着微微的鼻音问："嗯？"

"后面的头发，没干。"

周明叙伸手抓了抓，半天没抓到地方，乔亦溪心急，直接从他手上拿过吹风机，打开对着他脑袋后面的头发一顿吹。

吹了会儿，感觉他的头一直在动，乔亦溪提醒道："你别回头啊。"

周明叙嘴角噙笑："怎么？"

——我睡衣太透了，你别看。

这句话她没说出口，随口搪塞："我太美了，怕闪瞎你的眼。"

"已经瞎了，"周明叙顺着她的话，似笑非笑地揶揄道，"我的眼早就被闪瞎了。"

给他吹干头发，乔亦溪这才放下吹风机，重新钻回被窝里。

周明叙也扯了扯被子。

乔亦溪抬了抬眉，试探着问："你……打算睡哪儿？"

这么一说，周明叙笑了："你想让我睡哪儿？"

乔亦溪眨眼："我……随便你呀。"

周明叙跟她在一起待了多久，她什么心思他能不知道？

于是他勾了勾唇，说道："我睡沙发。"

乔亦溪正要说点什么，他兀自道："不就是硬了点、小了点，还伸不开腿吗？没关系，我就喜欢睡沙发。"

她终于有了那么点于心不忍。

少年迈动长腿，往沙发那边走去。

乔亦溪当然很快就中计了，开口道："那个……"

话没说完，他又折身朝门口走去。

乔亦溪转头问道："你干什么去？"

他答得好整以暇："去看看别的房间有没有空位让我睡。"

明知道他是在逗自己，但乔亦溪还是老老实实地往左边拱了拱，说道："乔亦溪的床有空位，邀请你来睡。"

少年得逞地挑了挑眉，很快就掀开被子躺到她旁边。

乔亦溪正在看纪时衍的新综艺《初吻日记》的片段，是舒然发给她的，据说综艺里他和纪宁的CP甜得人嗷嗷叫。

她才看了个开头，纪时衍几个镜头闪过，还没来得及看到甜的地方，旁边的男声冷漠地传来："爽吗？"

乔亦溪蒙了，差点以为是隔壁隔音效果不好，某种奇怪的问题才传到了她的耳边。

但是她侧过头，看到周明叙非常冷淡的面容，他又问了一遍。

乔亦溪觉得奇怪："爽什么爽？"

这人依旧面无表情道："躺在你男朋友旁边看别的男人，爽吗？"

这飞醋吃的……

"不看了，立马不看了，别的男人有什么可看的。"乔亦溪装模作样地"呸"一声，然后朝周明叙笑笑，"还是我男朋友最帅，对吧？"

"那你退出。"

"啊？退出什么？"

周明叙指指她的手机，说道："你刚刚只是锁屏，没退出视频。"

乔亦溪立马意识到什么，解锁了手机，退出纪时衍的那个视频，并且删除了舒然发给她的聊天记录，猛烈地发消息呵斥舒然："以后不要给我发男人的视频了！我对男人没兴趣！（周明叙除外）"

舒然发了十二个问号过来。

周明叙看她一套动作一气呵成没有停顿，眉眼间这才挂上些微悦色。

他展开手臂，道："睡吧。"

乔亦溪侧身，关了灯，然后在枕头上躺好了。

周明叙看着那颗距自己手掌还有十厘米的头，沉默良久。

“我的手放在这里是给你枕的，”周明叙提醒，“不是拿来晾衣服的。”

乔亦溪起身看了两眼，这才顿悟，老老实实地挪过去，枕上他的手臂。少年怀里的气息混合柠檬和香皂的味道，非常好闻，而且还有点上瘾。

“好了，”周明叙揉揉她发顶，说道，“睡吧。”

乔亦溪缩在他怀里，本来还有点不自然地僵着身子，可慢慢感受到他均匀的呼吸，像是睡着了，这才放松下来，也慢慢入睡了。

半个小时之后，少年在黑暗中睁开了眼睛——他压根睡不着。

他现在开始怀疑自己，到底为什么要抱这样一团东西在怀里考验自己。

他对自己还真是有信心啊。

怀里的小姑娘香香软软，一股子甜牛奶味儿，发梢还带着玫瑰香味儿，扰得人根本无法什么杂念都没有地平静入睡。

周明叙闭上眼，在心里开始默念大慈大悲咒。

中华人民共和国成立于 1949 年 10 月 1 日，位于亚洲东部，是工人阶级领导的、以工农联盟为基础的人民民主专政的社会主义……

不对，这个好像不是大慈大悲咒。

大慈大悲咒是什么来着？

他内心已经开始混乱，无奈她又往他怀里拱了拱。

她睡衣薄，贴得他又近，几乎可以感觉到……

不行，周明叙捏了捏眉心，拿出手机，开始找东西。

找到了，国际跳棋，玩这个应该能冷静下来了。

他以为他能很平静地度过这一夜，实际上是他高看自己了。

跳棋才下了十分钟，马期成的消息就发过来了：“哇，你怎么在线？”

周明叙侧着身，搂着乔亦溪，在她背后敲手机：“不行？”

“我听舒然说，你和乔亦溪今晚不是睡一起吗？你怎么还回我的消息？你现在在干什么？”

周明叙：“下跳棋。”

马期成难以置信：“什么玩意啊？”

周明叙直接截了个图发过去。

马期成震惊了：“你是第二个让我钦佩的男人。第一个是我高中时的学习委员，妹子约他去家里玩，他硬是坐人家床上给人家讲了仨小时的宾语从句。”

乔亦溪睡得挺好，第二天一早起来，发现周明叙眼下一片乌青。

“我昨晚好像做了个梦，”乔亦溪揉着眼睛说，“有人洗了一晚上澡，不让我上厕所。”

周明叙撇开脸，淡淡地道：“没做梦，是我。”

乔亦溪觉得奇怪了，问：“你洗澡干什么？”

周明叙沉声道：“太热了。”

“不是开了空调吗？”

周明叙思忖片刻，说道：“昨晚我压到遥控器，不小心开成了制热。”

“后来呢？”乔亦溪蹙着眉想了想，说道，“我怎么没觉得热啊？”

“后来我调回来了，在你被热醒之前。”

这趟旅行为期七天，他们并没有去到太远的地方，路线是乔亦溪做完功课规划出来的。

他们在古镇的院落里看过夕阳，也在游乐场的过山车上放声尖叫；潜进某个学校里伪装学姐学长，却意外在荣誉墙上看到阮音书和程迟的介绍；他们在人声鼎沸的音乐节里拥抱，也在教堂外接吻。

她还带他去了电玩城，她没再小心翼翼地避讳射击游戏，他也从自己的桎梏中挣脱，坦然地举枪。最后，周明叙凭借惊人的命中率赢了很多游戏机里的彩票，给乔亦溪兑了一个拉提琴小人的香薰灯。

旅程从香薰灯开始，由香薰灯结束，她去了自己很久以来想去的地方，他也找到了状态，算是圆满了。

回去的时候，乔亦溪买了一支奶糖味的唇膏，在机场对着镜子涂过嘴唇后，探出舌尖舔了舔。真的是奶糖味儿，不二家的那种。

乔亦溪合上盖子，感慨道：“众生皆苦，只有我，是奶糖味儿的。”

周明叙侧头瞧了她一眼，说道：“你不是。”

“暴揍警告，”乔亦溪装模作样地指着他鼻子道，“给你一次重新组织语言的机会。”

今天的某人倒是很不怕死，他挑了挑眉，道：“我说你不是。”

乔亦溪耸肩道："行。"她败下阵来，问道："那你说我是什么？"

周明叙侧过头，指节蹭了蹭鼻尖，先她一步往登机口走去，只丢下轻飘飘又不怎么清晰的一句："我的。"

不是奶糖味的，也不是玫瑰味的，你是我的。

他们旅行结束回去的时候，周父也复查完毕，一切正常。

最近周明叙很少回家，也并非不关心父亲，他还是会从乔亦溪那里得知父亲的消息，比如什么时候出院，什么时候完全恢复。

那天，周明叙在外头跟马期成他们开了个包间打游戏，乔亦溪在家里收拾一下正准备去找他，乔母让她送个东西上楼。

她拿了东西，坐电梯到了周家门口，敲门，给她开门的是周父。

她抿了抿唇，走到屋内，把东西放在餐桌上："这是我妈做的凉菜，她让我带上来。"

"好。"周父颔首。

"那……我走了。"乔亦溪有些拘谨，不知拿出怎样的态度好，"叔叔再见。"

走到门口的时候，周父将她喊住。

乔亦溪回头。

周父道："明叙他……最近怎么样？"

乔亦溪斟酌再三，道："挺好的。"

"上次看到他，好像瘦了很多。"

乔亦溪垂了垂眸子，说道："是瘦了很多，不过最近有在长肉了，养回来了五斤。"

前阵子他的确瘦了很多，因为饭也吃不下，觉也睡不太好。

周父站在她身后，就这么毫无预兆地问了她一句："你觉得叔叔做错了吗？"

她一愣，这才有些犹疑地转过身。

错不错也说不上，只是观念不同引发了争执，当时发病是谁也没预料到的意外情况，不能怪任何人。

"我知道自己的身体情况，也知道情绪过于激动会带来的后果，但是那个时候我甚至想，晕过去也没什么，只要能阻止他就行。”周父道，“因为我实在是见过太多孩子被游戏毁了前程的样子，我不想他变成那样。”

乔亦溪轻声说：“我知道。”

周父继续道：“但是，他最近那样消沉，是我从来没想到的。”

他本以为周明叙最多愤怒个两三天，然后被他推上正轨开始学习，毕竟游戏只是生活的辅料，失去了也没什么。

可周明叙的状态终于让他意识到不对，那种暗淡无光的眼神是这孩子十几年来从未有过的，仿佛宇宙群星暗淡，光彩被乌云遮蔽。

是那时候才开始感觉到恐惧的，他想，如果周明叙只是把游戏当消遣和放纵，怎么可能会露出那样的表情？是不是哪里真的出了问题？

直到他今早起来看到推送，是一个别的游戏的大型赛事，十几年来中国第一次夺冠，各类软件的推送紧跟这个热点，连新闻里都全是关于这个事的报道。

并且，报道竟然把它归到了“体育竞技”那一栏目。

今早他看了很多新闻稿，包括记者理智的分析，也包括从业者疯狂的热爱，还有粉丝们热情的欢呼。

这个时代对电竞的定义，似乎和他那个时代有所不同。他的看法终于有了那么一点改观，所以才会问乔亦溪这样的问题。

乔亦溪咳嗽了一声，说：“其实他知道您可能会不同意的，后来您进手术室他没离开，能看得出他不是想跟您对着干的人。可电竞这件事，他明明知道选择它会带来反对的后果，依然义无反顾地选择了。

“如果不是真的喜欢，真的想为热爱的行业拼一次命，没有人会这样的。”

周父看着她。

乔亦溪继续说：“我还记得大一开学之前，我和他遇到，那时候很多年没见面，我都快把他忘了。只是一看这个人，觉得特别冷静，感觉没什么能让他情绪有大的起伏，他多数时候没什么表情。”

周父道：“是，他从小心态就很好，没什么能影响他。”

“但是有一次他接我下课，心情非常差，一眼就能看出阴郁气场的那种。我后来一问才知道，是他那天打游戏一直没赢，所以才那么不高兴。其实我就不会呀，我打游戏就是消遣，赢或输对我来说都没太大关系，因为我又不在意这些。

“可那是我第一次看到周明叙展现出极端情绪。您也知道，只有真正在意的事情会牵动人的情绪，大多数时候冷静，只是因为大多数事情他不上心，他可是连面对高考都能云淡风轻的人。

“电竞不一样，这是他真正在意的事情。您可能没认真观察过他坐在电脑前的样子，很难形容，嗯……就像学校里真正热爱自己专业，办公室里真正热爱自己工作的人，他们眼里是有一束光的。

“周明叙他，在做喜欢的事情的时候，眼里是有那种光的。”

周父沉默了许久，最终化成一声叹息：“我只是怕他走错路。”

乔亦溪舔了舔唇，道：“裴寒舟您知道吧？”

“知道，”周父毫不吝惜对他的夸赞，“他很厉害。”

“裴寒舟最近在收购俱乐部，投资电竞了。”乔亦溪说，“上次他单独跟周明叙见面了，说想签下他。”

这是周明叙在旅行时告诉她的。

“现在正是电竞行业风生水起的时代，连裴寒舟都加入了，您怎么还害怕他一个人走错路呢？再说，就算他走了错的路又有什么关系，他现在还年轻，年轻就是资本呀，男孩子多吃点苦没什么的。

“现在的电竞不光是打游戏娱乐，还有世界性的赛事，他也许会代表国家出战，以国家的名义和别的顶尖战队一较高下，那时候，他就不仅仅是代表自己了，也代表我们整个国家。能为国家出战，荣耀和国家息息相关，就算没有结果，也是一个很宝贵的经历啊。

“人能有自己喜欢的事，并且抛下一切为之努力拼搏，这不就是应该被认同的吗？为什么当这件事从学习变成电竞的时候，就不被大家理解了呢？”

周父一愣。

乔亦溪说：“连我都相信他，那么多人也相信他，裴寒舟都相信他，您为什么不肯信一下呢？他真的很厉害，他不应该被埋没。”

周父站了良久。

直到一个电话打断乔亦溪和他的对话，放下手机后，乔亦溪道：“他们喊我了，我先走啦。”

乔亦溪关门离开后，周父缓缓踱步到沙发前，拿起手机搜索了裴寒舟相关的新闻。

他的确开始投资电竞行业了，并且声势不小，这个行业似乎正在扩大发展，并慢慢为人所熟知。底下相关的词条很多，他一个个点开来看。

乔亦溪并不知道自己那番话究竟起了多大的影响，找到周明叙之后她就把这事忘了，跟他们一起聊天打游戏。

听说海洋公园很好玩，她和周明叙决定第二天去一探究竟。

第二天，他们去海洋公园逛完以后，离场时已经是晚上十点多。

海洋公园在郊区，回去还有两个多小时车程，而二人奔波一天实在是累了，便找了个酒店休息下来，打算次日一早再回去。

乔亦溪去洗澡的时候，周明叙就开了手机打游戏。

马期成在那边问他："你现在在哪儿呢？"

"酒店。"

"和乔妹一起？"

"是，"周明叙道，"怎么？"

"我服了，我真的服了。"

马期成甘拜下风，跟傅秋吐槽："上回他和乔妹两人，孤男寡女，干柴烈火，他和人家开房下了一晚上跳棋？"

"今天更厉害了，两人开房，他抛下乔妹一个人在这儿打游戏，我说周明叙，你能不能行啊？"

傅秋笑："你懂什么，人家这叫珍重，叫重视。"

马期成和傅秋正争论得不可开交，周明叙淡淡地插入一句："她在洗澡。"

马期成顿悟了："噢，是她在洗澡，你无聊才打游戏的是吧？等会儿就不打了是吧？那我们等会儿不耽误你哦。"

"嗯。"

"'嗯'！他说'嗯'，傅秋，你听到没，他说'嗯'！"马期成一下子跳起来，嘿嘿笑说，"行行行，咱们速战速决啊，这可是我们叙神人生中顶重要的时刻。"

傅秋耸肩道："我不知道你在激动些什么，又不是你的女朋友。"

周明叙打完这一局，乔亦溪刚好出来，她刚好做的是今晚可能在外面睡的准备，所以带了睡衣和换洗衣物。

此刻，她穿着短袖睡衣，露出纤长的一截脖颈，因为热气蒸腾，颈上还有一些斑驳的红色印记，看起来有些暧昧。

即使这暧昧和周明叙并没有什么关系，他的喉结也还是滚了滚。

乔亦溪神情自然地擦着头发看手机，没想到真有一条未读消息，是周父刚刚发过来的。

似乎经过反复斟酌，他同乔亦溪道："明天你让周明叙给我看看合同，签约的时候我和他一块儿过去。"

她愣了好久，才反应过来这是什么意思。

周父松口了，他答应周明叙和裴寒舟签约了！

她立刻回头问周明叙："裴寒舟给你合同了吗？"

"给了，我还在看。"

"那你想签吗？"

周明叙嘴唇动了动。

这么好的机会，大概没有人想错过，只是……

"你爸同意了！"乔亦溪一把扑进他怀里，说道，"他刚给我发消息了，说他同意，还说要看你的合同，而且和你一起去签！"

周明叙被撞得愣了两秒，问道："他刚和你说的？"

"对啊。"乔亦溪兴奋地抱紧他，"我成功了哦，我说服你爸了。你看，乔乔果然从不食言。"

他歪着头，笑了。

她的颈窝紧紧抵着他下巴，浅淡的香气萦绕在他鼻尖，再往下几寸就是少女柔嫩细白的皮肤，像花儿绽开着待人采撷。

感觉到周明叙往自己脖子上拱了拱，乔亦溪也没想太多，仍旧沉溺在自己的世界里。

"所以啊，付出还是有成效的，果然就是种瓜得瓜，种豆得豆……"

话没说完，她感觉脖子上痛了一下，有牙齿轻轻啃咬过后，舌尖再抚慰似的轻轻带过。

这么正经的时刻，他干什么呢？

乔亦溪骤然哽住，看到少年从她颈窝里抬起头，留下了一个暧昧而清晰的粉红色痕迹。

少年低哑着声音问她："那种草莓呢？"

正在努力煽情的乔亦溪蹙了眉，心道，故事应该这样发展的吗？

发梢没擦干的水滴滴答答地往下坠，打湿了乔亦溪的睡衣领口。

她后知后觉地捂住脖子，结结巴巴道："你怎么……"

周明叙鸦羽似的黑睫合了合，问道："我怎么？"

她警惕地往后退了两步，说："你刚刚在听我说话吗？"

"听了，"某人直起身子，认真地说道，"你说我爸同意我打电竞了，要跟我一起去签约。"

她启了启唇："那你怎么听着听着干那种事情……"

周明叙仿佛还有点无辜地说道："这不是你自己凑上来的吗？"

"这么说来，"乔亦溪指指自己，撇撇嘴，"怪我咯？"

"谁让你靠那么近，"周明叙眼眸暗了暗，说道，"我自制力没你想的那么好，乔乔。"

——遇到喜欢的人，我也会控制不住自己。

"真是想不到，"她哼哼唧唧道，"刚认识的时候那么正经禁欲的叙神，谈起恋爱来居然是这样的。"

"什么样？"

少女言简意赅地吐出俩字："闷骚。"

"闷骚闷骚，就是恋爱前越闷，恋爱后越骚。"小乔老师给出自己的阐释。

记得有一次，他孤身一人举着纯黑色的伞站在雨幕里，眼睑半垂，有雨顺着他指尖滴滴答答地滑落，大雨蒸腾出袅袅雾气，像有什么在他身旁凝结，那个时候她就觉得这个人浑身上下写满了克制。

而她很期待看到他爆发和释放的样子。她也知道，这种样子，只有做他最亲密的人才能看到。

他是个克制的进攻者，带着横扫荒野的侵略性，擅长的是等待和蛰伏，还有伺机而动的释放。

可现在，他似乎已经在她面前释放得差不多了。

"分析得有道理，"少年手抵在她身后桌上，把她圈在这方寸之地，俯了俯身，眯着眼道，"那再给我亲一下？"

后来周明叙去签合同的时候，是周父陪同他一起的。据说周父和裴寒舟也聊了十来分钟，最后达成了某种战略共识。

马期成和傅秋被周明叙引荐进来，也通过了考核，成为战队的一员。

那年九月，裴寒舟的 PL 电竞俱乐部正式成立。

PL 俱乐部底下包括很多个分部，周明叙所在的《绝地求生》就是其中之一，而他们是《绝地求生》底下的主战队，除了他们，还有很多小战队。

乔亦溪没想到的是，裴寒舟居然把郑语也签进来了，郑语、周明叙、马期成和傅秋，组成一支队伍。

在公布之前，周明叙准备改个游戏名。

因为全国性的比赛是打的国际服，就是和所有国际友人一起打游戏，所以名字只能用英文的。

之前周明叙的名字是随便起的，这次是正儿八经要上道了，想重新取个新的。

他问乔亦溪："你觉得我叫什么比较好？"

乔亦溪想了会儿，说道："Cheetah？猎豹，还挺适合你的。"

他多凶猛，乔亦溪看他打游戏没多久时，就觉得他像猎豹，快速敏捷，并且伤害力高。

周明叙沉吟半晌，笑道："好啊，就叫这个。"

很快，他把游戏名改成 Cheetah.Z。

俱乐部在微博上公布队员名字的那天，只是发了些照片，大家便都上了热搜。

先是裴寒舟以自己超高的知名度一骑绝尘冲上热搜第五，然后"PL 电竞俱乐部"强势霸占第十二，"PL 颜值"也火速进入实时上升热点。

毕竟周明叙扛起了门面的大旗，郑语扔进人群也很出挑，马期成和傅秋则是长得干干净净，非常吸引路人好感，哪怕不玩《绝地求生》的人，都忍不住戳进去看两眼，毕竟没人不喜欢好看的小哥哥。

况且，"电竞"加上"裴寒舟"这两个热点，已经注定这个战队一开始就自带流量。

微博下的讨论非常热闹。

这四个以前都不是打职业的吧？裴寒舟在下一盘什么棋啊？这到底是惊

喜还是惊吓？

虽然还不知道他们打得怎么样，但是鉴于裴寒舟从没失手过，所以我姑且把这个当成惊喜吧，毕竟颜即正义。

我偶像是从哪里找来了这些宝藏队员的，脸蛋这么帅操作肯定不会差，毕竟我偶像不会做这么打脸的事。我和周明叙、郑语、马期成、傅秋锁死，钥匙扔海里！

周明叙……好好看啊……

好帅，我众筹去 PL 俱乐部一日游，有没有一起的？

不说我还以为这是哪个经纪公司新招的练习生，难道这个战队是看颜值签人的吗？

没多久，周明叙也上热搜了，热搜词条后面跟的是一个“舔屏”的表情。

热搜最上面的是个美少年发掘博主，她放了几张周明叙给战队拍的无死角照片，还有几张广大吃瓜群众挖出来的周明叙高中和大学的生活照。

美少年发布食用指南：“给大家看看我刚又在热搜上淘到了什么好东西，绝世帅哥裴寒舟也招了个绝世帅哥，听说人帅业务好，诚邀各位姐妹一同品尝。”

转发量很快到了两万，评论也很精彩。

是 A 大的高才生啊，又帅成绩又好又会打游戏，我的天，这是从哪个偶像剧里走出来的男人啊？

怎么形容呢？在这之前我就知道他了，这是个一开始凭操作吸引我的男人，然后我一看手，好看，再一看脸，更好看。怎么能有人的操作和颜值不相上下呢？

而热评第一是：“别幻想了各位，我跟周明叙一个高中，人家是出了名的对女生不感兴趣，高中三年收到的示好无数，动都不动摇一下的，连暧昧都没跟女的搞过。唉，估计很多女生知道这个实情之后梦都碎了吧。”

底下果然是一大片梦碎少女的哀号。

当然，还有人很乐观：“如果他真有女朋友，我当场因嫉妒哭成狗，幸好他对女的没兴趣，这样就是所有的姐妹都没机会了，哈哈哈……要死一起死啊！”

乔亦溪看到这里，一时心情很复杂。

她不仅没和大家一起死，还“独活”了，只是不知道到时候会不会被嫉妒的眼神凿穿身体……

看着在大家的讨论中似乎遥不可及的人却在打完游戏之后迅速给她发微信，她又满足地悄悄扬起嘴角。

谁说他不喜欢女人的。

乔亦溪没想到的是，当晚裴寒舟的热搜退了，周明叙的还没有，反而挤进了前十。

这些都是舒然告诉她的。

“我差一点就想说周明叙有女朋友了，就是我闺密。你说到时候大家知道了得多精彩啊，会不会变成一大批柠檬精酸来酸去？”舒然捧着脸畅想。

乔亦溪挑眉道：“郑语也收获了很多颜粉，你心情怎么样？”

“我骄傲，但是也很有危机感。”舒然说，“你这么一说很到位，我得加快脚步把他收入囊中，不然再晚点可能就抢不到了。不说了，越说越有竞争危机感，我去抢了啊，拜拜！”

乔亦溪看着挂断的电话，恨铁不成钢地叹息一声。

她打开平板电脑，周明叙他们今天刚好有场直播。本来刚成立的战队很少直播，但裴寒舟毕竟不是常人，而且周明叙他们四人配合度还不错，有默契。

以前周明叙在那个战队里偶尔也会参与直播，但是那个战队的直播不露脸，而且不是有名的战队，粉丝也不多。

可 PL 就不一样了，在热搜上挂了一天，全渠道推送，直播软件开屏大广告，让人想不注意到都难。

更何况他们的直播，最底下还有个小屏，主要是拍他们的键盘，偶尔也会带过脸。

只要一带过脸，弹幕里立刻闪出此起彼伏的“啊啊啊”。

甚至有人对这个游戏完全不了解，单纯是为了看周明叙才开始打游戏的。

几天下来，周明叙的比赛操作和照片被反复安利，人气也不断飙高，甚至在微博上获得了有流量才会拥有的超级话题待遇，里头都是讨论他的。

果然，他什么都不缺，缺的只是被人看到的机会。

那天，战队放了几个小时的假，乔亦溪不知道，只是忽然被周明叙喊上线打游戏。

马期成和傅秋都在，她随口问：“郑语呢？”

“在睡觉。”

她答了声“噢”，也没多想。

马期成心想也是打游戏，就随手开了个日常直播。

这次跳伞，他们跳了个比较刺激的地方，其他三个人打打杀杀，乔亦溪就像个人机一样，跟在周明叙屁股后面舔包。

周明叙杀完了人，还把自己的三级头扔给了她。

她头上正是个绿绿的一级头，戴上三级头之后，一级头就落到了周明叙面前。

少年的声音透过耳机传到她耳边：“我替你杀人，完事你给我送一绿帽子？”

乔亦溪乐得不行，还笑问：“喜欢吗？”

他只微微哼出一道鼻音，没答。

他们开车辗转往下一个地方，马期成探出窗外开镜看远方，说道：“哈哈哈，有情侣在这里靠着头拍照呢，看着我就想打死这些秀恩爱的……哎哎哎，叙神，你开慢点啊，过去了！”

虽然马期成没打到这俩秀恩爱的有点遗憾，不过也就这样算了。

乔亦溪问他：“是那个侧头拍照的吗？”

她看到过，游戏里有向左探头和向右探头的按键，左边的人往右，右边的人往左，看起来就像是头靠着头，是情侣专用姿势。

“对啊，这群情侣发明的姿势，”马期成又问周明叙，“叙神，咱们要不要……”

“不要，滚，好蠢。”周明叙断然拒绝。

马期成回应：“行呗。”

后来乔亦溪在房子里搜东西，一回头，周明叙出现在她身后，把她吓了一跳。

“你跑这里来干什么？”

“给你送东西，”周明叙问，“你缺不缺什么？”

她话还没说呢，周明叙就丢了一大堆药和枪的配件下来。

“你怎么有这么多东西？”乔亦溪舔唇，问道，“都给我了，那你自己呢？”

周明叙答得迅速：“我都捡双份。”

马期成在那边“啧”了一声。

乔亦溪捡了那些东西，周明叙还给她扔了个六倍镜，她装上之后一打开，看到对面房区里有人，她赶紧汇报：“哎，有人有人。”

周明叙也跑到她那个窗口开镜一看，正好看到一男一女头靠着头，女生先偏过头，过了会儿男生偏过，两个人的头就靠在了一块儿。

他沉默了好半晌。

难道现在的女生都喜欢这样？

周明叙顿了一下，站在乔亦溪的立场询问她：“你想不……”

他话还没说完，乔亦溪就抢答了，她皱皱鼻子道：“不要，好傻。”

马期成在那边捶桌大笑：“哈哈哈……这不就是天道好轮回，善恶终有报吗？！”

后来乔亦溪跳出房子，瞥一眼左上角，发现对面只剩下一个敌人了，不知具体位置在哪儿。她正想找人的时候，猝不及防被人打了一枪，三级头都打没了，她赶紧找个角落藏起来。

周明叙问：“谁打你？”

“不知道，好像很远。”

乔亦溪躲着打药，过了会儿，忽然福至心灵，跟周明叙说：“你要去打他吗？”

“当然。”

她点头，循循善诱道：“打你女朋友者——”

这点默契还是有的，周明叙思索了一会儿，然后接上：“虽远必诛。”

乔亦溪满意地“嗯”了一声，又说：“头可断，血可流——”

“不能打我女朋友。”

她眯眼笑了。

果然，周明叙刚说完，一阵枪声响起，他把那人打死了。

一局游戏结束，乔亦溪正看着结算页面的时候，听到周明叙那边有回荡在楼梯间的脚步声，不由得问道：“你去哪儿？”

“寝室。”

乔亦溪一个人在寝室，所以各种声响都听得格外清楚。

就在他那边的脚步声似乎停下的时候，她听到门外好像也有脚步声停住。她仿佛一瞬间明白了什么，放下手机跑到了门口，心跳一瞬间很快。

他那边的战队管理很严，他们有一周多的时间都是靠软件聊天，没能见上面。她终于深切地感受到每一次见面有多珍贵。

这么想着，打开门时，乔亦溪展开了双臂迎接她的少年。

这么久没见，情真意切抱个满怀，还是挺让人有幸福感的。

于是周明叙一拉开门，就看到少女头一次仰着脸笑，双手高抬，一副等抱抱的模样。

他顿了两秒，这才蹙着眉似有所思，低喃着后退：“我是不是开门的姿势不太对？”

于是，乔亦溪又眼睁睁地看着门在自己面前合上了。

乔亦溪气鼓鼓地去拉门，说：“那你别进来了！”

结果刚摸到门把手，门又被人从外面一拉，她因惯性往前一倾，落进一个温暖的怀抱里。

乔亦溪咬住下唇，说道：“你干什么？”

少年的轻笑响在她头顶，挠了挠她的下巴，他沉声道：“不是想要抱？”

◖◖○ 第八章 无声拥抱

面对怀抱温暖，乔亦溪禁不住往里拱了拱。

虽然方才这人还在闹她，但得来不易的拥抱很珍贵，她不太舍得撒开手。

她鼻尖抵着他胸口，问道："你怎么回来了？"

周明叙答得简单："放假了。"

因为放假，所以来见你了。

她对这个回答挺满意，接着问道："训练辛苦吗？"

"裴寒舟"这三个字听起来就给人雷厉风行的感觉，不像是不严苛的人。

"还好。"他说。

乔亦溪正想说些什么，似乎听到周明叙耳机里传来很多奇怪的声音。

他的耳机还没摘。

乔亦溪仰头问道："你耳机坏了吗？怎么一直有怪怪的声音？"

"马期成在那边'呸'，"周明叙勾了勾唇，冷静地说道，"他嫉妒。"

马期成气急败坏，声音又提了两个分贝："我嫉妒个屁！闭嘴吧！"

又骂骂咧咧两句，马期成问："你们不打了吧？那我们退了？"

"不打了，"某人气人般回复，"有女朋友谁还和你打游戏。"

"了不起是吧？"马期成正准备退出房间，结果目光一瞥，瞧到什么东西，说道，"我忘记我刚刚开直播了——你们没闭麦啊！那这些大家岂不是都能听到，这不就是直播虐……"

周明叙已经习惯马期成那边的各种突发状况，见怪不怪地"嗯"了一声，很淡然。

马期成关了直播，又笑道：“你不怕你那些迷妹流一公斤眼泪啊？”

“你的直播，”周明叙缓缓道，“没几个人看。”

再说了，比起那些人，还是眼前的少女更为重要。

周明叙退了游戏之后，两个人度过了还算是无人打扰的下午时光。

他们把手机放到一边，然后去学校的草坪上晒太阳。

这是乔亦溪很久很久以前就想象过的……和男朋友一起躺在树下，一边晒太阳一边聊天，用书挡住半张脸，侧个身就可能吃到飘落的花瓣。

下午的阳光晒得人暖洋洋的，她躺在周明叙腿上，有一搭没一搭地和他讲着最近发生的事情，最后起身离开时，有一片花瓣掉到她肩膀上，她摘下它，夹在了书里。

周明叙只有一个下午的假，很快就在悠闲的时光中被消磨干净，他晚上还得回去训练。

虽然他只陪了她几个小时，但乔亦溪已经非常满足。

她没想到傍晚的时候，有关周明叙的话题又被炒了起来。

这次的话题和乔亦溪脱不了干系，是有关两个人恋爱的。

本来看马期成直播的人确实不算多，能够在他们游戏结束之后还守着听他们聊天的就更少了，但当然还是有人一直听到了最后，并且给之前的美少年安利博主投了稿。

于是那个博主下午又发了微博：“大家还记得前阵子我给大家安利的美少年周明叙吗？就是那个电竞打得特好，并且还有人说他对女生不感兴趣的。刚刚有小可爱给我私信，说在直播里听到他好像有女朋友了，还用特别温柔的声音问是不是想要抱！虽然我感觉谈恋爱没什么，但还是跟大家知会一声，毕竟要心碎一起心碎啊！”

底下还有一个简短的音频，正好录到周明叙问她“是不是想要抱”那一段。

前面的评论都还挺好，不少羡慕乔亦溪的，说周明叙哄起人来声音特别好听，还有人说想站他们的CP。但是一个多小时之后，有人开始表达自己的观点。

那什么……明年他们就要打比赛了吧，四个都是大学生，职业经验也不丰富，现在的重点应该是拼死练习才对吧，谈恋爱是可以的吗？

于是，不少路人和周明叙的“事业粉”也开始讨论起来。

很多俱乐部规定不允许选手谈恋爱的，毕竟谈恋爱浪费时间，而且他们的确快比赛了，各种安排都特别紧，哪来的精力谈恋爱？

我现在也是不敢轻易下定论，也不知道他是不是真的恋爱了。总之，心情很复杂，不知道到底是好是坏。

俱乐部刚新建，教练什么的才大换血过，现在居然跑去风花雪月了。

恰逢某个idol（偶像）前阵子公布恋情才上了好久热搜，各个圈子就“idol到底能不能谈恋爱”展开了疯狂讨论，现在热度没过，有好几个知名博主把这事和周明叙的事又捆在一起强行加了波热度，讨论更热烈起来。

电竞选手又不是idol，你们跟人家什么关系啊，就不准别人恋爱？多少高中早恋的情侣最后考到知名院校去了，不是所有的恋爱都是消极的好吗？有些人就是可以一边谈恋爱一边工作啊，不恋爱说不定还没动力。

就不允许是很久之前的女朋友吗？怎么着，进个电竞圈还非得拆散情侣分手不成？这是什么风气？

叙神是飘了吗？受到的关注越多责任越大呀，多少人等着看他们明年拿个冠军，毕竟裴寒舟的名头这么大。他怎么在这个节骨眼上不训练跑去找女朋友，希望不要任性啊，整个战队不能因为这个被拖累。

后头说得更难听的也有。

恋爱脑真让人无语，他知道自己现在在干什么吗？他现在可不仅仅代表自己，身后还有队友和工作人员无数的心血，包括裴寒舟的投资，真出了什么错，是他承担得起的吗？

今年没进决赛还没吃够教训？明年打算悲剧重演？果然自私的人永远自私。

周明叙只不过是放个假来陪她放松了一会儿，却被这些人越说越严重，甚至在一个时间点还有大批重复留言涌现，好像是有人特意把节奏往他分不清大局上带。

大概是周明叙太红，让某些竞争对手找到机会就想把他往死里骂。

而且这样的语气让乔亦溪想到了孤刀。

没多久，连乔亦溪的微博号都被扒了出来，也有些人给她发私信，大多是“如果真的爱他就不要耽误他”“你的爱有可能会毁了他”之类的言论。

当晚，周明叙的直播也被这件事刷屏，各种言论纷纷扬扬，跟下雨似的，噼里啪啦。

于是，本没什么的事情就在网络的发酵里被越吵越大。

一贯不怎么说话的周明叙都开口道：“昨天下午是放假时间，有人选择睡觉或者打牌，我应该也有见想见的人的权利。”

马期成在一边帮腔：“我们忙起来是真的很忙，手机都没办法看的那种，平时两个人的相处机会已经特别难得了，大家就不要过多介入他们的私生活，有什么问题教练会管的。”

傅秋也说：“他们是很早之前谈的恋爱，不存在什么进战队之后心就飞了的说法。”

弹幕也有人说：“我和电竞选手谈过恋爱，在一起的时间和以前相比真的少了很多，你们就别再给人家压力了吧。”

事态这才稍有缓和，不过仍然闹得厉害，就连不打游戏的朋友都来问乔亦溪到底发生了什么，说自己在首页上看到好几条此类信息了。

第二天，乔亦溪买了和风蛋糕，准备去俱乐部看周明叙一眼，到了之后却被告知他们正在训练，让她先去休息室等一下。

她到了休息室，没等几分钟，忽然碰上来这里拿外套的教练。

教练看了她一会儿，道：“乔亦溪？”

乔亦溪点头。

“来找周明叙？”

“对啊，他在忙吧，我不会耽误他多少时间的，就是来送个东西。”

她知道现在正在风口浪尖上，但是怕他受影响，想看看他状态怎么样。

教练顿了会儿，问她：“有空吗？去咖啡厅坐会儿？”

乔亦溪预料到此趟咖啡厅之行要讲什么，所以教练开口的时候，她尽量认真地聆听。

“你们的事情，其实之前我也知道，本打算看看情况，如果真对他没影响，倒可以睁只眼闭只眼。”教练道，“毕竟我以前是严格禁止队员恋爱的，可能光听着你感觉不到，但很多时候这不能算作一个好事。

“但是昨天事情讨论度太高了……我想忽视都不行。他现在的首要任务是打好明年的比赛，你也知道这个战队有多新，其实往后会如何我也没有把握，但偏偏老板是裴寒舟，想低调都不行。

“背负着这么高的关注度，每一步都是需要谨慎的，一旦第一场仗没有打好，后面想翻身就很难了，你也知道，大众的包容度有时候就是那么低。

“如果成绩好，那倒没什么；但如果有一点差池，而又不是某一个队员的错特别明显的话，挨骂的就是最有名的那个。周明叙没什么缺点，这时候，大家的目光就会转到你们的恋情上，会说是恋爱影响了他。”

就像学生时代晚上偷偷蒙在被子里看小说被发现一样，假如期末考得好，家长或许会因为好结果对你既往不咎，但也绝不会夸你看小说好；可一旦你考砸了，那他们一定会把这件事翻来覆去地讲，毕竟这最为直观。

乔亦溪抿了抿唇，一时间不知道该说些什么。

她想说自己不会影响他，但语言陈述毕竟太苍白，她自己也觉得没什么说服力。最近见面的时间本就很少，还被各处涌来的质疑声和劝分手占满，她其实也觉得身心疲惫。

结果太重要了。

她自己也知道，万一到时候比赛失手，哪怕这种概率微小到几乎不存在，可一旦发生了，他们大概得面对十几万人的怒气，连带这段感情都会充满恶毒攻击。

光是想想都觉得受不了。

可是怎么样，难道要他们现在分手吗？或者断联一年，等他打完比赛再联络？比赛是打不完的。

“现在不只是你了，还有各种舆论影响他，假如你是真的明白其中利弊，应该……”讲到这里，教练忽然打住，长长叹息一声，“算了，我也没理由要求你做什么。”

回去之后，乔亦溪发了很久的呆。

其实她知道，教练是觉得他们分开更好。

直到肚子饿了，她才想起来蛋糕还留在休息室里，不知道周明叙看到没有。

她原本是打算和他一起吃的。

扯了扯袖子，乔亦溪决定先不想那么多，找点东西填饱肚子再说。于是她跑到厨房里，看到有蛋黄酥，准备放到微波炉里热一下再吃。

她在那边忙活，手机开的振动，没听到有两个电话打进来。

她拆蛋黄酥的时候不慎打翻了个罐头，又在厨房待了好久清理现场，好不容易把地上打扫干净，抽了两张纸准备擦一下料理台的时候，门被人推开了。

周明叙没想到她家门没锁，一推开门就看到乔亦溪背着他在抽纸，纸巾似乎还在自己脸上擦了擦。

她这是……在哭？

刚刚在休息室看到蛋糕孤零零地摆在桌上，她人不见了的时候，他就隐隐有不好的预感，直到听说教练找她出去了一趟，他才马不停蹄地赶了回来。

周明叙喉结滚了滚，低声唤她："乔亦溪？"

乔亦溪一回头，惊诧地道："你怎么来了？"

他仔细地看了一下她的眼睛，这才郑重地道："你别听他的。"

这句话委实来得没头没尾，乔亦溪皱了皱眉，没太搞懂周明叙在说什么。

"听谁的？"

"教练。"

乔亦溪恍惚一瞬，问道："你知道他来找我了？"

"嗯，但不知道他具体都说了些什么。"少年看着她的眼睛，缓缓道，"不管他说了什么，只要让你觉得难过，你就不用听不用放在心上，他说话本来就那样。"

乔亦溪偏头道："你怎么看出来我难过的？"

"刚刚不是在哭？"

"噢，我打翻了罐头，水不小心溅脸上了，"她又抬了下手，道，"擦一下而已，并不是在哭。"顿了一下，她又补充说："我没那么脆弱的。"

周明叙看着她，没说话。

微波炉发出"叮"的一声，是东西热好了。

但乔亦溪没去管，她的回忆也跟着周明叙的话重新涌上来。咖啡厅里，教练似乎有很多话想说，但最后也只剩一声叹息。

"教练觉得我们分开更好吧，"她抿了抿唇，思绪有些混乱，只是随口说着，“网上很多人也这么觉得。”

“你看，比如现在，你明明应该在训练的。是因为我吗？因为我你才回来的，你放心不下我？

“像这种时候，我真觉得我是一种负担，”乔亦溪轻叹，“不是拖累你，只是总分散你的注意，而你明明应该有更重要的事要做才对。”

她不是容易被影响的人，可是一瞬间太多的声音介入，而且也都是为他好的立场，连带着她也会有一丝迟疑——哪怕她明明在做以前做过的事情。

“然后呢？”他蹙眉。

“啊？什么然后？”

“我的世界里只有工作，然后呢，不谈恋爱，这辈子除了电竞就没别的事可关心，那样的生活有什么意思？”

“你可以谈恋爱呀，可能大家觉得不是现在？”她眨眨眼，“我也不知道，我现在心里有点乱。”

她本来以为自己是很坚定的人，可是直到为数不少的人开始评判，除了祝福更多的是反对，她才明白在舆论压力下谈恋爱是多么困难的一件事。

周明叙站在她面前，挡住倾泻而来的光亮。他垂了垂眸，同她道：“不要听那些，一个都不要听，我和他们说的不一样。”

乔亦溪看着他。

“相信你的男朋友，他会赢的，他会让你有底气和他恋爱，会让你有光明正大和他恋爱的资本。”他手指动了动，坚定地道。

马上就有一场比赛，他会用自己的办法让谣言止息。而在这之前，她不能被击溃。

“压力我可以承受，失误我也不会有，恋爱不会影响我的发挥。”他神情笃定，“你是我唯一不能让步的东西，乔乔，你不能动摇。”

如果你动摇，我会受不了。

她抬头看着他，瞧见少年满脸的认真，刚刚被外界用力撼动的想法，又好像一瞬间变得更加稳固了。

因为有关于他的事情，她才容易被外界影响，可现在他都这样说了，她还有什么可担心的呢？她不应该听那些声音才对，她只应该听他发出的信号。

她应该相信他才是，应该坚定地和他在一起才是，应该明白他有分寸，知道什么时候该做什么事。

迎着傍晚的光，她缓缓扬起嘴角，点头回应他：“好。”

乔亦溪晃了晃脑袋，抓紧时间道：“那你赶紧回去训练吧，现在不是放假时间，肯定耽误了。非正常会面时间，我就是在你面前穿比基尼邀请你看，你都应该想都不想就拒绝。”

顿了一下，周明叙若有所思道：“那还是要想想的。”

几周过去，周明叙终于又得闲了一天，回家去休息。

乔亦溪收到消息去周家找他的时候，正好碰上他和周父在聊战队的近况。周父面上虽然还是没太多表情，但相比以往已经和缓太多，起码没有排斥，愿意和他交流了。

乔亦溪在他们家吃过午饭，周父周母出去散步，只留下他们俩在家玩。

乔亦溪走到自己曾住了好一阵子的客房去看，说道：“还和以前一样啊。”

“嗯，以前是觉得你总会有住过来的时候。”

她回头问道：“那现在呢？”

“现在我妈觉得，”某人道，“万一你嫁过来之后想住这里呢。”

乔亦溪偏头道：“这也想得太……”

她话还没说完，旁边许久未见的虾饺开始咬她裤腿了，乔亦溪蹲下身逗它玩。

“别和它玩了，”周明叙开始打断，问道，“你和你男朋友相处的每一秒不珍贵吗？”

她哼哼唧唧道：“现在连我玩你的猫你都不高兴了。”

“玩它干什么？你玩我玩够了吗？”周明叙站到她面前，说道，“来玩我。”

“嗤。”乔亦溪挠了挠虾饺的下巴，看它对自己的裤子情有独钟，说，“不过我发现，这只猫真的很喜欢玫瑰味。上次你不在，我上来的时候发现自己兜里揣了瓶玫瑰精油，不小心滴了几滴到毛球上，虾饺抱着那个毛球爱不释手。”

她总算是知道虾饺为什么这么喜欢偷自己的东西了，只是因为喜欢她身上的味道，所以想要私藏。就因为她喜欢用玫瑰味的身体乳和护肤品，所以东西都染上了玫瑰味儿。

“你说，”乔亦溪继续道，“一般哪有猫喜欢玫瑰味儿的？怎么能有猫喜欢玫瑰呢？”

“各有所爱而已，”对于自己的猫，周明叙倒觉得还好，笑道，“我不是还喜欢你？”

空气凝滞了几秒。

乔亦溪一下站起身来，说道：“啧，你这是在说情话吗？”

周明叙当即就要走开：“我没有。”

乔亦溪紧追不舍，拉长音调道：“你有——别不承认啊叙神，来，回头给我看看……”

周明叙：“够了。”

“哪够啊，”乔亦溪笑眯眯的，还开始学他说话，“各有所爱而已，我还喜欢——”结果她话没说完，被恼羞成怒的周某人一把抵在床沿，偏过头堵住她的嘴唇。

她呜咽了两声，连溢出的呼吸都被他唇齿吞没。

他吻得不太斯文，深入彻底的吻几乎蚕食掉她所有的理智。

她的嘴唇在摩挲和噬咬间有点酥麻的痛，神思终于回来一点，心想这人是贝壳吗？怎么这么喜欢含着人咬？

她“嗯嗯嗯”地发出几声细微的抗议，周明叙松了力道，放她归巢。

吻这才变得温柔起来，周明叙的手绕到她腰后，搂着她，把她的手放在自己肩膀上，乔亦溪已经迷迷瞪瞪大脑缺氧，怎么样都按照他想的来。

简简单单的，唇与唇之间若有似无的碰触。

乔亦溪终于稍微缓过来了一点，开始有了掌控权。

她好像感受到了薄荷味，不知道他是不是又背着自己吃糖了，于是舌尖探出去舔了舔。

她倒是没发现什么糖粒，只是不知道哪里又惹到了他，他又开始加重了力道，乔亦溪怀疑这要是《绝地求生》现场，搞不好他能把自己亲死。

经历了漫长的亲吻之后，她终于被人放开。

少年的声音已经哑得不行，裹着浓重的情愫，唇贴在她耳垂边，湿漉漉的：“这下满意了？”

乔亦溪实在是不知道，为什么每次明明是这个人率先发起进攻，也是这个人占了绝大多数的便宜，可是最后，他偏偏能先你一步开口，好整以暇地反问你——满意了吗？

满意什么？先起意而后爽的人不应该是他吗？怎么搞得好像是她要求他……那个什么一样？

但是无论如何，气势不能输。

乔亦溪咳嗽两声，说："还可以吧，钱我稍后会打到你卡上的。"

收到意料之外的答复，周明叙挑眉道："是吗？多少钱？"

"五百万吧。"

"那可太多了，"少年微微合眼，淡淡道，"我承受不起。"

"你可以的，"乔亦溪嘴边绽开一抹意味不明的笑，"你的卖力对得起你的酬劳。"

九月底的时候，裴寒舟的PL俱乐部和LC、YUI电竞俱乐部开展了一场小比赛，《绝地求生》自定义模式，除了三个战队里的十二个人，余下的则是公司小战队里的选手。

这个比赛在直播平台上预告过，当天还飘在首页，观看的人数自然不少。

乔亦溪没看直播，但听转述说打得非常凶，YUI怎么着也算是国内一流战队，在上届PGI拿到了第六的好成绩。

但他们一队两个人都死在周明叙的枪下，王牌选手沉默也是死于周明叙之手。

那把周明叙他们吃了鸡，周明叙以十五杀拿到"击杀王"，据说当时直播间都沸腾了，说是就没看过这么激烈的小比赛。

就连马期成都打蒙了，看着汗水打湿鬓发的周明叙，惊愕地道："你这把怎么这么认真啊？"倒不是说以前周明叙不认真，只是今天过分拼命，要血洗战场似的。

他是第一次看周明叙打完游戏流这么多汗，周明叙以前都非常从容的。

"虽说这是咱们第一次和大战队打，但你也没必要这么狠啊。"傅秋也有点迷惑，关心地问道，"怎么了？今天心情不好？"

郑语摘了耳机，提供了一个新思路："为了证明吧。"

马期成脑子还没转过弯来，问道："证明什么？证明自己打得厉害？不该啊，你这把打得跟要末日崩塌、明天就打不了游戏了似的，要证明也不用把自己搞得这么……”

郑语靠在椅背上，道：“证明谈恋爱他也能打好电竞。”

一语道破天机。

马期成听完，顿时明白过来了，和傅秋干瞪眼。

傅秋脸上笑着在那儿点头：“我知道了，叙神是为了让乔妹不挨骂啊！”

马期成感慨：“呵，恋爱里该死的臭男人的味道。”

后来周明叙又打了几场小比赛，没什么发挥失误，果然做到了每一场都是高水平发挥。

他成功让那些说二人恋情影响事业的人闭了嘴。

随着时间的推移和他实力的证明，那些质疑声终于越来越少，即便那些固执己见的人也只能碍于结果收敛许多，毕竟硬实力才是选手最有力的武器。

乔亦溪收到的“劝分”私信也少了很多。

她知道，他是用自己的方式在保护她，也保护这段感情。

质疑声平息后，他们度过了一段相对安稳的时期。周明叙只要不训练都会来找她，不管她是在家还是在学校，有时候两个人出去玩，还会被偶遇的路人要求合照。

时间一晃到了冬季，新的 PGI 预选赛也要来了。

那天，周明叙放了假，问她要不要出去看电影。乔亦溪浑身冷得跟冰棍似的，正想回他一句“我想想”，下一秒打开窗，感受到寒风像刀子一样往自己身上切。她赶忙关了窗户，立刻道：“算了吧，这种天气有钱我都不出去捡，太冷了。我们就在家休息吧。”

“可以，”周明叙的声音从电话那边传来，“但是在家里我容易想睡觉。”

“没事，那我看着你睡。”

周明叙来的时候，乔亦溪正在写测试题，题目是舒然发给她的，内容是“看看你有多懂我”。

乔亦溪边看着手机，边小跑着过去开门，开门前习惯性问了一句：“干什么？”

周明叙道：“出来捡钱。”

门打开，他手里居然还拎着个手提袋。

乔亦溪伸手接过，问道："这是什么？"

"打开看看就知道了。"

乔亦溪伸手捞了一把，打开盒子一看，是某个牌子最近还挺热门的一支口红，膏体转出来，旁边全是闪粉，灯光下一晃，美得摄人心魄。

她仰头问道："你怎么突然买这个了？"

"郑语拉我去专柜，看他买了支，我也顺便买了。"

"他拉着你干什么？"

"可能因为我有女朋友。"

乔亦溪眯了眯眼，对这个意外惊喜挺满意，刚合上盖子，蓦然反应过来："郑语去专柜买口红干什么？"

"送人。"周明叙只知道这么多，说道，"其他的没问。"

乔亦溪福至心灵地打开朋友圈，刷了几下，果不其然，显示三秒前舒然发了条朋友圈，晒的就是和她同款的口红。

乔亦溪立刻明白了，这两人怕是真的有点什么。

她给舒然发消息："你发给我的那个测试我不做了。"

舒然问："怎么了？"

乔亦溪嘴角噙着笑，回道："因为你已经有了更懂你的人。"

舒然很快明白她什么意思，发了一个"嘻嘻"。

一切尽在不言中。

撞破舒然和郑语不可告人的"奸情"后，乔亦溪退出聊天框，又看到舒然刚刚发给她的测试。她点开"我要出题"，打算随便找点什么给周明叙做做，翻了一下，看到了给情侣们出题目的一些模板。

周明叙正坐在她床沿边上看她，微垂着眸，因为太久没有休息好，这时候真有些困了。乔亦溪戳他手臂，说道："我现在问你几个问题，你要以第一意识回答我，不能动脑子。"

"好。"

"我喜欢猫还是狗？"

"猫。"

"我喜欢长裙还是短裙？"

“短裙。”

“我们重逢是在咖啡店吗？”

“不是。”

记性不错。

乔亦溪勾了勾唇，继续问道：“确认关系是在立春还是秋分？”

“立春。”

“你初吻是不是我们在确认关系前三个小时？”

“不是。”

乔亦溪本来以为这题他肯定会答对，毕竟是这么有纪念意义以及不寻常的一个吻，而他在这之前也没谈过恋爱，那肯定就是他们的初吻了。

她下一个问题都准备好了，就憋在嗓子眼儿里，只等他回答完毕之后紧接着跟上，结果听清他说了什么，骤然一哽，要吐出的下一个问题硬生生被压了回去。

似乎也意识到自己走漏了什么风声，周明叙摆脱了方才的困倦状态，坐直了身子。

乔亦溪一看他这样，更感觉自己像那种被渣男玩弄于股掌、孕期被老公戴绿帽子、无形中被背叛的小可怜了……

不然好端端的，他干什么忽然就精神了？

“好啊你，”乔亦溪指着他的鼻尖道，“你说吧，是谁？”

周明叙喉结滚了滚，没说出话来。

乔亦溪一时间心情难以言喻，说道：“你居然背着我和别的女人搞暧昧，虽然是我们在一起之前，但是在一起之前，我们也有一段算是应该忠诚的……”

“不是。”他打断她，“我没有背着你。”

“你没背着我？”乔亦溪眨了眨眼，更难以接受了，说道，“不会是……小时候……我目睹你和别的人……”

周明叙皱了皱眉：“什么别的人？”

乔亦溪被他问蒙了，愣了一下，说道：“你的初吻啊，不是吗？”

“我怎么可能和别人，”周明叙深吸一口气，道，“是和你。”

乔亦溪下意识地摸摸自己的嘴唇，说道：“我们不是那天在舞会……”

“更早，那时候你还住在周家。”

乔亦溪抬头看看他，没说话。

周明叙说道："你室友生日，你喝醉了吵着要回家，我送你回来。我站在客房窗台旁，你走过来的时候跌倒在我身上，然后亲了我。"

乔亦溪抬了抬眼，没讲出话来，透亮的眸子只盯着他看，像是在怀疑这句话的真实程度。

还有这种荒诞无理的事？

"你那是什么表情，"周明叙笑了一下，"被占便宜的不是我吗？"

"你怎么……怎么都没告诉我啊……"

少年道："怎么告诉你？睡一觉之后你什么都忘光了，我和你说，万一你觉得是我先动的手怎么办？"

"毕竟那时候，你和你朋友都觉得我是——"周明叙斟酌半晌，给出一个合适的形容词，"变态。"

在床上坐了好几分钟，乔亦溪还是没缓过神来，一句话都没说，好半天才道："所以你就默默承受了这些？"

"不然呢？"周明叙偏头道，"一边洗澡，一边哭着说我好脏吗？"

"我真不是个东西，居然对守身如玉的你做了那样的事情。"她扶着额忏悔。

"哪样？"

乔亦溪"啧"了一声："你就没有难以接受的震惊期吗？"

"当然有。"

"那后来是怎么克服的？"

周明叙认真地道："把你当成流氓。"

乔亦溪拿枕头砸他，说道："闭嘴吧你，明明你更流氓一点好吗！"

周明叙笑着接过枕头，暗自回忆那突如其来的一吻。

其实刚开始的时候，他确实觉得有点心梗，可是发现自己喜欢她，很快也就接受了。

似乎也没什么，反正总要在一起。

她早一天晚一天行使自己女朋友的权利，也没什么。

后来两个人去吃了烤肉，吃完之后回去打游戏。

乔亦溪觉得还挺有面子的，毕竟现在周明叙都是活在神话里的男人了，各种凶猛操作吊打对手，多少人想跟他打比赛都没机会。

结果他现在不仅陪她打这种无意义的低端局，还把好装备都送到她面前，这真是一件想想就很幸福的事儿。

乔亦溪还没来得及好好享受躺赢局，忽然感受到一阵腹痛。

她嘀咕：“难道是要来‘大姨妈’了吗……”

周明叙看了眼日期，说道：“还没到吧。”他记得她的生理期。

“那是怎么回事？”

后来肚子越痛越厉害，没办法，她被周明叙扛着去了医院。

医生例行提问：“什么症状？什么时候开始的？有没有疾病史？”

乔亦溪一时间不知道要回答哪个，而且她的确忘了自己是从什么时候开始腹痛的……但身后的人已经不疾不徐地替她回答：“肚子痛，下午一点半开始的，没有疾病史，有可能是中午吃烤肉吃坏了肚子。”

乔亦溪看着周明叙，忽然一瞬间觉得特别心安，于是就放任他和医生沟通，自己当一个安静的花瓶。

检查的时候也是周明叙去排队缴费，乔亦溪只负责坐在椅子上等他，然后他带她去相应的科室。等结果的时候，乔亦溪就坐在椅子上玩衣服上的绑带，笑道：“你这样我很容易被你宠坏。”

周明叙刚开始还没意识到她在说什么，过了会儿才道：“不好？”

“也不是不好，就是这样时间一久吧，一旦离开你，我就容易丧失生活自理能力。”

他仔细思索了一会儿，问道：“所以为什么要离开我？”

“我就随便想想，想想也不行？”

“想想也不行。”这人很霸道，站起身来说道，“走，去拿结果了。”

最后的结果也没什么好说的，就是喝了热的东西又吃了冰激凌，结果吃坏肚子了，医生给她开了点药，然后嘱咐她多喝热水早点休息。

走出医院的时候，乔亦溪抬手道：“真的就这样吗？我怎么觉得我还发烧了？”

周明叙探手摸她额头，说道：“不烧。”

“我真觉得我发烧了。”

后来他买了个体温计，回去一量，果然没发烧。

乔亦溪觉得奇怪："我真的觉得……"

"没有，"周明叙道，"你发烧不是这样。"

"是怎么样？"

"盖很多被子，脸红，不舒服，反正没有这么活蹦乱跳，"某人对她了如指掌，说道，"为什么总觉得自己发烧了？"

乔亦溪想了好半天也没想出个所以然来，她就是觉得额头摸起来热热的，毕竟只因为吃坏肚子去医院听起来真是够大惊小怪的，所以她想找找还有没有别的症状。

于是她想了半天，憋出一句："可能是，看到你我就浑身燥热吧。"

检查完身体后，二人就在家里休息了，结果门铃忽然一响，说是谁点给周明叙的外卖。

乔亦溪问："谁给你点的？"

"马期成说吃到很好吃的羊肉，非要给我点一份。"

"你不是不吃羊肉的吗？"

"所以他才很倔强地要点给我，"周明叙道，"他想让我承认这东西的美味。"

乔亦溪不太喜欢羊肉的味道，刚好想起自己刚刚拿的快递还没拆，于是进房间里拆快递了。等她出来的时候，恰巧看到周明叙正看着面前的羊肉。

她凑到周明叙面前说道："别看羊肉了，看看我。"

周明叙看了她一眼，又把头低下了。

她戴的是个悲伤蛙的头饰，因为上次聊天时，她给周明叙发了这只蛙的表情包，他不太喜欢这种绿眼睛又大又肿的东西，当然主要还是绿色不太吉利，所以他让她以后换别的表情发给自己。

因为当时只是在屏幕里读出周明叙的情绪，她很好奇要是生活中真的看到这东西，周明叙该是什么表情。刚好她前两天在网上看到这个发箍，于是忍不住买了一个，想闹他。

周明叙果然对这东西十分排斥，甚至为了躲避乔亦溪去浇花。

乔亦溪乐得不行，拍着他的背邀请道："别浇花了，浇灌一下我啊。"

后来他又收到什么通知，去房间里开电脑。

乔亦溪穷追不舍，说道：“别对着电脑了，对着我。”

看他打开了文档，乔亦溪问：“你干什么呢？”

周明叙沉声道：“干个活。”

刚刚马期成发了个表格来，他得填一下。

乔亦溪一听他要干活，赶紧接着自己方才的句式道：“别干活了，干……”

话说到一半戛然而止，乔亦溪一个“我”字念了一半，察觉到似乎不太对。

这时候，沉默了许久的某人像是来了兴致，挑了挑眉道：“怎么？”

“不干活了，”他刻意顿了一下，问道，“那干什么？”

乔亦溪很快意识到自己方才那句话的歧义。

虽然她的确是按照句式顺口来，让他看她、浇灌她、对着她，但是当前面的谓语变成了“干”这个字，似乎就不怎么合适了……

“嗯……”乔亦溪装作无事发生一般后退两步，说道，“你先忙，我出去看看虾饺怎么样了。”

少年敛着笑，在她将要转身时扯住她衣领上的装饰领带，不疾不徐地询问：“跑什么？”

“我没跑啊，我去看看虾饺，我觉得虾饺现在需要我了。”她抓着周明叙的手腕，小心翼翼地往外拉。

周明叙一挑眉：“我现在也很需要你。”

“你不需要我，你还要填资料呢，”乔亦溪把他的手放在鼠标上，说道，“赶紧填吧，我不打扰你了。”

周明叙“啧”了一声：“但是我现在不想干活了，我……”

话没说完，乔亦溪飞速抓了一颗糖塞进他嘴里。

“不，你想。”然后人就飞速跑出了他的卧室。

周明叙舌尖轻卷，柠檬硬糖撞上牙齿，他暗自笑了声，把糖咬碎了。

这个资料挺多，而且复杂，周明叙填了一个多小时才填完，等他出去的时候，发现乔亦溪已经不在客厅了。虾饺的猫粮是满的，玩具也放在一边，很显然是有人刚刚和它玩过。

周明叙打开手机，发现乔亦溪也没给他发消息。那她是去哪儿了？

他正准备出门给她打个电话，蓦然反应过来什么，走到中间的客房，果然看到了睡熟的少女。

她或许原本只是打算躺下休息一会儿，下巴搁在枕头上，手机就放在面前，谁料这么看着看着就睡着了，还维持着原来的姿势，像高中英语课上记笔记记到一半睡着、拿着笔点在本子上合眼了一样。

他笑了笑，把她手中的手机抽出来，然后把她翻了个面，托着她的后颈和腿窝，让她往下一些，以一个舒适的姿势躺在枕头上。

周明叙做完这些，少女舒服地吧唧吧唧嘴，随意拱了拱，还发出了一声微弱的类似于娇嗔的轻哼。

虽然知道这是人在要入睡时会发出的正常声音，但周明叙还是愣了愣。

有一缕刘海贴在她颊侧，沾着汗水的微湿，她脸颊上还带着暖热的红晕。

他坐在她床沿上，靠她很近，这样一眼看过去，似乎充满某种难言的亲密场景的旖旎。他替她拨开那一缕湿掉的头发，挂到她耳后，指尖温度攀升，有热流瞬息上涌，他呼吸紊乱起来。

正在他俯下身的时候，脑子里蓦然闪过一句话："我对你的房间没有任何兴趣。"

宛如一记惊雷，把此时的周明叙劈醒了。

他抵着床沿微微起身，蹙着眉回忆着很久之前又仿若是不久之前的场景：

她发现他枕头下的手铐，误以为他有什么特殊癖好，在这房间里装了一道又一道的锁，就在某个二人独处而她出逃未遂的夜晚，她照例又要锁门，结果被他一手截住，并放下惊天狠话——我对你的房间没有任何兴趣。

当然，这句话背后的潜台词也很多，比如：我对你也没有兴趣，对于跟你在房间里做点什么，更是没有丝毫的兴趣。

——当时他讲得挺有底气。

周明叙合了合眸，开始陷入沉思。

那他现在在干什么？刚刚在想什么？想干什么？

当时他对自己是多有信心，这种话能不过脑子就出口？

乔亦溪一个梦做完，悠悠转醒时一睁眼，看到床边坐了个人。她吓了一大跳，还没来得及惊呼，看清楚之后又奇怪地道："你摸自己的脸干什么？"

周明叙"嘶"了声，道："太鲁莽了。"

以前太鲁莽了，而今打脸还真有点疼。

第九章 珍贵乐章

今年的PGI预选赛即将开始，周明叙也投入到更加紧张的集训练习中。

A大门口开了家寿司店，非常好吃，那天下午没课，乔亦溪就打包了一份给他们送过去。

正好大家都没吃午饭，就又点了些别的，在休息室热闹地开始吃起来，结果吃到一半，拉门一响，老板出现在门口。

裴寒舟往内看了一眼。

马期成立刻狗腿似的站起来，说道："老板你坐、你坐。"

男人表意不清地笑了声，捏捏鼻骨，发现了坐在周明叙旁边的陌生面孔。

他看着乔亦溪道："周明叙的女朋友？"

乔亦溪不知道商人为什么在这方面嗅觉都如此敏锐，笑着答："嗯，是。"

而后裴寒舟好像是收到了消息，拿着手机开始按了起来。

由于老板坐在这里，还不说话，气氛一时间有些凝固，乔亦溪感觉不大自在。

问了这么一句之后，怎么着都该有点后文才对，这裴寒舟怎么还……不说话了呢？

之前二人的恋情还在网上热闹过一阵子，不知道这位裴老板知不知情，现在忽然提了一句，又不说同意还是不同意，真让人有那么一丝坐立难安。

裴寒舟挂断电话放下手机时，马期成问了一句："老板，你怎么不说话了，你是不支持队员谈恋爱吗？"

裴寒舟敲了敲手机，反问道：“怎么这么问？”

“之前教练给我们开过会来着，建议我们在有工作要忙的时候别去恋爱，说了一堆恋爱的坏处……”

“恋吧，”男人笑笑，“工作怎么就不能恋爱？”

乔亦溪没料到是这么个回复，有些意外：“嗯？”

“工作时候的恋爱能消除疲乏，帮助恢复精力，还能让人更有拼搏动力，”裴寒舟道，“怎么算都是桩好事才对。”

没想到会得到这样的答案，大家都愣住了。

马期成问：“看这样子，老板你是在恋爱吗？”

“没有。”

马期成正要笑，看到男人“不经意”地将右手搭在扶手上，看似漫不经心地道：“我结婚了。”

傅秋笑得更大声了。

郑语看了眼资料，拍拍傅秋的肩膀，说道：“很快你就笑不出来了。”

“为啥？”

“他老婆是你女神，林洛桑。”

“我不就这阵子没看八卦吗？发生什么了？”

“林洛桑啊？”马期成也是难以置信，问道，“就唱歌很好听的那个？”

郑语点头：“是啊。”

马期成身体前倾，道：“傅秋还老是给人家写信寄去公司呢，还拉我一起去参加过林洛桑的签售会，这怎么就忽然……”

马期成从傅秋包里抽出一个浅蓝色的信封，说道：“你们看，他最近也在写，准备比赛完给我们洛桑呢。”

一直未吭声的裴寒舟盯着那个信封看了好半晌，想到那些被自己锁在角落的许多告白信，不爽地蹙了蹙眉，转身面对已经傻掉的傅秋说道：“以后别写了。”

傅秋已经完全没什么反应能力了，眨眨眼：“啊……啊？”

裴寒舟靠上椅背，又摸了摸手上的婚戒，说道：“她又不是你老婆。”

傅秋知道了，和谁都别和老板抢老婆，毕竟老板有才多金长得帅，还善妒。

时间一日一日地过去，预选赛临近了。比赛之前，周明叙的生日也到了。乔亦溪当时有问过他，有没有时间过生日，彼时他给出的回答是，裴寒舟给他放了下午的半天假。

那天中午，乔亦溪去找他，推开训练室的门，朝他挤挤眼睛：“别加班啦，走，去过生日吧。”

马期成也笑得诡异，催促道：“是啊，叙神，你赶紧去吧，别让人家等着了。”

周明叙摘了耳机，说道：“那你们……”

“我们你就别管了，我们会有自己的安排的，”马期成推他道，“去吧去吧。”

出了俱乐部，周明叙问她：“去哪里过？”

乔亦溪回答：“你家。”

今天周父周母不在家，她已经提前去布置好了。

周明叙挑眉道：“行。”

到家之后，他发现客厅布置得特别梦幻，完全是她喜欢的风格，暖黄色的星星灯密密匝匝地缠绕一圈，气球系着一个什么东西悬在空中，桌上是一个很大的蛋糕，上面插好了蜡烛。

乔亦溪关掉灯，站在蛋糕后面，和他面对面。

她笑了一声，双手合掌，小声说：“生日快乐。”

他其实对于过不过生日素来没什么想法，过也行，不过也无所谓。

又或者说，他的人生本就缺少像仪式感此类的感知，是遇到她之后，才有了丰富到值得被记住的美好片段，也是因为有她，那些电脑游戏外了无生趣的、没意义度过的时间，才重新拥有了光彩。

值得被定义成“快乐”的时刻，也不只是生日这一天。

他勾了勾唇，手撑着桌沿问道：“点不点蜡烛？”

“点啊，当然点，”乔亦溪拿出火机，说道，“不过，点了你就会吹吗？”说完，她又嘀咕一句：“感觉你会说吹蜡烛很傻……”

“的确很傻，”他笑道，“点吧。”

乔亦溪挑眉道：“嗯？”

少年柔声回应：“你点了我就吹。”

乔亦溪美滋滋地点好蜡烛，然后做了个“请”的手势，说道：“吹吧，我的冠军。”

周明叙眉眼微抬，提醒她："还没开始比赛。"

"你会赢的，我有这样的预感，"她说，"我的预感一向很准。"

少年仍是笑，吹熄了蜡烛。

乔亦溪蓦然抬头："你……这就吹完了？"

"不然呢？"

"这也太随意了吧，"乔亦溪按着他的头重新催促，"你赶紧许个愿，认真点。"

周明叙掀了掀唇，一时不知道要说点什么比较好。

"快点呀。"

在乔亦溪的念叨下，周明叙只得乖乖听话，坐正，然后虔诚地学着她的姿势许了一个愿，睁眼的时候，发现她正笑意盈盈地看着自己。

周明叙伸手，拂过她下眼睑，笑道："掉了根睫毛。"

乔亦溪伸手道："赶紧给我。"

"干什么？"

虽是这样问着，周明叙还是把那根睫毛放在了她的手心。

"你妈妈没和你说过吗？掉了的睫毛握在手里，是可以许个愿再吹掉的。"

少女合了合眸，两手握拳，手心灼热。

周明叙看着她做完许愿动作，问："许的什么愿？"

她笑得一脸明艳："希望你，一切顺利。"

"你呢？你的愿望？"乔亦溪刚问完又觉得不对，说道，"不行，生日愿望说出来就不灵了，还是别说了。"

周明叙饶有兴致地发声："你的道理怎么还一套一套的？"

乔亦溪换了话题，指着气球拴住的盒子说："来吧，拆生日礼物。"

他起身，打开盒子，里面却空空如也。

"礼物呢？"

"礼物是——"她神秘地咬咬下唇，说道，"我。"

周明叙看着她，感觉有点口渴，目光徐徐下移。

乔亦溪耸肩道："开个玩笑。"

她从后面拿出一个盒子，递到他面前，笑道："手表，打开看看。"

某人内心有那么一点点失落地打开盒子，里面是一块精致的手表，腕带纯黑，很有分量。

他侧头去看，少女还是笑吟吟的，撑着小脑袋一晃一晃，说道："不要太感动哦。"

他忽然想到，她刚刚问自己许了什么愿。

其实也没什么，他只是想要每一个生日她都在自己身边，可想完又觉得这是废话。

她会陪在他身边的，这不应该是愿望，是事实才对。

"切蛋糕吧，"乔亦溪挑出刀具，切了两块蛋糕出来，说道，"可惜只有我们两个，蛋糕吃不完。"

"挺好的。"他说。

"什么好？"

"只有我们两个，也挺好。"起码没人打扰。

乔亦溪荡着腿吃蛋糕，手指不小心沾到边沿的奶油，蹭到了自己脸上。

她看了一会儿手机反光里的自己，说："不公平。"

刚进卧室脱外套的周明叙听到她这话，问："什么？"

话音刚落，少女蓦然凑近，把他推到床上。

周明叙就那么坐在床垫上，呆了好半晌，不太清楚她想做什么。

少女霸道地钳住他下巴，嘴角勾着奇怪的笑压下来，腿还折着压在他身侧。就在周明叙快要闭眼的时候，她伸出手，往他脸上抹了团奶油。

"大功告成"的乔亦溪满意地拍了拍手，然后收手欲走。

下一秒，她被人抓住了手腕。

她愣住，手就悬在他面前，手指微伸着。

"这奶油好吃，我是在造福你，你别……"

话没说完，少年仰头，含住她的指腹。

温热一瞬包裹上来，伴着他的呼吸和口腔内的湿意，乔亦溪的心猛地一震。

他用舌尖缓缓舔掉她指尖的奶油，从上至下，由左到右，咬着她指骨那一截轻吮。

伴随着吞咽，他喉结滚动，乔亦溪红着脸挪开眼，脚跟都在发软。

仿佛一阵电流袭来，从手指弥漫至四肢百骸，她腿一软，被拉着往他身上倒去。

少年托住她，声音里带着一点冷然的情欲，眼底神情晦涩不明。

他咬着她的耳垂，哑声道："甜的。"

乔亦溪不知道事态是怎么发展到这一步的。

她被压在墙壁上，双手被挟制，任由他有些重的呼吸带着热吻降临。

他与她耳鬓厮磨，带起丝丝缕缕的电流。

周明叙拢了拢手指，感觉自己在失控的边沿游走。

正当要发生点什么的时候，外头传来宛如砸门一般的敲门声。

"叙神！开门！我们给你送好东西来了！"是马期成的声音。

乔亦溪抓住周明叙作乱的手，有些艰涩地开口道："马期成他们来了。"

"别管他们。"他很快回应。

周明叙抽出手，正要继续，外面的砸门声更猛烈了，甚至隐约传来了不知谁播放的歌曲《感恩的心》："感恩的心，感谢命运，伴我一生，让我有勇气做我自己……"

乔亦溪咳了好几声，又推了推周明叙的肩膀："你再不去开门，我觉得他们会请开锁公司来。"

周明叙终于停下动作，长长地叹息一声。

乔亦溪劝他："去开吧。"

再说外面都这样了，他还有兴致继续的话，也真够让人佩服的。

周明叙认命地给她重新把衣服掩好，瞥见她雪白肌肤上暧昧的印记，眼底又微微酿出些小风暴。

乔亦溪赶紧转身，说道："我自己穿，你收拾一下去开门吧。"

她提起已经滑到腰上的吊带，然后把扣子一一扣好。

只是脖子上的草莓印怎么办……她"啧"了一声，把衣领立起来，找了根别针别上。

男人——尤其是周明叙这种男人，真是一旦有了什么苗头，收都收不住。

尤其是在她也没有什么拒绝行为的情况下……

周明叙看她整理好衣服，这才拉开了门。

外头马期成喊得正带劲，没料到周明叙会忽然开门，砸门的手差点没控制住，直接砸到周明叙脑袋上，幸好周明叙躲了一下。

少年偏着头，蹙眉，等他讲明来意。

“生日快乐！”马期成从身后推出一个人形玩偶，喊道，“生日快乐，叙神！这是我们特意为你准备的玩偶惊喜，怎么样，惊不惊喜，意不意外？！”

周明叙一脸不满地骂道：“滚。”

“这咋还骂人呢，”马期成笑嘻嘻地拍着玩偶道，“你看我们叙神高兴得，连话都不会说了。”

周明叙仍是一言不发地瞧着他。

马期成看自己一行三个人还杵门口呢，问道：“不请我们进去吗？”

周明叙抬眼冷淡地道：“不。”

“咋回事啊，真被我们感动傻了？”马期成很是得意，“怎么样，特意选的你喜欢的动漫人物路飞，你是不是特别喜欢？”

眼见周明叙又要神情阴郁地发泄怒气，乔亦溪赶紧扯了他两下。

她看着马期成，退开一点说道：“你们进来吧，他可能是还没睡醒，别介意。”

马期成一边快速走进来一边道：“噢……你们刚刚还睡了觉？”

——差一点吧。

乔亦溪抿抿唇，换了个话题：“切蛋糕给你们吃吧。”

马期成欣然点头：“好啊，这个蛋糕看起来很好吃，奶油也挺……”

“苦的。”周明叙说。

马期成没明白：“啊？”

“奶油是苦的，别吃了。”

马期成侧头，没太明白怎么回事。

“起床气，起床气，”乔亦溪忙解释道，“他起床气严重。”

“也是，”马期成终于露出一个“理解万岁”的表情，说道，“我们高中时候，没人早上敢叫他起来，他一起床那乌云密布的，特别可怕。”

周明叙在旁边抄着手，冷眼瞧着。

马期成得到乔亦溪刚切的蛋糕，满意地挖了一大口，这才抬头问道：“乔妹，你把你领子一直竖着干什么？刚刚不是还好端端的吗？”

乔亦溪默然半晌，喉咙吞了吞唾沫，辩解道：“你记错了，我一直这么穿。”

马期成想了好久，这才犹豫着道：“那这样穿不硌脖子吗？”

乔亦溪差点被堵得没话说了，半天才憋出一句：“没有，现在流行这么穿。”

一边的周明叙也开了口：“马期成。”

“怎么了？”

“叫她全名，乔亦溪，”少年不爽地舔了一下上牙，说道，“别每天乔妹来乔妹去，又不是你女朋友。”

马期成觉得奇怪：“我发现你今天怎么有点针对我呢？是我的帅气影响到了你吗？你不喜欢吗？”

少年眼尾压了压，冰冷地说道：“喜欢。”

马期成喜笑颜开：“那不就对了。”

“喜欢你离我远点。”

周明叙生日过后没多久，PGI 亚洲区预选赛正式开始。

开始的前一天，周明叙随战队一起入住酒店，这次裴寒舟也毫不吝啬，给每人单独安排了一个大房间。

而正是那晚，周父收到周明叙发来的马上要去参加比赛的消息，竟不知为何有点紧张，打开手机，也不知道怎么回事就胡乱搜索了一些东西来看。

他看的是一些比赛视频，标题上写的是逆天操作，实际看起来让他这个外行人觉得也就那样。

正在他以为自己是不是无法理解这个游戏的时候，下一个视频紧紧吸住了他的目光。

那选手打得真是好，猛并且稳，一挑四都游刃有余，他都快看晕了，那人却时刻洞察敌人在何处，蜿蜒绕过一圈，准确无误地击倒对方。

他退出来，对这个选手的名字产生了一丝好奇。

标题上赫然三个字映入眼帘——周明叙。

居然是周明叙打的。

他心中顿时萌生了满足与自豪感，站起身，在屋内来回踱步。

就连周母都问他：“怎么了你？”

他不知如何形容，只是难免有些心潮澎湃，最终所有的复杂情绪只是化为一句“好好休息，明天加油”发送到周明叙的手机里。

酒店里，周明叙看到这八个字，也是愣怔许久，这才勾了勾唇，回了个

“好”字。

那场预选赛没出任何问题，自然是凯旋了。

比赛分“第一人称视角”和“第三人称视角”，“第三人称”可以在画面内看到自己的人物进行各种动作，“第一人称”则只能看见人物的双手行动。

他们拿了“第三人称视角”的冠军，也成功拿到了总决赛的资格。

“第一人称视角”他们拿的是季军，因为训练的重点不在那上面，冠军由 UNC 战队摘得。

这两支队伍将代表中国出战柏林，在世界级比赛中争夺荣耀。

预选赛毫无悬念地拿了第一，裴老板自然是请他们吃了顿大餐，乔亦溪和舒然也在宾客之列，大家吃得挺高兴。

马期成喝了几杯酒，上了头，开始念着微博里的评论：“给你们听听啊，大家是怎么夸我们的。”

“嘿！PL 加油！！PL 冲啊！今年的冠军是我们的！”

“我难以想象裴寒舟真的带着一群毫无职业经验的大学生拿了‘第三人称’的冠军，到底是裴寒舟厉害，还是这群队员厉害，没有职业经验毫不影响他们成为传奇人物。”

“看得我热血沸腾！就连不玩游戏的我爸和爱看电视剧的我妈都看入迷了！叙神打得好！”

“我立刻和周明叙展开长期单向恋爱关系。”

“马期成厉害！马期成最帅！”

舒然捧着杯子笑道：“最后一个是你自己加进去的吧。”

马期成耸肩，说道：“那可没有，就是评论里自己出现的，不信算了。”

舒然伸手道：“你给我看看。”

“不行。”

郑语也毫不留情地揭穿：“就是自己编的。”

“别针对小马了，”乔亦溪站出来说话，“小马打得也挺好的，杀了三个呢。”

马期成立刻乐颠颠道：“还是乔妹好！”

此时周明叙偏头凑到乔亦溪耳边，语调颇有些不满：“你为什么只夸马期成，不夸我？”

回去的时候，大家都有点醉了，乔亦溪摸了摸口袋，发现自己忘带钥匙了。

她跟周明叙说："要不我回寝室吧，没带钥匙呢，爸妈去亲戚家吃饭了。"

周明叙答得倒是快："不用，我带了钥匙。"

于是微醺的乔亦溪就跟着他一起进了小区，电梯跳过自家楼层时才觉得不对，问道："嗯？不是送我回家吗？"

周明叙偏头看着她："谁说的？"

"你不是说你带了钥匙吗？"

"我说的是我带了我家的钥匙，"刻意混淆重点的某人嘴角勾起一抹不易察觉的弧度，说道，"来都来了，就睡我家吧。"

乔亦溪迷迷糊糊地想了一会儿，说道："也行。"

她本以为周父周母都在家，结果推开门，一片黑暗。

她问："你爸妈呢？"

"出去打麻将了，通宵。"

乔亦溪想到了什么，笑着说："他们肯定一边打牌，一边炫耀你拿了第一。"

周明叙不置可否地挑了挑眉，换了个话题："去洗洗吧。"

乔亦溪嗅了嗅自己的袖口，一股酒味，而后点点头，去了浴室。

周明叙比她晚一点洗，和她同一时间出来。

乔亦溪吹干头发，发现他正坐在自己床上。

她抬腿踢着床沿道："你坐我床上干什么？回你自己房间呀。"

虾饺不知何时被锁在阳台上了，这会儿正在瞎叫。

乔亦溪正准备去开阳台门，被周明叙一把拉住，说道："别管它了，让它自己待会儿。"

乔亦溪问："怎么让它自己待着？"

"怕它打扰我们。"

打扰？乔亦溪挑了挑眉，道："你想干什么？"

下一秒，她的手腕被扣着，她被人拉进怀里坐下，周明叙唇贴着她耳朵，勾起一股痒意，笑道："给我点奖励。"

以前他是觉得还太早，现在看来，似乎也是时候了。

他修长的手指开始不安分，声调缠绵似呓语："一点就好。"

乔亦溪早就知道一点不够，所以被人反身压在床上的时候也没太觉得意外，只是觉得他的重量比自己想象的要轻一些。

她想问“你最近有好好吃饭吗”，结果话在嘴边一转，说出来居然变成：“你今天没吃饭啊？”

正在奋力进行某项运动的少年抬起脸，眼底翻涌着她没能看懂的压抑情绪。

周明叙眯了眯眼。

怎么，嫌他不够卖力？

“这是你说的，”被挑衅过的某人垂头道，“到时候可别求我轻点。”

乔亦溪解释：“不是……我没有……你听我……嗯……”

事情一发不可收拾，床单被蹭乱，乔亦溪被他磨得失去耐心，足跟在床单上来回蹬，只剩下一个字：“热……”

她一抬腿，床上的衣服被踢掉了。

周明叙哑声道：“我叠好的衣服被你踢掉了。”

乔亦溪说不出话了，偏偏他还在补充：“明早要穿的。”

“这都什么时候了？你还有空关心脱下来的衣服？你关心关心你身下的女朋友不成吗？”

夜色中，少年身影顿住了。

沉默良久后，少年轻声笑了，并且越笑越收不住，他的背脊甚至开始颤动。

乔亦溪咬牙道：“笑吧，再笑大声点，我开个喇叭给你全小区广播怎么样？”

“生什么气？”他说道，“我这不是在好好关心你？”

没多久，少女骤然用双手捂住脸颊，指甲泛着浅粉色。

周明叙偏头道：“这里？”

周明叙眼见“关心”得差不多了，准备进入正题。

“等、等一下……”乔亦溪侧身，从椅子上捞起自己的外套，丢了个小盒子下来，说道，“这个，你记得……那什么……”

周明叙看着手里四四方方的小盒子，笑意更是止不住，问道：“你带这个干什么？”

“我这不是怕你一时忍不住，我好保护自己。赶紧的，别忘了。”

周明叙拉开床头柜的抽屉，从里面摸出几个，从容地道：“我有。”

乔亦溪惊诧地道：“你怎么在我房间里放这个？”

他道："保护你啊。"

乔亦溪吸了吸鼻子，正要说什么，只见少年看了一眼她买的那个，表情一下就变得很臭。

他把她买的那盒东西放到她眼前，问道："你什么意思？"

"什么什么意思？"

乔亦溪仔细一看，发现尺寸是小号的。

她当时觉得难为情，从货架上拿了就跑，哪知道这东西还分尺寸啊……

偏偏她还毫无察觉地问："不适合你吗？"

这句话彻底惹怒自尊心非常强的周某人，他皮笑肉不笑地道："很好。"

这是今晚的二次挑衅了。

"我再不证明一下，我女朋友对我的误会恐怕深得解不开了。"

很快，深夜里传来塑料密封袋被拆开的声音，有东西轻飘飘地坠地，尺寸标的是大号。

虽然是本着报复她的念头，但他到底念着她青涩，也不敢太放肆。

第二天一早，乔亦溪是被人轻轻摇醒的。

她看着还没亮的天，哼哼两句。

周明叙道："我得去训练了，你要不要起来？"

她想了会儿，说道："你妈等会儿回来吗？"

"不回。"

"那我再睡会儿，"她有气无力地道，"昨晚好累。"

他意味不明地笑了声，道："那你睡吧。"

他只是怕她醒来看不到自己会慌，提前跟她说一声。

乔亦溪迷迷瞪瞪地问他："最近你们怎么安排？"

周明叙头抵在她发间，看了一眼手机，这才道："准备决赛，过阵子要去国外集训。"

"会比之前更忙吗？"

"应该吧，不过得空我就会来陪你的。"

"说是陪我，到时候去了国外，看到那么多不同口味的美人，谁知道你……"乔亦溪捂住被子，抬头看他，"你要是红了忘了我，怎么办？"

这人居然还假装为难地想了会儿，笑道：“是啊，怎么办？”

乔亦溪伸出手指搭在他脖子上，带着微微凉意的指尖刺上他表层皮肤，眯眼威胁道：“那我就做了你。”过会儿，她又摇头：“不对，我告诉你爸，让他把你腿打折。”

周明叙垂着眸，不知道在想什么。

他捏着她的无名指来回摩挲，笑着说：“我可不敢，我还想要腿。”

乔亦溪眼尾稍抬，调皮地问道：“只是因为想要腿？”

他挑了挑眉：“那当然不止。”

见过喧嚣繁华的世界，也依然愿意守在你身边。

——这是我不会走的理由。

后来周明叙去了基地，问马期成：“你知不知道我们什么时候出去集训？”

“还有一两周吧，”马期成道，“怎么，打算干点什么？”

他没回，只是开了地图软件一阵搜索，这才找到距离自己并不远的目的地，在训练后的休息时间赶去。

店员见他进来，礼貌地微笑：“您好，想要什么？”

“戒指，”他回忆了一下早上捏过的少女的无名指，说道，“求婚一般用哪种戒指比较好？”

“婚戒吗？”

柜员见走进来的是个高挑的好看男生，不由得多看了几眼，想着来这儿的大约也不差钱。此刻听到他要求婚了，心中难免有那么一点失落。

尽管如此，钱还是要赚，业绩还是要拿的。

她不遗余力地介绍道：“这边的是我们卖得比较好的一些经典款，您女朋友喜欢什么类型的？”

“简单一点的吧，”周明叙目光扫了一圈，说道，“就这些了？”

“还有定制款，可以自由选择钻石组合，我们有专门的设计师帮您设计，直到您满意为止。”店员道，“您需要看看自由组合的册子吗？就是价格会有点贵。”

周明叙点了点头，示意她把册子拿出来瞧瞧。

最后他选了五颗钻，看到扉页有购买提示，又道：“顺便帮我加急。”

“好的，加急两周之内出，加急费加上了，在那边付款。”

留了联系方式之后，周明叙看了一眼时间，快步走回俱乐部训练。

那店员还看着他的背影暗自惆怅。

到了基地之后，还有五分钟训练才开始，周明叙顺手把单据放在一边，开始唤醒电脑。

马期成眼尖，一下就看到了，问道：“婚戒定制？你要求婚了？”

周明叙点了两下键盘，道：“不行？”

“行啊你，”马期成难以置信地感慨道，“上手这么快，乔妹知道吗？”

“她知道还算什么惊喜，”周明叙抿抿唇，提醒道，“别说出去。”

“哈哈哈……叙神现在还知道给人惊喜了啊！”马期成掸掸他衣领，说道，“还挺会玩情趣。”

结果一靠近，马期成发现一个东西，他凑近周明叙衣领里一探究竟，惊讶地道：“哎呀，叙神啊，你脖子底下那一大块牙印和红色的……是啥？”

周明叙头一次在马期成的问句里沉默，手指顿了一下。

马期成更惊愕了：“不会吧？！你开荤了？！”

郑语笑了两声，道：“知道你还问。”

傅秋凄凉地摇头：“是我们不配，打扰了。”

“说好一起单身到白头，你却偷偷吃了肉。”马期成长叹了一声，“我是真没想到，叙神会和我们乔妹恋爱……”

话没说完，某人直接打断：“你们乔妹？”

“乔亦溪，乔亦溪，”马期成急忙改口，赔笑道，“我没想到你能和乔亦溪恋爱，而且真的……对她那么好。”

傅秋忽而问他：“所以什么时候履行承诺？”

马期成愣了一下，问道：“啥承诺？”

“当初说周明叙要是没有因为游戏怠慢女朋友，你就去直播间里抓一个倒霉女主播说骚话。”

马期成缄默了，没说出话来。

郑语笑：“还有这码事？”

马期成惊了：“你们怎么还记得这事？我都忘了啊，我说过吗？”

他的头摇得跟拨浪鼓似的：“我不承认！”

想了会儿，小马又说：“凭啥那个女主播是倒霉蛋？能亲耳听到当红炸子鸡马期成说的土味情话，哪怕是立刻死去也是值得的吧？”

周明叙忽然起身。

马期成觉得奇怪，抬头道：“你去干什么？”

“去吐。”

周明叙正式出去集训之前，把乔亦溪叫出来了一趟，说是请吃饭，让她把室友也带上。乔亦溪也没想什么别的，说了“好”，带上了舒然她们。

出发之前，四个女生拍了张合照。

舒然传到了朋友圈，结果忽然收到舒蔚的评论：“从左到右第三个女生，你室友？”

舒然一看，自己的亲哥问的正是向沐。

她回舒蔚：“是啊，怎么了？”

过了会儿，舒蔚回：“没什么。”

后来，四个女生都上车了，舒然坐在后排，看到舒蔚给自己私发消息：“她有男朋友了没？”

舒然道：“没啊，怎么，你想追她？”

舒蔚是什么人她还不知道吗，风流成性的公子哥儿，仗着有钱有点颜值就开始万花丛中过，惯性撩妹，她不知有多少次被他紧急叫过去收拾残局。

不过舒蔚好歹也明事理，没对她身边的朋友有什么越界行为，要不情况就很尴尬了。

了解她身边的女生，这是头一次。

舒然心里想了想，跟舒蔚说：“我警告你啊，人家是正经女生，你别招惹人家。”

“我没招惹她。”舒蔚说。

没几分钟，舒蔚的消息又发过来：“是她招惹我。”

乔亦溪到周明叙说的广场时，才发现他没跟自己说是哪家饭店。

她给他打电话说自己到了，不知为何，少年的声音居然有些不自然：“那我发定位给你，你过来。”

“嗯。”

按照周明叙给的定位，乔亦溪走进了一家跟吃饭完全不沾边的店铺。

“又来了，恋爱退化综合征，这次的表现在于脱离了男朋友找不到路了，哪怕是有定位，”舒然叹息道，“乔啊，你怎么就被宠成了个路痴，这也真实得太过分了。”

乔亦溪辩驳道：“我确认了五次，绝对是这里，我没走错好吧。”

舒然不信：“呵，女人，我信你我跟郑语姓好吧？”

下一秒，乔亦溪指着站在某台娃娃机前的周明叙挑了挑眉，问舒然：“你说什么来着？”

舒然挤出一丝尴尬的笑：“什么都没说。”

乔亦溪靠过去，看着周明叙道：“不是去吃饭吗？你待在这儿干什么？”

浅色偏光漾在他发顶，面前场景无端带上柔光，看起来温柔浪漫。

这个地方布置得很漂亮，还有小气球悬挂。

周明叙回她：“有个娃娃，一直没抓起来。”

乔亦溪眯眼一看，发现他面前娃娃机里的娃娃丑得很统一，就一个好看的。

她环顾四周，问道：“其他娃娃机里挺多好看的啊，你为什么选这个？”

周明叙沉默半晌，这才道：“大概是神的旨意选中了它。”

乔亦溪笑，偏头道：“我也不太会搞这个，还是你来吧，我估计还不如你。”

周明叙退开两步，给她腾了地儿，说道：“没事，试试看。”

“好吧，”乔亦溪恭敬不如从命，就顺着他刚刚调好的位置随手一拍，说道，“掉了别怪我啊。”

结果，机器爪子准确地抓住了唯一好看的目标娃娃，并且晃都没晃一下，牢固地钳着东西，她在出口上方松开了爪子。

乔亦溪惊愕地道：“这娃娃机有玄机？”

她只知道娃娃机抓手会被调松，没见过这种抓这么牢固的，说道：“它的抓手是被调紧了吗？”

周明叙顿了一下，这才道：“这不重要。”

“噢？”她笑着仰头问道，“那什么重要？”

他也没回答，换了个话题，问道：“你们是不是要去日本旅行了？去浅草寺？”

“对啊，去逛逛，求求姻缘什么的。”

某人不爽地眯眼：“你？你还想求什么姻缘？”

“不是我，是小沐，”乔亦溪道，“我去求别的。比如学业、工作，希望一切顺利。”

她眨眨眼，补充道：“你有什么要求的吗？我帮你？”

少年合了合眼，“嗯”了一声：“求个婚吧。”

乔亦溪以为自己没听清楚，眨了眨眼，那一瞬间有些呆滞，只来得及发出个单音节：“嗯？”

他笑道：“把娃娃拿出来看看。”

乔亦溪没太懂他想干什么，可某种直觉准确无误地指向一个可能。

她心跳如擂鼓，血流加快，俯身从底下的出口拿起娃娃。

娃娃肚子上有条拉链，她拉开，里头是个方方正正的小盒子。

她吞了吞干涩的喉咙，把盒子打开。

里面是一对戒指，不难看出是男女款。女款镶钻，在灯光下闪烁耀眼，汇聚成一颗星的形状，转一转，另一边有一个字母“X”。男款简单多了，刻了个星的形状，另一边也有个字母“X”。

乔亦溪，周明叙，名字的拼音字母里都有“X”。

她抬了抬眼，嘴里忽然冒出一句：“不下跪吗？”

周明叙愣了一下：“什么？”

“人家求婚，不是都单膝下跪的吗……”她舔舔唇，嘟囔着，“这还要我提醒你啊。”

少年笑着说道：“怎么说我也是未来的世界冠军，现在在这么多人面前给你下跪，不像话吧。”

话音一落，他单膝跪地了。

乔亦溪抬头说道：“叙神果然毫无尊严。”

“是——”少年偏了偏头，拉长音调，说道，“我未婚妻说什么都对。”

“谁是你未婚妻了，”她眼珠乱转着，伸出手指抬了抬，说道，“戒指不都还没戴吗。”

好像是。

周明叙从她手里取过戒指，看似非常淡然，仿佛这小小的求婚于他而言，简单得仿佛探囊取物。

乔亦溪温声提醒："戴错了，你给我戴的是男款。"

"知道了。"他嗓子有些干涩，轻咳两声，问道，"哪个是女款来着？"

乔亦溪憋笑，把女款递给他，说道："喏，这个。"

少年捏着戒指，正要套上她指尖，乔亦溪缩了一下手指，说道："还有个问题没问吧？"

她一提醒，周明叙才回过神来，他合了合眼睑，感觉昨晚在心里想好的、有条不紊的一切，此刻全乱套了。

乔亦溪眼睫也跟着轻颤。

怎么回事？他应该在这时候也冷静自如才对。

清了清嗓子，周明叙这才抬头问道："嫁给我？"

她一个"可"字还没出口，舒然立刻冲上来说道："等等，这么快就答应了？！乔乔，你也太好骗回家了吧？"

乔亦溪问她："那我应该……"

"等会儿啊，我找找，"舒然在手机里一顿疯狂翻找，然后递手机给周明叙，说道，"喏，保证书。"

少年低头看了一眼，忽而笑了。

"行。"他说。

乔亦溪正纳闷这是什么保证书呢，就听到一个男声缓缓地念着："以爱乔护乔为荣，坚决拥护她的领导，不抛弃不放弃，不拈花惹草，不夜不归宿，时刻关心她，时刻准备好做其舔狗……"

马期成在一边调侃道："要是你没做到的话，是不是得用你那宝贝键盘跪个'我爱你'出来啊？！"

那键盘马期成知道，周明叙当宝贝似的，就差供着了。

"那不行。"周明叙想也没想就拒绝了。

旁观的傅秋心一紧，心道不会是用他宝贝键盘开玩笑，他生气了吧……

"三个字太少，"他沉吟片刻后低笑，"起码先跪出本情书，再跪出套《史记》。"

马期成惊讶得差点就把拳头塞自己嘴里了。

瞧瞧这话，瞧瞧这话！

这还是那个一点就炸、以自我为中心、键盘上凶猛得要死的大魔王说出来的话吗？！

乔亦溪听见人群里此起彼伏的欢呼和感慨，动动手指，嘴角抿出一抹浅淡的笑：“行吧，勉强同意。”她轻挑眉尾，说道：“我答应了。”

少年脸上笑意缓缓晕开，将戒指推到她指根，调整了一下。

不知道多少人围在旁边观看，这会儿比当事人还要激动，叫着闹着鼓掌。

在喧嚣的欢呼声里，没人知道戒指内环刻了一行意大利语：Ciao,Grazie。

乔亦溪是在很久很久之后才发现这个秘密的，如同这人有时候并不张扬显露的爱意，他没能讲出口的，让时光替他回答。

“Ciao”是“你好”的意思，也是她；“Grazie”翻译过来是“谢谢”。

——谢谢你能来到我身边，在我所有艰辛的时刻陪伴我，支持我，并且愿意相信我。

感谢喜欢你的每一秒，每个瞬间。

你是我的惊涛骇浪，也是我最最珍贵的乐章。

你点燃我的生活，做我天幕暗下来时，那颗闪烁不定的星星。

一个颇有仪式感的求婚场面之后，乔亦溪甚至来不及和他约定“有时间一起跪出套《史记》”，他就要赶集训了。

电竞选手的生活的确很忙。

他求婚的时候身边围了不少群众，很快那段求婚视频就被传上了网，而后引发众怒。

我不看！我做错了什么，大晚上还要吃狗粮！我减肥！我闭紧嘴！

好浪漫，羡慕了，求什么？求婚。娃娃里有什么？戒指！这太苏了，我疯狂嫉妒。

泰晤士河里是什么水？是本老母亲流下的泪水。

我可以了！我为自己曾质疑这段恋情感到万分愧疚！这样的神仙爱情有什么反对的理由呢？！我真的爱了！

好像一切都在朝着更好的方向发展，周明叙的比赛很顺利，他们的爱情也终于得到了大多数人的祝福。

只是战队还是难免受到了诸多质疑，毕竟他们此前未曾有过多少职业经验，国外对于中国电竞素来也是不怎么特别瞧得起的。

于是那阵子国外电竞圈新闻满天飞，有媒体发文称：“你能想象吗？这支战队的队员，职业训练时间只有一年。”

他们把 PL 夺得第三人称冠军看作是一个偶然事件，觉得中国人根本打不好电竞。

“连这种战队都能代表国家出战，中国果然没什么优秀选手。”

“当时夺冠说不定只是运气好，我是不信这样一支只有一年职业经验的战队能杀进世界前三的。”

“今年我们又毫无悬念不能夺冠了吧？”

舒然在寝室把这些说风凉话的媒体和网友骂了个遍，甚至专门下了个VPN（虚拟专用网络）去外网为他们说话。

“大多数人的成绩的确和练习时间息息相关，但那只是大多数人，别用你们狭隘的眼光去看一群有天赋的人。”

“如果非要训练几年才能拿奖牌的话，那还要天才干什么？”

PGI 决赛的前两天，乔亦溪和舒然偷偷跑去他们的酒店看各自的心头好。

去找周明叙和郑语之前，她们俩先在某个休息站短暂地歇了歇脚，乔亦溪有点晕飞机，下了飞机之后还觉得浑身没劲，舒然倒是状态很好。

舒然四下看了看，说道：“那你先休息着啊，我去对面买点东西。”

“嗯。”乔亦溪点头。

舒然问她：“有没有什么要我帮你带的？”

“手套吧，忘带手套了。”

她昨天学了个魔术准备给变给周明叙看，其他工具都带了，唯独忘掉了一只手套。

舒然听了她的话，面上神色变了变，最终还是没有问她第二遍，缓缓点着头道：“好……我记住了，我去了。”

舒然两个小时之后才回来，乔亦溪都吃完了一个面包喝了一瓶水。

“你去买什么了？这么久。”

“还不是因为你，你要的那个东西难找得很，我找了一个小时呢。”

她想说塑料手套或橡胶手套有什么难找的，难道这里的家庭主妇不洗碗吗？可一看舒然满头大汗，她什么也没说，只是狗腿似的给她擦汗，说道：“然然辛苦了，然然的大恩大德我没齿难忘。”

“知道就好，到时候记得给我分享啊。”舒然说。

她心中正疑惑这东西有什么分享的必要，还没来得及问，舒然就拉着她起身，说道：“休息好了吧？走，我们去找他们。”

又坐了两个多小时的车，二人抵达他们所在的酒店。酒店有点难找，有段路车子进不去，年轻的司机干脆下了车给她们带路。

进了酒店，二人连声感谢。

“不客气，”华裔司机笑着说，“你们的手链挺好看的，在哪里买的？我想买一条送我女儿。”

“浅草寺买的，”乔亦溪笑道，“你看起来这么年轻，居然有女儿啦？”

他道：“我结婚早。没办法，太太实在是太优秀了，怕她被人抢走，只好早点拴住她。看你也戴了戒指……随便戴的吗？”

乔亦溪看了看自己的戒指，难以压制嘴角的弧度，说道：“我应该也……快结婚了。”

“看你们俩还很年轻啊，是大学生吧？”

“嗯。”

“大学生活很好啊……”

三个人站在门口攀谈，乔亦溪聊得正嗨，忽然听到有人喊自己。

她回头，看到周明叙，道：“你来啦？”

“过来怎么不告诉我？”

少年走到她身前，揉了揉她的发顶，说道：“我好去接你。”

“给你惊喜呀。”她笑着说。

少年目光落在她身后的司机身上，笑意忽然停了停，说道：“这是……”

“司机，他人很好的。”乔亦溪说，“车开不进来，是他送我们过来的。”

他就没见过司机还热情地陪着顾客聊到酒店的。

周明叙抿唇道：“我人不好？”

乔亦溪嘴角噙着笑拍拍他肩膀，说道：“你人更好。”

后来大家回酒店，舒然跟着郑语，乔亦溪跟着周明叙。

周明叙的房间很大，不像来训练的，倒像来度假的。

她问：“你一个人睡这么大的床干什么？”

“裴寒舟订的。”

他先去洗澡了，乔亦溪准备整理等会儿要洗的衣物，打开舒然给的袋子，手套并没有出现，取而代之的是一副手铐？！

她给舒然发消息：“我要的是手套，你给我买手铐干什么？！”

舒然："你不是要手铐吗？"

她真是服了。

舒然连连叹息："好可惜，我还以为你要手铐，琢磨着让你到时候给我分享意趣呢。"

乔亦溪正要回什么，周明叙开了门出来了。

她怕被他看到这些，慌忙把手铐藏在枕头底下，然后起身道："我、我去洗了……"说完，她便红着脸冲进了浴室。

周明叙瞧了她一眼，感觉她今天有点奇怪。

浴室水声响起，他上床睡觉，挪了挪枕头，发现一副手铐。他眉头蹙了蹙，又确认了一遍，还真是手铐。

回想到方才少女的不自然，他这才明白了点什么。她把这玩意放他枕头下干什么？暗示他？

周明叙挑了挑眉，感受了一下掌间的手铐，还挺有分量。

乔亦溪洗完澡出来，坐在床沿吹头发，吹得差不多了，吹风机一关，手腕忽然被人扼住。

少年在她后头，下巴搁在她颈窝里。

"你落地第一句话不是和我说的。

"第一抹笑也不是对我笑的。

"和我说的话还不如那个'热心'司机多。"

乔亦溪正要解释，忽然被人扳了一下身子，手腕上有冰凉的东西扣合，她被铐在床沿。

啊，东西被他发现了？乔亦溪动了动："你……"

少年咬了一下她的耳垂，嘴里含混不清地说道："罚你。"

第二天，乔亦溪起来的时候腰酸背痛，差点以为自己骨头散了架，被铐在床头的感受太过新奇，她觉得自己可能到死都不会忘……

她打开手机，里面是舒然发的消息，很多条。

"乔乔，起来吃早饭了！郑语和周明叙都走了！"

"十点了，你为什么还没醒？"

"你是故意不回我消息吗？"

"十二点了，我午餐都吃完了，你还在睡？"

“我问了郑语，我们的房间在你们隔壁，原来昨晚那阵天崩地裂的响声是你们发出来的！你昨晚还给我装纯情？！呵，女人。”

“我误打误撞给你买的手铐是不是还挺好用？刺激吧？”

“下午一点半，乔亦溪还是没醒。”

“你们城里人可真会玩儿。”

挨条看下来的乔亦溪更加沉默，不由得想到昨日的情景。她顺手给舒然回了一句：“你是话痨吗？”

舒然很快就发消息过来了：“下午两点三分五十五秒，一个值得纪念的时刻，乔亦溪终于醒了。”

乔亦溪问她：“你是不是特别闲？”

舒然说：“那可不？我哪有您生活这么滋润。”

摸摸有些空的肚子，乔亦溪向她发出邀请：“我好饿，陪我出去觅食吧，然然。”

舒然：“你做梦！你在我面前这么炫耀，我还陪你觅食！我在你眼里是什么人？！”

十分钟之后，两个人一起坐在某家饭店里。

舒然义正词严道：“我告诉你，要不是你请客，今天我是绝对不会出来的。”

乔亦溪憋笑：“是，行，我知道。”

两个人吃完了比萨和焗饭，临走时，舒然看着乔亦溪面前的空碗，露出一抹神秘微笑：“我们乔乔昨晚看起来是真的很累呢。”

乔亦溪觑她道：“少说点话吧你。”

舒然哼着歌，冲她不停地眨眼。

二人走出去，发现一路上不少人在接吻。

乔亦溪问舒然：“这边的气氛就是这样吗？”

“今天是国际接吻日，”舒然给她科普，“所以你才会看到这么多活动。”

“怪不得。”

她就记得昨天似乎不是这样的。

舒然去一个店里给郑语挑生日礼物，乔亦溪逛累了，就坐在门口的石像旁边等她，等着等着，等来了周明叙的视频电话。

她插好耳机，问道：“怎么了？”

“休息了，”周明叙捏捏眉心，看到她身后的背景，问道，“你在哪儿？”

“跟舒然出来逛街。”

他笑了笑：“看来你还挺有精力。”

“怎么？”

“怕你累到今天起不来。”

她撇了撇嘴。

乔亦溪身后有许多情侣在阳光正好时接吻，周明叙又偏头问了句：“你怎么在那种地方？”

“哪种地方？”乔亦溪回头看了眼，说道，“今天是国际接吻日好不好。”

少年顿悟似的点了点头：“是这样……”

“对呀，”不远处还放着歌，乔亦溪揉了揉被晒得金灿灿的长发，迎着暖风粲然一笑，朝他发出邀请，“所以叙神……接吻吗？”

气氛正好，她也被感染了。

少年难以自抑地捏捏眉心，说道：“我在训练，乔乔。”

乔亦溪本来也只是随便说说，此刻自然是早料到一般耸肩道：“那算咯。”

而另一边，训练房内，周明叙耳上挂着一只耳机，听到马期成也在旁边说：“今天是国际接吻日哦？好浪漫。”

傅秋在一边损他：“得了吧，你就别关注这些了，也没人跟你接吻。”

周明叙摘了耳机，说道：“我们有一小时的休息时间？”

“对啊。”

他点了下头，朝门外走去。

马期成在后头大喊：“叙神，你干什么去啊？”

周明叙言简意赅答道：“去接吻。”

三人面面相觑，直到人消失在门口，马期成这才回过味来。

小马竭力挤出一抹还算是优雅的微笑，说道：“没事啊，我一点都不嫉妒。”

过了一会儿，房间内爆发出一阵怒吼，是傅秋奋力拉着他，马期成才没有冲出座位。

歇斯底里的声音从马期成喉咙口里冲出：“周明叙，我杀了你！”

周明叙自然是对自己引发了众怒浑然不觉的，又或者，他知道的话应该也会挺满意。

他到乔亦溪所在的位置时，是二十分钟过后。

少年刚站到乔亦溪面前，舒然也买完东西出来了。

舒然看到周明叙，还有些震惊：“你怎么在这儿？”

周明叙看向乔亦溪，蹙着的眉头似乎在问：不是你喊我来的？怎么还有人？乔亦溪有点好笑，无辜地道：“我一直是和舒然一起的啊，之前不是和你说过了嘛。”

少年眯了眯眼，那她还引诱他？

舒然继续问周明叙：“你到底来这儿干什么的啊，等会儿不是还有训练吗？”

周明叙想了半天，说道：“来这儿买水。”然后走进一旁的便利店。

舒然不解，看着周明叙的背影问乔亦溪：“他为啥要来这儿买水？”

乔亦溪笑着耸肩道：“不知道呀。”

要比赛的前一天上午，教练给他们放了个可以睡懒觉的假，周明叙可以十点再起床，十二点再走。他提前半小时就醒了，洗漱的时候，声音把乔亦溪弄醒了。

二人去酒店一楼吃了早餐，然后他就一直窝在椅子里。

乔亦溪撑在他椅子后头问道：“你们训练是不是也经常久坐？”

“当然。”

“你昨天坐了多久？”

“快十个小时吧，”他偏头道，“怎么了？”

“久坐对身体不好，运动也是很有必要的，”乔亦溪道，“我昨天好像看马期成穿了一件写着‘运动’的衣服？这个觉悟就很好。”

“你看漏了两个字，”周明叙解释道，“‘运动’后面还有两个字。”

“合起来是什么？运动加油？运动达人？运动健儿？”

少年摇了摇头，说道：“运动个屁。”

“那你也是要运动的，”乔亦溪说道，“你要养成热爱运动的习惯。”

少年眯了眯眸子，似有所指道：“昨晚运动得还不够？”

乔亦溪也跟着眯了眯眼，觉得不大对劲儿。她在这儿正儿八经说运动呢，他这不是在混淆重点吗？

乔亦溪撇了撇嘴："我说的是阳光，阳光下的运动！"

"我知道了。"少年微微颔首，说道，"我等会儿就把床搬到阳台上去。"

乔亦溪启了启唇，脑子里浮出个问号。她纠正道："我是说……"

"我知道，"少年嘴角似勾非勾，道，"你是说现在阳光正好，咱们运动一下。"

乔亦溪浑然不知自己已经上套，甚至愚蠢地忙不迭点头，以为自己教化了这位魔王，说道："对对对。"

这下，某人便有理由悠闲地解开扣子，状似配合地说道："那来吧。"

少女皱了皱眉头，这才意识到自己被绕进去了，赶紧在胸前做出一个"拒绝"的姿势："我不同意，你好好出去运动！"

当然，不同意也是没什么用的。更何况，她想到他要比赛，难得主动迎合了那么一小下。

几小时后，乔亦溪看着某人悠闲地哼着曲儿，意气风发地出门训练了。

不公平，太不公平了。

明明她也没干什么，偏偏身体酸软到快要累瘫了。他应该是累的那个，可每次偏又都容光焕发。

这合理吗？

乔亦溪翻了个身，说服自己，算了，他明天要比赛，不和他计较了。

次日，PGI 全球邀请赛第三人称的第一场比赛准时开始。

第三人称的比赛为期两天，一天四局，最后靠总积分定名次。第三人称之后是第一人称的比赛，也是为期两天，以总积分定名次，两个模式是分开的。

周明叙花了大价钱买了两张票，给了乔亦溪和舒然。

场地是圆形的，外圈可以坐观众，内圈是比赛的选手。乔亦溪跟着观众入场，看着面前密密麻麻的一百个选手，紧张得都要吐了，心也怦怦乱跳个不停，手心渗出汗来。

相比她的不冷静，心态一贯很好的周明叙从容镇定许多。

他找到位子坐下之后，甚至笑着看她，让她放轻松。

一大段冗长的开场词过后，比赛开始。

第一把，大家都还在适应期，双方都是用的互相试探的保守打法，但周明叙仍是打得很凶，拿到全场第一个击杀。当然，四场下来，他也是击杀王。

那天他们的成绩不错，四局里面吃了两把鸡，一场第二，一场第四，总排名第一。

第一把特别惊险，只有周明叙和郑语还活着，对面有一个满编队，还有两个独狼。他们没有急着冲，在草丛里凭借地形位置让那边三队先打，满编队被打死了一个，两个独狼也被铲除。最后变成他们二人对决三人的局面，周明叙杀了俩，郑语解决一个，成功吃鸡了。

底下中国观众都沸腾了，好多男生高举着中国国旗，在那边欢呼："第一把鸡是我们吃的！我们是首鸡！"

"中国队所向披靡！"

面对满座欢呼，面对眼前的摄像机，周明叙摘了耳机，第一个看的依然是乔亦溪。

乔亦溪在底下兴奋地朝他挥手，露出一口小白牙，给他比了两个大拇指。

少年垂眸笑了。

乔亦溪本来觉得，第一天成绩这么好，第二天要是能维持就已经很不错了。

结果没想到第二天的前三局，他们的状态比前一天更好，连吃两把鸡，第三把第六。后面第二名的积分跟得很紧，第四局……是定胜负的一局了。

可惜的是第四局快结束时，整个队伍只剩周明叙一个人了，而他的对面，还有很多人。

要知道这都是国际上顶尖的战队，没有那么容易解决的。

他占了个圈边的高点，看到有两个人丢了三个烟准备进圈，预判了对方的走位，在烟里就把两个人灭了。

乔亦溪旁边的男生很是激情澎湃："混烟还打得这么准？不知道的还以为周明叙作弊了呢！"

很快刷了圈，周明叙得往前走，但是前面还有两个人。

乔亦溪还来不及思索要怎么打，就看到他快速地扔了两个雷过去，一个人被炸倒，她不过是眨个眼的工夫，他便迅速换了枪，把另一个也消灭了。

短短一分钟，他解决了四个人。

"北美 Z 神被我们中国 Z 神秒杀，我好爽！"

"我们这把搞不好也能吃鸡。"

“这枪法太精准了吧？”

“雷也好准，周明叙是雷神吗？！”

这时候，周明叙旁边还有一个战队剩下一个人，就趴在周明叙身后的草丛里躲着。

“这很容易被偷袭啊，”舒然紧张地抓住衣摆，说道，“万一周明叙没发现他，他又想不开要开枪，周明叙很可能就——”

话音没落，舒然尖叫道：“死了！周明叙发现他了！”

就这样，周明叙杀进了前三。

而后，他用雷炸掉一个，正面突围拼枪法打死一个。

屏幕定格一下，然后闪出最关键的一句：“WINNER WINNER CHIKEN DINNER.”（大吉大利，晚上吃鸡。）

伴随着胜利提示的，还有PL的战队图标，浮现在百万观众眼前。

赢了，真的赢了！中国队夺冠了！

最不被看好的中国队，被最多人嘲讽的PL，是今晚当之无愧的世界冠军，世界第一，此刻，再无人敢质疑。

旗帜被高举过头顶，乔亦溪启了启唇，以为自己会放声尖叫，可她居然没有。

来不及说出一个音节，她眼底骤然一热，面前的场景开始变得模糊，她的手指微微颤抖。

她想到了很多很多：想到他眼下淡青色的黑眼圈；想到他最艰难时刻熬过的、像是不会再亮起的夜；想到他蹙着眉把空酒瓶扔满酒箱，每一声撞瓶都像梦的破碎；想到质疑声中也从未想过后退的骄傲的少年。

他们的选择被否定过，他们走的每一步都曾是沼泽之地，他们的梦想被人不屑和嘲讽过，就连他们的存在都被人投以深深的质疑和蔑视。

但他们此刻站在荣耀的顶点，只能被人仰望。

苦难的尽头，是荣光。

有什么温热的液体从眼眶涌出，她好想大喊啊，告诉这个世界他真的做到了，仅仅是因为优秀，他背负着太多不该属于自己的关注和压力，承受不该背负的苛责和质疑。

可热泪盈眶的当下，她居然只想抱抱他。

所有人都想做送他飞得更高的那阵风，可她只想做他可能会跌坠时，让他免于摔伤摔痛的手。

她抹了一把脸，抬眼看到四位少年已经站上了颁奖台。

他们举着五星红旗，捧着沉甸甸的奖杯，所有的聚光灯和摄像机都对准他们，此刻他们是英雄。

郑语是最先说话的，他拿着话筒，手和声音都有一点颤抖。

“我们队里经常开玩笑，说如果能拿冠军，拿着的国旗肯定是用我们的血染红的。现在真的做到了，我忽然觉得，流血也没关系，谁让它的颜色这么漂亮。”

傅秋接过话筒说道：“很多人说我们不行，因为我们经验这么少，战队这么新，主力队员不久之前甚至在上学。”

“但我们做到了！”他红着眼眶，自胸腔中爆发出一声，“我们没有让支持我们的人失望！”

舒然吸了吸鼻子，说道：“搞什么啊，讲这些让我哭啊……”

以往话最多的马期成，此刻红着眼眶说不出话来，酝酿了许久，最后只有一句：“叙神厉害！”

然后，他把话筒给了周明叙。

大家都以为他也会有一个官方发言，或者是情感陈述，可没人想到他在这样万众瞩目的时刻，看的不是镜头也不是主持人，而是台下的某处。

这个在台上犹如猎豹般凶猛的击杀王，此刻脸上居然难得流露出一丝温柔，温和的嗓音回荡在场地中央。

他说：“别哭了。”

乔亦溪捂住眼睛。

搞什么啊，这种时候他跟她说什么话啊……

“其实这段时间忙于训练，陪你的时间非常少，你从来不跟我发脾气，不抱怨，总是做最支持我的那一个，尽管有时候你也不想孤孤单单一个人。

“我经常在想，你为我付出这么多，我要怎么去弥补你比较好，但我后来又发现，原来真正的爱是不用去计较这些的。”

大家开始明白，他在借这个最重要的时刻和最重要的人表白，于是摄像机转向了乔亦溪。

周明叙仍在不疾不徐地说着，这是他一贯作风。

“键盘是你送我的，拿到之后我就没换过了，很多人说它除了好看一无是处，”少年低笑，“谁说的，它还有个优点，是你送我的。”

只这一个，就抵过无数理由了。

这阵子太忙太忙，他有好多话没有同她讲，现在是个难得的机会。

“来参加比赛之前你问我：可爱的你、成熟的你、话多的你、听话的你，我更喜欢哪一个？

“当时我没回答，因为我不知道怎么选，但是现在我想到答案了。

“答案是，每一个。

“我喜欢每个你，好的坏的，任性的乖巧的，偶尔耍小脾气的，每一个我都喜欢。

“只要是你，我全部喜欢。

“好像还没有说过，你也知道，我不习惯说这种话，但是……”他看着她，轻声道，“我爱你，乔乔。

“在有限的时光里，我会尽我所能地、无期限地爱你。回去就结婚吧，地点你定。早或晚没关系，新娘是你就行。”

乔亦溪抬头看去，她的少年站在荣耀的殿堂，周遭那样多东西值得他去关注，可他只看着她。

她擦掉眼角的泪，笑出浅浅梨涡，点头说“好”。

场上涌起欢呼声，撰写着传奇诞生的篇章，也预示着某个舞台的帷幕已被完全拉开。

这不是最好的时代，也不是最坏的时代。

这是属于他们的，全新的时代。

漫长而美好的未来，还有很多东西值得期待。

番外 再靠近一点

01.

舒然心血来潮想打一局游戏的时候，正是下午六点。

打开游戏，她看到乔亦溪正在线上和周明叙玩得不亦乐乎，人家三个男的在前头奋勇杀敌，乔亦溪跟在后头像个小喽啰一样，唯一的作用是消耗队内的药物储备——毕竟菜鸟一探头就会被对面的人打倒。

但女生打游戏总能获得优待，即使乔亦溪菜，作为唯的一女生，也会得到男生多一点照顾。

舒然感慨一声，当即就决定和乔亦溪扮演一样的角色，“勉为其难”地加入全是男生的队伍，成为一个即使菜，也依然能得万千宠爱的队宠。

于是她给自己的亲哥舒蔚发消息：“靓仔在吗？”

舒蔚一看，就知道没什么好事，谨慎地回她：“你又在养老保险的回访问卷里写了我的电话？”

舒然笑眯眯地回应：“哪能啊，然然这么好，然然做不出这种事。”

舒蔚很快发过来一张图片，是七个未接来电的截屏。

“昨天我午睡忽然被电话吵醒，对方问我是不是尼古拉斯·舒四。”

舒然心虚地咽了口口水，转移话题：“不说这个了，你妹妹现在好寂寞啊，陪我吃鸡好吗？”

然后她发了个大大的“鸡否”表情包，鸡还是用的图标代替。

舒蔚没理会她的请求，继续数落：“上上周，我亲爱的妹妹还用我的名字在婚恋网站注册，给我填的爱好是做美甲，朋友问我是不是对生活失去了希望。”

舒然心虚，也不好反驳更多，只得一个电话打过去。

她知道舒蔚的秉性，在网络聊天里还能步步紧逼地数落她，但只要是她打个电话或是现场求他，他很少有不答应的时候。

电话接通后，舒然尽力让自己的声线温柔一些，看起来像在示好。

“那些都不是重点，是我不懂事才会在你饭里放味精。”她捧着电话情真意切地“忏悔”，“然然现在好无聊，自己吃鸡死得早，哥哥可以带我吗？”

面对她的请求，舒蔚散漫地回道：“你哥刚谈完一个生意，累得很。”

舒然咬了咬牙，正想骂他没心没肺，又听到她哥说道：“我喊个大佬带你吧。”

她当场就拒绝：“不行不行不行，我不想跟不熟的人打，而且大佬说不定会被我坑，然后把我骂得狗血淋头，最后和你决裂。”

“就找熟人一起组队打一局不行吗？”舒然说，“我想跟在三个男的后面做人生赢家。”

舒蔚用简简单单六个字回应：“大佬长得挺帅。”

“这样啊，”舒然话锋一转，立刻道，“刚好也和你打腻了，那就叫大佬来带我躺赢好了。”舔了舔唇，她为自己辩白：“不是看不看脸的问题，主要是我想接触新朋友了。”

舒蔚声音里掺杂着洞悉一切的笑意，了然道：“行，我问问他什么时候有空。”

“可以，顺便把他照片发给我看下。”

“自拍没有，有他高中的毕业照，看不看？”

“看看看！”她点头如捣蒜。

没多久，舒蔚就把那个传说中的吃鸡大佬的照片传给了她，她没挂断电话，退出去瞧。

舒蔚真没说谎，这大佬的脸……还真是帅，剑眉星目高鼻梁，眼角微微带着点淡漠，最主要的是给人的感觉非常好。

舒蔚这人长得不赖，可能因此接触到好看男生的概率也更大些。

舒然觉得可能是自己太久没见过合心意的帅哥，此刻心中居然萌发了一点久违的悸动，更重要的是，这人是吃鸡大佬，可以带她吃鸡。

要知道，每次看到乔亦溪玩吃鸡游戏都有人带，每一局有说有笑轻松得要命，她都无比羡慕。

清了清嗓子，舒然问舒蔚：“这么好的资源，你怎么不早点介绍给我？”

“我怕别人觉得我在害他。”

“你什么意思？”舒然磨牙道，“这么貌美如花的妹妹拿不出手吗？”

“拿不拿得出手，”舒蔚顿了一下，笑道，“你心里应该有数。”

舒然没太把自己亲哥的损话放在心上，兀自道：“你说他到时候会不会想啊？”

“想什么？”舒蔚没太懂她的意思。

“想和我演绎一段绝美的爱情佳话，在《绝地求生》过上双宿双飞、男耕女织的幸福生活。”

舒蔚没说话。他这个妹妹，别的本事没有，嘴炮倒是打得挺好。

“他叫什么名字？”舒然忽然问。

舒蔚回答：“郑语，语言的语。”

舒然还沉浸在自我的想象之中：“那我在郑语的穷追不舍下就只好答应，然后不得不与他展开融化冰川积雪的炽热爱恋。”

沉默许久后，舒蔚沉吟道：“希望你等会儿见到他也能这么说。”

舒然咳嗽了一声，说道：“那我可不敢。”

她是个嘴炮，张嘴就能说得天花乱坠，中学时候写作文，哪怕是不喜欢的东西，都能吹得跟心仪已久离开就会疯魔似的。

就连乔亦溪都开玩笑说她以后可以当美食或者口红博主，毕竟她这张嘴感情太丰沛了，能生生把东西从二星吹到五星。

舒蔚听了她这话，自然也知道以她的性格，此时只是对郑语有点好感，什么“融化冰川的爱恋”暂时不存在，不过仍有些意外。他道：“你现在不过是看了张脸，人品性格什么的全不知道，就对人家有点意思了？”

“不行？”舒然挑了挑眉，说道，“颜即正义不是吗？”

特别喜欢当然算不上，她这些话只是为活跃气氛随口说的，也不是没见过长得好看的，肯定不可能真的为这个人神魂颠倒。

思索了一会儿，她又回道：“不过你的朋友，应该不会差到哪儿去。”

舒蔚被她这么一捧，当即舔舔嘴角准备接受更多的阿谀奉承，忽听那边舒然继续道：“反正肯定比你好。”

舒蔚眯了眯眼："嗯？"

"不是，我说错了，"舒然认识到自己的错误，赶忙"呸呸"两声，说道，"他肯定跟你一样靠谱。"

舒蔚才不信她的话，只是也不打算计较，毕竟都习惯了。亲兄妹不就是相爱相杀吗？

"问过郑语了，一个小时之后他有空。"

舒然问："就我们俩吗？"

"不然？"

"你也一起吧，行吗？"她一再请求，"反正一个小时之后才打，你休息一会儿应该也有精力了。"

舒蔚问她："怎么着？"

"我一个人害羞。"

一个小时之后，郑语准时上线。

舒然和舒蔚在队伍里等着，没一会儿，他就从舒蔚那边加入了。

郑语一开始没开麦克风，舒然想着什么，又问舒蔚一句："就他一个吗？"

舒蔚答："嗯，就一个。"

"那我要自动匹配一个队友吗？"

"不用，他带得动。"

舒然心里想着，这人真这么厉害吗，便点了开始游戏。

快上飞机之前，舒然又向舒蔚确认："我们跟他跳吗？"

"嗯。"

郑语一直不说话，搞得本就有点好奇的舒然越发心痒，她看郑语标了个点，随后带着他们跳了伞。

落地之后，舒然跟舒蔚随便说了两句，又舔舔唇，试探着道："三号怎么一直不说话啊？"

三号就是郑语。

郑语其实不大习惯一直开麦，只是偶尔有事通知的时候才会短暂打开，但既然舒然都这么讲了，他便打开了话筒，讲了第一句话："很久没打手游了，可能会很菜。"

舒然正准备说一句“没关系”，周围有枪声响起，她想提醒郑语他附近有人，结果枪没响几声，屏幕中传来提示——你的队友“郑语”使用拳头淘汰了“我要吃肉”。

拳头？这合适吗？原来她说自己菜是小白菜的菜，大佬说自己菜，是放在博物馆里展示的翠玉白菜的那种菜。

她有些恍惚和愤愤不平，由于刚落地，还没捡到枪，一转身就看到有人打自己，别的乱七八糟的都来不及想了，她回头就往房子里跑。

“有人打我，舒蔚！”

她手上没枪，不然这时候是绝对不会掉头就跑的，怎么着都要跟那人正面对抗一下。

舒蔚非常豪气地说道：“郑语，去救我妹。”

郑语答了声“好”，问舒然：“人在哪儿？”

“就在我旁边，大概170度，我估计他马上就要过来了。”

她什么都没捡到，从上到下空空如也，连出去一决胜负的资格都没有。

幸好郑语在，他发现了人之后，“砰砰”两下用手枪把那人解决了。

“还有没有？”

“应该……没了。”

郑语没再说话，在那人包里换了把正儿八经的枪，就去搜别的房子了。

舒然跑到刚刚的盒子边上，由于她什么也没有，系统就自动帮她拾取了郑语换下来的那把手枪。

她看着游戏里自己的人物，小人高举的手上捏了一把他才用过的枪，子弹剩十三发，好像他刚刚真的触摸过，而现在东西被紧握在她手心。

她蹭了蹭衣角，觉得手心有点发热。

又和郑语打了一会儿，舒然发现他打得不错，就是话比较少。

为此，她还特意暗暗给舒蔚发消息：“他怎么一直不说话，不是对我有意见吧？”

舒蔚过了会儿才回：“不是，他就这样。”

舒蔚又道：“你到底是想让人陪你打游戏还是陪你聊天？”

舒然毫不遮掩地道：“都想。”

舒蔚看到这消息，暗自笑了一声，心道，以后这话痨妹妹真追上人家，让郑语话多起来，倒也不是没可能。

游戏中途，他们去摸了一次空投，舒蔚弄了个三级头戴在脑袋上，舒然一看有点心动，明里暗里都讲："哥，你头上那个东西好大，把你帅气的脸都遮住了，不好。"

"你三级头好黑啊，都没什么花纹，配不上你高贵的气质。"

"所以？"舒蔚问她想怎么样。

"咱们换换，你看我这个二级头，黑中还带着白色花纹，低调大气而不失精巧设计感，活泼不死板，简直太完美了。"

"这么完美，你跟我换个啥呀？"

"我想把更好的给你嘛。"

郑语在一边都听得笑了。

舒然循循善诱道："你觉得怎么样，哥？"

她哥懒洋洋道："不怎么样。"

"你还是层次太低了，不懂妹妹的良苦用心。"舒然一个劲儿地摇头，捍卫自己的尊严，"你以为没有你我就找不到三级头了吗？笑话！"

舒蔚"呵呵"一笑："那你找。"

舒然身子一转，转向郑语道："那个……郑语。"

郑语应了声："嗯。"

"头盔……借我戴戴呗？这局结束了还你。"

二人本就刚认识，又不是兄妹互怼的关系，女生都开口了，郑语也没有不给的理由，于是他就把自己的三级头给了舒然。

"谢谢、谢谢，"舒然忙不迭致谢，"好人一生平安！"

末了，舒然还感慨了一句："唉，世界上优秀的灵魂那么多，偏偏轮不到我哥。"

舒蔚语调淡然："出息了，还会踩一捧一了。"

这边，舒然戴好了三级头，还没来得及高兴多久，当队伍里第一个冲进面前房区里的人，结果没想到里面藏着俩敌军，她还没来得及反应，骤然中了几枪，头没了，人也倒地了。

她赶紧通知他们俩："这里面有人，两个。"

其实也不抱着活下来的希望了，毕竟这两个人和她在一个房间，闭着眼瞎打都能解决一个濒死的她。

没想到郑语很快就来了，站在窗口把正在打她的那人杀死，又翻进来把另一个人解决掉了，然后过来扶她。

也不是什么特别风云激荡的大场面，他就是很轻松地杀了两个人，但那个瞬间，莫名地戳到了舒然心中的某个地方，画面在眼前循环回放，她听见自己心里“咯噔”一声。

有光从外面洒进来，金灿灿的一大片，天气特别好。

她很奇怪，为什么刚刚自己没注意到，现在才觉得天晴得有些过分。

郑语也没催促她回神，给她丢了药，就在一边等着。

等从那迟疑的心动中缓过来的时候，舒然看到旁边陪伴自己的郑语，感觉心跳有加速的倾向，问：“你在陪我吗？”

他是怕她害怕吗？

“不是，”郑语说，“我在调设置。”

舒然捏着手腕默念了一百句“不生气”，这才暂时原谅了这不解风情的直男。

下了游戏之后，舒然意犹未尽。她给舒蔚发消息，刺探情报：“他对我感觉怎么样？”

舒蔚真是莫名其妙，说道：“我哪儿知道。”

舒然问：“他会嫌我拖后腿吗？”

舒蔚无奈，只得道：“帮你问问。”

过了会儿，舒蔚消息发了过来：“没有，夸你可爱来着。”

舒然撑着脸颊就笑起来，感觉心情很好，掀开被子，跑到窗台前去赏月。

平复了一会儿自己的心情，她和舒蔚说：“给我看截图！”

女生嘛，总是想亲眼确认某种东西，尤其是想看到具体的回复。

舒蔚给她发了个截图过来。

截图里，舒蔚问他：“会不会觉得我妹特拖后腿，啥都不会只会瞎叫，影响你发挥？”

舒然看着舒蔚这个问句，简直想坐飞机过去把这人的头发拔光。

会不会说话啊？！在郑语面前还这么说话，气得她脑袋疼。

但是她再往下看，心中所有的不爽一扫而空。

郑语说：“还好啊，比较可爱。”

尽管不知道这是给舒蔚面子的客套话，还是他发自肺腑的赞赏，此刻的舒然不管不顾，觉得这就是他在真情实感地夸她。

舒然跟“传话筒”说：“可以把他的微信给我吗？问他点问题。”

舒蔚发了个语气词：“嗤。”这小姑娘在想什么，他可真是太清楚了。

舒然拿到郑语的微信号，发送添加好友，郑语也正巧拿着手机，很快点了通过。

舒然鼓鼓嘴，他通过得这么快，是不是也对她有意思啊？她正在想说点什么，结果一不小心拨了个语音电话出去。

这手是怎么回事？！她没来得及按下挂断，郑语就接了：“喂？”

夜色里，他的声音难得清晰。

舒然这人打惯了嘴炮，有时候一点好感能说得跟下一秒愿意殉情似的，可到了这种时刻，居然有点语塞。

她干巴巴地回了句：“喂？”说完就想咬舌自尽。

郑语等了一会儿，没等到她开口，问道：“你哥说你有问题问我，什么事？”

“就是……那个……”

她看着窗外月色如水，树影摇晃，莫名其妙地就问了句：“你有女朋友了吗？”

02.

面对她“有女友吗”的提问，那边的郑语顿了一下。

“什么？”他声音提了提，“我吗？”

本来这种事讲究的就是一鼓作气，只能凭借那一瞬间不知从何而来的勇气问出口，要再说一遍是真的有点难。

而何况舒然只是擅长打嘴炮，并不擅长朦朦胧胧的风花雪月。

于是她讪笑了两声，接口道：“啊，不是，我刚刚在跟楼下的狗说话。”

郑语稍作停顿，问道：“你……和狗说话？”

“是啊，很多狗听得懂人话的。”舒然也不知道用什么掩饰，只好胡编乱造说了一大通，“不只是动物，植物也能听得懂。科学家做过这样的实验，对一边的植物每天说好听的，另一边的植物每天否定它，一段时间之后，被一直否定的植物就蔫了，被夸奖的生长得更好了。

“连植物都能听懂，你说动物肯定也能听懂，是吧？”

说完之后，舒然懊恼地抿了抿唇。

她本来是很会说话的，为什么一到郑语面前，就变得这么没头没脑的？

果然，那边的郑语被她这一大通话弄蒙了几秒，旋即，似是轻声笑了。

他居然接了她的话茬问道：“那你怎么问人家有没有女朋友？”

“喔，因为那个，它最近老是晚上叫，一直叫一直叫，吵得人睡不好。”

狗叫也没什么别的原因，于是郑语很自然地道：“春天不是已经过了吗？”

“是啊，”她茫然地抬起头，看着树叶和天幕相交处的虚线，喃喃重复道，“春天应该过了才对。”

她的内心怎么这么悸动？

后来电话是怎么挂掉的，舒然已经不记得了，只记得那时候头昏脑涨，胸腔里有什么膨胀得越来越过分，在某个瞬间几乎要通过喉咙口溢出来。

好奇怪，这样真实而虚幻的生理反应，是代表真实的心动吗？

她和舒蔚不一样，她没什么恋爱经验，从小因为性格好不乏追求者，只是都因为这样那样的原因不了了之。还有几个是她的好哥们儿向她告白，可她哪往那方面想过，吓都吓个半死，后来人家也渐渐疏远了。

她有时候好像有点粗神经，但起码能确定，她对郑语的好感是确切的。

而且这种好感找不到什么具体的原因，就像是一块七巧板忽然找到了契合的另一块，从他出现开始，一切都有些微妙的不同。

像有块蛋糕，一眼就吸引住她，似是专门为她准备的。

郑语是主播，平时难免有些忙，而且手游打得少，她也不好意思一直叫别人。

话是这么说——不好意思叫郑语，但是她好意思叫舒蔚。

于是那阵子，舒蔚每天早上都会收到舒然的消息。

“早上好，美好的一天，从郑语准备和我打游戏开始。”

“今天准备叫郑语打游戏吗？（别说是我要求的）”

“今天的哥哥也是如此帅气逼人，让我仔细看看，嗯，差了点什么呢？大概是能叫上郑语打游戏就更加完美啦！”

“十个小时之内，我要看到郑语带我出现在《绝地求生》游戏中。”

就这样，舒蔚每天都得觍着脸去找郑语来打游戏，幸好郑语脾气不差，基本是兄弟间有求必应，每天都抽一个多小时来带舒然。

舒蔚觉得这人不错，有超强的忍耐力，很适合当妹夫，毕竟换了别人，可能早把舒然拉黑了。

打的什么玩意？

那天跳伞，舒然脱离了跟随，跳在离他们还有两三百米的地方。

他们在地下一层搜东西，她在上头蹦蹦跳跳。听她哼着歌，舒蔚就差讲一句“你别乐极生悲”，结果还没来得及讲出口，舒然就开始尖叫。

“我看到人了，啊，他打我了，啊啊啊——”她一边叫一边打人，打死了一个。

舒蔚没来得及松口气，听到自己妹妹又叫唤开了：“还有人，他队友，啊啊啊，我的妈，啊啊啊——”

一阵扫射过后，他听到舒然劫后余生地叹了一声：“好了，队友死了，没事了，没事了，你们不用上来了，我杀完了。”

合着他们在底下听她用声音转述了一场跌宕起伏的战斗经历？

心跳渐稳，镇定下来后，舒然意识到自己刚刚叫得有多么惊天地泣鬼神。

“不好意思，”她一边舔包一边道歉，“我这人一激动就容易控制不住自己，打扰了。”

郑语是真没见过这么打游戏的女生，捏着耳机愣了好几秒，这才笑道：“你真是输出全靠吼啊。”

舒然一听这语气也不像是嫌弃她，心里那点小乌云顿时就消散了。她咬咬唇，说道：“有时候吼也不一定能打死，得看情况。”

“但是叫，一定程度上能增加我杀人的概率，”她认真地道，“我计算过。”

而且刚刚那情况确实太突然了，她都没有准备，才会紧张。

郑语笑了，轻微的气音传到她这儿来。

舒然问：“你不介意吧？”

郑语摇头说：“没关系。”

既然他说没关系，那她就信了。

那点微妙的、难以言喻的、被包容的满足感在心中荡漾开来，她轻轻地哼起歌来。

舒蔚首先察觉，问道：“你心情挺好？”

“那当然，打死了两个人呢。”

那一局结束之后，他们准备再打一局。

上局游戏的最后，舒然也是在舒蔚的数落中度过的，舒蔚说她连个四级包都算不上，顶多算是个会叫的摆设。

四级包说的大概是那种搜房子搜得物资丰富的人，但毫无战斗力，见到人就容易被打死，然后给别人送上自己辛苦搜罗上来的一堆物资。

被人这么说舒然当然不乐意了，她看了一眼房间配置，也开始怼舒蔚：“你凭什么是房主啊？你觉得你有资格吗？”

她本意是想说房主应该给最厉害的人来当，谁知道舒蔚手快，一下就把房主转让了：“行，那我给我亲爱的妹妹呗，毕竟我妹妹这么大言不惭的。”

突然被委以房主的重任，舒然一下还没转换过来，直到进入游戏页面，才发现自己忘了关随机匹配，进来了一个路人，叫“郭明飞上班了”。

那个路人是个健谈的，上来就噼里啪啦扯了一大堆，贫嘴得很。后来他们落地了，在房子里搜物资，舒然那边有个人，绕了半天她都没打死，最后是郑语解决掉的。

“郭明飞上班了”看到这一幕，立刻就笑起来，开始损舒然：“这妹子的枪法也太真实了吧……哈哈哈！”

舒然毕竟是女孩子，而且说话的是个陌生人，上来就讽刺她，还是在郑语面前说这种话，她面子上有点挂不住，也觉得这个“自以为幽默”的嘲笑并不好笑。

她当然不服输，正好瞧着这个“郭明飞上班了”在原地绕了几圈，不甘示弱地回道：“你才是上班上傻了。”

舒蔚在那边给她鼓掌。

然后这个“郭明飞上班了”就怼起了舒然。

舒然唱歌，他说：“别唱了，都是自己人。”

舒然开枪，他说：“你还是让三号来吧。”

结果没说几句，“郭明飞上班了”跑出去打人，不幸地被打死了。

舒然长出一口恶气，嘟囔道：“让你说我，被打死了吧。”

“郭明飞上班了”听到了她小声说的话，竟是死了也不安生，开着麦说她："一看你这样，肯定没有男朋友吧？"

舒然不知道这跟自己有没有男朋友扯得上什么关系。难道她生来的意义就是找个男朋友？不找就代表她人不行？这什么逻辑啊？

她没说话，"郭明飞上班了"又开始了自己的表演，唱道："遇到了也是缘分，我给你点首歌——我很丑，可是我很温柔……"

这种自以为幽默的人讲起话来真是不知道收敛。

已故的"郭明飞上班了"还没说多少，郑语已经杀掉了对面的敌人，游戏结束了。

从结算页面出来，郑语才发现舒然掉线了，舒蔚也发现了。

"你等等啊，我去问问我妹去哪儿了。"

舒蔚打开微信，问舒然："人呢？"

舒然跟他说："我不打了，得做作业了，你们要打你们打吧。"

舒蔚说："行。"

结果没过一会儿，舒然到底意难平，说道："不行，我还是好气啊。"

她不在，舒蔚也没打游戏，和郑语各干各的去了。

这会儿看到舒然说这个，舒蔚问道："怎么了？"

舒然一个电话打了过去。

舒蔚接起来，听到他妹的声音从耳麦那边传过来，似乎真是愤怒极了。

"那个人说我丑，他说我没男朋友是因为长得丑、脾气差！我那是不想找好不好！"

舒蔚一听她说这话，乐了："这种人就是疯子而已，你管他干什么？你以前可没这么脆弱，我妹不应该是很耐受的吗？"

"那不一样……"舒然嘀咕着，"这次郑语在，万一郑语也那样觉得呢？"

那人怎么想她真跟她没关系，无关紧要的人而已。但是在郑语面前，她不想让他听到这种话，以免产生不必要的误解。

她可是还想征服他的好吗？万一他对她产生什么错误的认知，让征服变得更难怎么办？

舒蔚听懂她是什么意思了，在那边笑得止不住："哦，原来是怕你的郑语觉得你长得不好看啊。"

舒然说："你是我亲哥吗？"

“是啊，怎么？”

“那你去给郑语解释一下，就说我不是。”

女孩子在某些方面总是特别执着的，而且在喜欢的人面前被人各种说贬低的话，还真是挺介意……

舒蔚笑道：“你现在不只是脆弱，还特别敏感啊。”

“你知道就好，恋爱中的女人都这样。”

“恋爱？”

“单向的，不行啊？”

“行——”舒蔚拉长音调，“我现在就去给你解释。”

挂断电话之后，舒蔚就带着舒然给的“任务”前去寻找郑语了，开场白非常通俗易懂，是男人间的交涉——

“刚刚随机匹配的那蠢货说的话你别在意，我妹她是殿堂级美貌，世界级仙女。”

郑语收到这条消息，着实是一头雾水。

舒蔚解释道：“刚刚那人说我妹长得丑，你别放心上。”他又道：“小女生嘛，对这种事都很在意。”

那边的郑语笑了两声：“我没当真。”

舒蔚道：“那就行。”

聊天结束，舒蔚把记录截图之后发给了舒然。

舒然看了截图，这才从心梗中恢复过来，继续做作业了。

晚上十点的时候，郑语顺手刷了下朋友圈，最上头的是舒然发的，时间是两分钟之前，分享了几张自拍和他拍，好像是在证明什么一样。

郑语点开看了看，女生确实长得很清秀，鹅蛋脸，杏眼，嘴角上扬。

她似乎比他想象的，还要好看一点。

03.

看完了舒然的照片，次日打游戏的时候，郑语发现舒然把游戏名改成了“殿堂级美貌”，不由得更觉好笑。

这天照例是他们三人四排，打到一半的时候舒蔚去忙什么事，暂时下线一会儿，舒然和郑语在房子里等游戏刷圈。

站在那儿正感觉百无聊赖的时候，舒然想起来什么，问郑语：“我昨天发的朋友圈你看到了吗？”

郑语回忆了一会儿，道：“看到了。”

“看到了你怎么不点赞啊？”舒然发问。

她就是特意发给他看的，还以为他没看到，一晚上点开微信一万次，屏幕差点被她戳烂。

郑语还没听过这种说法，道：“还没这个习惯。”

“好吧……”她说，“那以后看到我发的记得点个赞，代表你看到了。”

他虽不知道为什么，但也不好问缘由，点头应允：“好。”

舒然扬了扬眉，对郑语说的话很满意。

为了试验这个人的许诺到底是不是真的，晚上她特意发了条朋友圈。

不知道内容发什么，她绞尽脑汁地思索了一会儿，最后发了一条无关痛痒的。

等了俩小时，郑语的点赞提示都没来。

舒然气冲冲地给乔亦溪发消息：“呵，当时答应得那么好，现在都两个小时了还没点，肯定是忘了！不点就不点，我再也不会相信男人了！”

刚发完这条，她退出来，看到郑语点赞了。

舒然又给乔亦溪发消息：“他点了！嘿嘿嘿。”

乔亦溪发了串省略号过去。

没一会儿，乔亦溪非常贴心地总结了舒然的心路历程。

“上一秒：他答应我之后竟敢不给我点赞？他怎么还不给我点赞？算了算了，不点赞就不点赞，我不需要他点赞了，我再也不理他了，男人滚吧！下一秒：哇，他点赞了！也许这就是女人吧。”

舒然为自己辩解，义正词严道：“不，是他的坦荡和言出必行感动了我。”

乔亦溪一语道破真相：“不是脸吗？”

又一起打了一段时间游戏，舒然和郑语也慢慢没了一开始的生疏，逐渐熟悉起来。

一熟悉，舒然就忍不住要暴露本性了。

很快，郑语发现她打游戏就是一个又菜又刚的出头型选手。

大多数女孩，要么菜，就躲在房子里不动；要么厉害，冲锋陷阵无所畏惧。

而舒然是二者的结合体，看到人了就往前冲，也不管自己打不打得过；冲不过去的情况下，就探头瞄准看人，最后自己被打趴下。

她真是有一颗不服输的热血战斗心。

那两天，郑语听她说得最多的就是——“有人打我？我看看人在哪儿，嗯？我怎么死了？”

但是舒然依然不放弃心中的英雄梦。

看到人了，只要手上有枪，她的第一反应仍然是冲上前去打。

郑语在那边提醒：“他枪法很准，你小心点。”

舒然反过来安慰他：“没事，我觉得我这次可以打……”

结果话还没说完，人已经“咣咣”几下被打倒，舒然挣扎着往石头后躲，喉咙里那句话转了个弯：“——打扰了。”

最后是郑语过来把她扶起来的，给她丢了点药，站起来和那个人对打。

毋庸置疑，郑语赢了。

舒然连连感叹，然后跑去舔包。

郑语瞧了一眼她的走向，提醒道：“那边还有人。”

本以为吃了刚刚的教训，她不会再往前冲了，谁知道女生居然戳开快捷语音，发送了一句：“我先冲！”

这是游戏自带的语音，是个播音腔的女人录的，满满的郑重其事与十万火急的感觉，听起来就有点严肃过头的滑稽。

而且“我先冲”这一条不是系统默认的，也就是说，这是她自己特意调出来的，就为了展示自己一马当先的决心。

她好像还挺有责任感的……郑语一时略有些情绪复杂。

所以当舒然的人物惨叫一声倒地的时候，郑语并没有太过意外，毕竟她一个人冲得那么靠前，肯定是难以招架那边的人的。

于是郑语又赶过去给她解决她惹出来的事。

旁边有两个人，他本来准备一个个打的，结果舒然倒在那儿，条件不允许，他上前以一敌二，还差一丝血的时候把两个人都杀了，然后来扶她。

舒然好像还挺得意：“我给你挡子弹了。”

郑语沉默半晌，也没有揭穿，只回了一句：“嗯。”

舒然又说："就是现在枪法还不是很准，我会不断进步的。"

"嗯。"

"你相信我吗？我早晚有一天成为战场狙神，真的。"

"嗯。"

舒然对他只有一个字的回复，显然不是特别满意："除了'嗯'，你就不会说别的了吗？"

"好，"郑语都被她弄笑了，说道，"期待你成为狙神的那一天。"

舒蔚冷静地补充道："不会有那一天的。"

想了半天，她忍不住为自己正名："郑语，你别听舒蔚的。他总唱衰我，我还是有很多厉害之处的。"

郑语倒也捧场，问道："比如？"

舒然还没来得及说，舒蔚这当哥的倒是想了想，替她说道："一口气能吃两个荷包蛋算吗？"

郑语还没来得及说话，就听到舒然反驳道："胡说什么呢。

"不是一口气，是一口，一口气我能吃二十个。

"不过一天吃太多鸡蛋不好，我最多吃俩。"

听过特长是唱歌跳舞的，没听过特长是一口塞俩荷包蛋的。见过打游戏菜的，没见过又菜又刚的。

这女孩还真是……颠覆他的认知啊。

郑语正在偷笑，冷不丁听到舒蔚同自己说："下个月你是不是要来P市？我妹他们学校有场篮球赛，你去不去看？"

由于刚刚被颠覆了那么一下认知，郑语便脱口问道："你妹还会打篮球？"

"我不会，看别人打，"舒然清了清嗓子，说道，"人家非常娇弱的，都举不起来篮球呢。"

舒蔚差点笑死了。

提过这么一嘴后，舒蔚又没说更多别的什么，好像是忽然有个什么事要忙，就掉线去处理了。

他掉线之后，舒然就跟郑语说些别的话题。

"你下个月要来P市吗？来干什么？"

"就……你哥邀请我，就去了。"

“喔。”

她没什么话题可说的，半天扯出一句：“那篮球赛挺好看的，你喜欢打篮球吗？”

“打，不过很少。”

“我也是。”舒然附和道。

“是什么？”他偏头问道，“你不是举不起来篮球吗？”

舒然一想也是啊，轻咳一声，笑道：“在梦里打的。”

后来舒蔚不在，郑语也忙去了，今日的游戏时间便结束。

舒然在主页面停着，点开带着红点的各个框，开始跟着指引领东西，结果在某个页面发现了点什么。她昨天顺手给郑语赠送了金币，郑语今天看到了，就也回给她了一份。

点击领取之后，系统自动帮她回送，上面也闪出一个提示：“你与郑语的亲密度上升了2点。”

亲密度……好暧昧的词。

她心尖猛然抽动了一下，微妙的感觉充盈弥漫到指尖，像是偷偷完成了什么秘密交易，她锁了屏，过了一会儿才在黑掉的屏幕里看到自己在笑。

和别人也经常送金币，这样的提示她也不是第一次看到。可是对面的人变成了郑语，好像就变得不一样了，最普通的话都能拨动她的情绪，轻而易举地让她觉得愉悦。

这是由喜欢萌生出的微妙的欢喜。

周五晚上，三个人又一起打游戏，到只剩十几个人的时候，圈缩得特别小，极小的一圈里藏着四队人，枪声从两分钟之前就没断过。

舒蔚看了一下形势，道：“周围有三队。让右边两队先打，我们去解决前面左边房区里的。”郑语“嗯”了一声。

舒然一听到旁边都是枪声，立刻就有那么点激动，但又本能地有点发怵。

她站在窗口，犹豫了一下，自己到底是上前打呢？还是休息一会儿再上前打呢？

郑语站在她旁边，看她这样子，想她会不会又在“我先冲”上蠢蠢欲动，问她一句：“这次想不想活到吃鸡？”

前面几局她都是最先冲的，毫无疑问也是最先挂的，现在这局只剩这三队了，距离吃鸡应该不远了。

只要能忍住一时的手痒，她就可以活到最后，这样也好让郑语完成一次今日带妹吃鸡。

舒然以为他想寻求一点被期待的动力，于是赶紧点头："想啊想啊。"

如果不是做不到，谁又不想活到最后的吃鸡时刻呢？

"那就别往前冲了，"郑语道，"到时候别人用你当诱饵，我们救援的时候就容易全队都被消灭。"

又或者是不用她当诱饵，直接把她先打死，一定程度上又有点灭他们这边的士气。毕竟队友死了也不是什么轻松的话题。

"这么严重啊……"舒然舔了舔唇，说道，"那我暂时先不冲了。"

她在房子里站了一会儿，闲不住，跑来跑去看人，只不过这次比较谨慎，没有开火吸引别人的注意。

四处枪声响起，舒然看到郑语跳了出去。

她忙问："你出去了，那我呢？我怎么办？"

"你……"郑语顿了一下，道，"乖乖躲在我身后。"

04.

舒然这是第一次在打游戏的时候，乖乖待在男生的身后。

因为以前没人这么跟她说过，所以她感觉自己永远得做往前冲的那个。

她看着郑语的背影拐进某个房间，但视线还是没能收回，仍然直直地盯着那一个角，恨不得把那块墙砖盯得脱落似的。直到吃鸡页面弹出，她才如大梦初醒，眨了两下眼睛。

以前她是觉得自己在前面打人也很爽，而且不用靠别人。现在她觉得躲在他身后，好像也有被保护的满足感。

"总算是活着了，"舒蔚在那头感慨，"也让你哥有了点成就感。"

舒然问他："什么成就感？"

"带你吃鸡的成就感，"舒蔚打比方，"就像是拉着一个四肢不协调的人跑及格了八百米。和你没什么关系，主要是男人自己的实力得到了证明。"

"什么呀？"

“你想啊，连带着你都能吃鸡，还有什么做不到的。”舒蔚淡淡道。

那天游戏结束之后，舒然看着手机，就又想到舒蔚那番话。

所以郑语让她躲在他后面，到底是想保护她呢，还是只是想获得成就感？

她好像不太清楚，也分辨不出来。

没来由地，她内心有点纠结。

不久之后，A大篮球赛准时开始，舒然寝室的四个女生拿着票前去。

票是周明叙给乔亦溪的，还多出了几张，舒然就给了舒蔚两张。当时舒蔚问郑语要不要来，郑语还以为她会打篮球，就这么聊着重点就歪了，也不知道他到底会不会来。

舒然早上本来还挂念着能不能跟郑语见面成功，结果中午看到寝室的人都穿上她买的篮球宝贝的衣服，注意力一下就被吸走了，沿路的重点都挪到了衣服上。

所以在入口看到郑语的时候，她是很惊喜的。

少年穿一件黑色的T恤，头发被剪得很短，干净清爽，单眼皮。

她也是第一次觉得单眼皮也能那么好看。

郑语先是跟周明叙打了招呼，然后和舒蔚一起坐到她们这边来。

舒然在原地乖巧地坐了两秒，又按捺不住，余光迎接着郑语的靠近。

他们刚站到这一排，她就抬手打了个招呼：“嗨。”

郑语点头，微微对她笑了一下，算是回应。

舒然收回手，没来由地有点高兴。

有种“网恋对象奔现”的感觉——并且真人没有出现事故，比照片上的还好。

他手腕上有块黑色的电子表，是某个牌子的经典款，她又瞧了瞧自己的手腕，出门的时候她随手抓了一块表戴上，没想到会和他撞了同款，而且她这块还是白色的。

轻咳两声，她装作不经意地把自己的手臂往他那边挪了挪。

那场球赛打得怎么样她不太记得了，只记得自己借着进球的名义欢呼了好几声，但没有一声是和球赛有关的。

她的脉搏跳得好快啊，心里也有个小人一直在叫，幸好这里这么吵，他听不到。

后来球赛赢了，有庆功宴，舒然他们“走后门”去蹭了顿饭，舒蔚和郑语也去了。大家聊天聊得火热，后来还转场去唱歌，包间里讨论得热闹，还夹杂着各种各样的鬼哭狼嚎。

郑语坐在暗影里，见饮料酒上到自己面前，就拿起子开了两瓶，很快酒就被抢光了。

舒然挑了瓶蓝色的饮料酒，清澈通透的蓝，像加过滤镜的海水，在磨砂瓶里起伏摇晃。

她不会用开瓶器，撬了好半天都没撬开，正在她打定主意继续搏斗的时候，手上一松，瓶子被人抽走了。

郑语手托着瓶颈，用开瓶器抵住，轻轻往上一抬，盖子就滚到了桌上。

打开了，他把瓶子放她面前，说：“喝吧。”

她点了点头，接过抿了一小口，问他：“你不喝吗？”

“我点的还没上。”

“喔，”她点了头，第一次觉得自己身体里居然还有点害羞的因子，问道，“那你不去唱歌吗？”

他笑着摇头：“不唱了。”

包厢里很吵，两个人交流需要靠得很近，从某个角度看起来像在交颈咬耳。

他不喝果酒，喝的是啤酒，刚刚在饭桌上喝了几杯，这时候余味漫到她这边，带着冰凉的烟火气。

她手指一动。

刚刚他给她开酒的时候，好像摸到她的手指了。

于是后面半场她都恍恍惚惚、沉沉浮浮，本就有点眩晕的神思被酒蒸腾得更加如身在云里雾里。

舒然晃了晃脑袋，准备出去醒醒酒。她从外头的冰柜里拿出一瓶冰啤酒，在外头的休息台边坐下，脸贴着酒瓶降温，结果被出来催酒的郑语看到。

他看着她有些酡红的脸问道：“在干什么？”

“降降温。”她脸颊的肉被挤出来一小团。

郑语点头：“你们这儿是挺热的。”

跟她说了两句后，郑语去前台催自己的东西：“352 包厢的十瓶冰啤还没送到。”

“不好意思，可能漏了，我们马上给你送过去。”

“不用了。”他抿了抿有些湿润的唇，问道，“酒在哪儿？我自己拿进去吧。”

提了十瓶酒，郑语居然还能腾出一只手拍她肩膀，说道：“还不进去？里面比这儿凉快。”

她后知后觉地起身道：“走吧，进去。”

他顺手把那瓶啤酒扔到自己的箱子里。

舒然赶紧阻止：“哎哎哎，我还要……”

他手指在瓶子上转了圈，没还给她。

“别贪凉。”她听到他说。

这种简单的关切，被不一样的人表达出来就是不一样的。

舒然心满意足，和他一起走进包间。

有冰啤来了，刚刚还半死不活的很多男生又振奋起来，围在一起喝酒。

那十瓶酒是郑语刚从冰柜里拿出来的，但还有一瓶是舒然贴过脸颊的，那瓶跟别的比起来就显得没那么凉，连瓶子外面包裹的水汽都比别的少。

郑语开了瓶酒，也“咕咚咕咚”灌了一大口，喉结滚得很明显。

舒然似乎是看到什么关键点，又转头确认了一遍。

他喝的这瓶，好像是她脸颊刚刚贴过的。

他手捏的位置，应该还有她刚刚“降温”的证据。

莫名其妙地，她的脸更热了。

郑语待了三天就要离开，临走那天，舒然排除万难去机场送他。

因为刚上完课，她还差一点迟到。

舒蔚拖着郑语等她，一路上都在催：“为了等你来，两个小时内我请他吃了三碗面了，你再不来，你哥就要破产了。”

“吃你三碗面你能破产？你少给我装穷。给你报销还不行吗，看你那对妹妹的终身大事一点都不关心的模样！”

舒蔚发来一张价格单，一碗面两百块，舒然默默把自己要报销的消息撤回了。

郑语要登机的前五分钟，她终于赶到了。

郑语看着她，有点被惊到，问：“你怎么到这儿来了？”

“她来送……”舒蔚话说到一半，被舒然捂住了嘴。

舒然笑着说：“我哥有东西掉了，要我给他送过来。”

舒蔚眯了眯眼，心道：是这样吗，我怎么不知道？

郑语倒是没再追问，提着行李箱道：“我要登……”

舒然从口袋里拿出一个小盒子，说道：“这个给你！”

他下意识地顿了一下，问道：“什么？”

“随便挑的东西，你就当是来P市旅游买的纪念品吧。”她说，“这三天麻烦你被我哥烦，我这个当妹妹的心里过意不去，感激一下你。”

舒蔚沉默了，心道：还有比我更惨的人吗？

看郑语还有些犹豫，舒然道：“不贵重的，拿着吧。”

郑语却之不恭，便收下了，打开一看，里面是个登机牌的挂饰，可以挂在行李箱上的。

“谢谢。”他将它挂在自己的行李箱上，说道，“那我走了。”

舒然点点头，满意地目送他离开。

郑语登机之后，舒蔚朝她伸出手。

舒然皱眉道：“干什么？”

“不是来给我送东西吗，什么东西？”舒蔚道。

舒然好好想了一会儿，把自己的手放过去，笑道：“送你一个举世无双的好妹妹。”

舒蔚额角一跳，躲过，道：“别了吧。”

她又从包里拿出一张被向沐撕过一半的餐巾纸，说道：“那送你一张纸，祝你早日为爱情流眼泪。”

舒蔚不是很想接。

舒然跟个过来人似的拍拍他的肩膀，说道：“我都这样了，你什么时候才能遇到真的爱情呢？放下屠刀，立地成佛吧，舒蔚。”

舒蔚有没有立地成佛她不知道，只知道见过面之后，郑语和她的关系又近了些。

比如跳伞的时候，舒蔚看到前面人多，说了句：“前面有三队。”

舒然也讲了一句：“别怕，‘国服第一狙神’在这里，你慌什么？”

结果后来舒蔚看到M24狙击枪，标了一下，道：“要不要？”

他是跟郑语说的，没料到郑语居然主动问了舒然。

郑语问她：“狙神，不捡吗？”

舒然愣了半天，才反应过来郑语是在揶揄自己。

“你变了，真的变了，”舒然连连摇头，“我以前以为你是个害羞腼腆的男孩。”

郑语道：“只是不习惯和不熟的人说话。”

舒然垂眸，出神地想：那现在……他们算熟了吗？

游戏结束之后，舒然借讨论狙击枪怎么打和郑语展开了聊天，她用的是电脑，途中去洗了个橙子，正在揉橙子的时候，手一滑，橙子砸到键盘上，滚了一圈，敲到Enter键，发出了一条消息。

舒然凑近一看，是一串乱七八糟的内容：“@￥#%%我喜欢你855叽叽哇哇9722564。”

这橙子干什么呢？

05.

发觉自己的橙子掉在键盘上，打出了一串奇怪的东西，并包含着“我喜欢你”这个关键词的一瞬，舒然其实是蒙的。

她打死也没想到，这句话第一次出现在自己和郑语之间，居然是在这种情况下。

她没准备好，情也没煽够，郑语还不知道喜不喜欢她，并且橙子还被键盘敲破了皮。

当然，舒然是绝对不会做没把握的事的，也绝不会在这种情况下，冒着可能被郑语拒绝的风险，让意外成为这段感情的绊脚石，毕竟两个人还没到告白的那一步。

于是她眼疾手快地点了撤回。

正当她摸着这个自我闯祸意识较强的橙子，准备吃掉它的时候，看到郑语回消息了。

他秒回，应该是看到了她——不是，看到了橙子“发出”的消息，回了她三个问号。

舒然哽了一下，当然不能说这是橙子掉在键盘上打出来的，说出来她自己都有点不信，更别说让郑语信了。

——如果不是亲身经历，这怎么看都像是告白失败后会找的蹩脚借口，压根就不正常。

于是她灵机一动，编了个正常的借口：“我侄女刚刚玩我手机呢，她跟我展示她最近新学的词。打扰到你了，不好意思啊。”

“新学的词”意有所指，似乎指向四个暧昧的字，但她没点明，也没欲盖弥彰地说第二遍。她只是很平静地道了个歉，一点没有小心思被发现后的慌乱。

由于她的表现太好，郑语当然信了这个理由。

本来也奇怪，好端端的，她怎么会发这种东西出来，一点预兆也没有，这也不符合她的性格，原来是侄女在玩她的手机。

郑语在心里这样想着，发过去一句：“没事。”

舒然松了口气，看来郑语也是信了。她换了个话题：“今天有空吗？吃鸡吗？”

“等一会儿，”他说，“两个小时后。”

舒然联系上下文，非常机智地回：“好，那我再陪我侄女玩一会儿。”

她吃了个橙子，又看了集综艺节目，郑语就来找她了。

“你哥等会儿来，要不要先打？”

现在两个人也不是之前那种生疏的关系了，舒蔚不在正好，她还可以拥有和郑语的二人世界。

她差点就想说“别叫舒蔚了，让他自生自灭吧”，结果还是很窝囊地没发出去，跟他说：“那我们先打！”

郑语带着她进了游戏，准备跳伞之前，她好奇地问他：“这段时间老让你打手游，你会不会很烦啊？”

郑语问道：“怎么说？”

“就……你们不都打端游吗？”她试探着道，“而且我……好像还挺菜的。”

郑语还没来得及回复她，又听她补充道：“去掉‘好像’。”

打游戏这方面，她和乔亦溪一样都很垃圾，就像出厂时被写进了一样的漏洞程序。

听了她的话，郑语莞尔，而后做出回复：“不会，和你打还挺有意思的。

“而且端游打多了，偶尔换换这个也不错。”

他一共说了两句话，但舒然仿佛已经听不到后头的声音，所有的神思都被那句“和你打还挺有意思的”吸住了。

这是什么？这是什么？这四舍五入就是表白啊！

和她打有意思……是不是代表他对她……还是有好感的？

不管这个好感是哪方面的，都足够让她欢欣好一阵子的了。而且，就算这份好感不是和爱情相关，此刻她飙升的肾上腺素也不管不顾，要把它分到暧昧一类。

郑语正在跳伞，听到她那边传来“咚咚咚”的声音。

郑语问：“在干什么？”

“啊，能听到吗？”舒然停下来，有些不好意思地道，“我在家跑圈呢。”

“忽然跑圈干什么？”

——我激动啊。

舒然抿了抿唇，没说实话：“我、我减肥。”

郑语这人优点挺多，容易相信人算一个。

“嗯，”对舒然的话他再次深信不疑，说道，“等会儿停停。”

“怎么？”

“落地了，”他语气诚挚，“不停下来打游戏？好歹是国服第一狙神。”

后来进决赛圈了，气氛又很紧张，一个小小的圈里装了十几个人，舒然跟着郑语跑，他打掉一个圈边上的，然后带着舒然藏身石头后。

那里刚好有个盒子，刚打死的那人物资很多，舒然忍不住停下来忘情地舔着包。

郑语提醒她：“你小心点，那边有人。”

“我马上。”她舔得忘我，琢磨着要不要换把枪。

“安全区缩了，别捡了，过来吧。”

她还没来得及回应，不过是犹豫了一下，就被人打了两枪，血条退到只剩三分之一。

她正准备跑，安全区再次往身后缩小，最后几次刷圈在圈外掉血特别多，又快又狠，她还没来得及跑，就这么挂了。

“刚刚不是叫你跑了？”他想到她方才愣了一会儿，问道，“刚在犹豫什么？没找到我？”

“不是……我琢磨着要不要换个头盔。”

“你是二级头，他也是，有什么好换的？”他道，“我记得你还是满血。”

舒然说：“我戴的是白的嘛，想换个黑的。”

他没听明白，问道：“为什么？”

“感觉黑色的更适合我今天这套服装搭配。”

见郑语那边沉默了，舒然想起自己以前，常常对阮音书她们这种把射击当换装游戏玩的女生嗤之以鼻，结果现在自己也变成了这样，不知道她们知道了会怎么笑自己。

她看着屏幕，有点出神地思忖自己为什么会对这种事变得格外上心。

以前她热衷于把游戏人物弄个黑皮肤爆炸头到处吓人，现在每天收拾得白白净净的，定期换搭配，还换发型。

今天她还因为换头盔没跑进安全区。

可能是因为有了喜欢的人，她也开始看重搭配，想时刻以最好看的形象出现在他面前，哪怕是在游戏里。

由于舒然第一局游戏死得太早，第二局又恰好遇上了同样的场景，郑语看着她在那个盒子前犹豫纠结的时候，便索性道：“你慢慢来。”

舒然愣了一下：“啊？”

郑语缓缓道：“让我们被多一点的人发现，然后你先走，留我一个人被四队夹击。”

虽然知道他也许可以应对这样的棘手情况，但她还是心软了一下，然后跑到他那边去藏好。

末了，她还气鼓鼓地咬牙道：“你对我使用苦肉计？”

郑语笑了一下，说道：“我实话实说。”

事实证明，这个苦肉计还是很有用的，后面的几分钟，舒然都比较听话，没有到处乱跑，也没有放松警惕一个盒子舔很久，而是时刻听从郑语的领导，最后活着吃鸡了。

她以前一直觉得躲在男人背后很窝囊，现在居然觉得看着他的肩膀和背影，也有一番不同寻常的乐趣。

这把游戏结束，她听到他那边一直有振动的声音，问了句：“你那边怎么了？有人打电话吗？”

“嗯。”

“怎么不接呢？打了几个啊？”

“五个。”

“那还是接吧，”她以为他是为了带自己打游戏才不接电话，这会儿忙道，“打了五个，应该是有什么急事吧。”

电话是郑语发小打来的，郑语就不信他能有什么急事，只是大惊小怪，一点小事弄得跟末日崩塌似的。但舒然都这么说了，郑语便接起了电话。

那边的大嗓门男声涌入耳中，跟女生的音量全然不同，郑语蹙了蹙眉，把手机拿得离自己远了些。

“啊！语哥！我这可怎么办啊！怎么办啊，呜呜呜！”

郑语眉头没松，问道：“又发生什么了？”

“我失恋了，我好痛苦，好煎熬，好困顿，救救我。”

“失个恋你哭成这样？”

他没挂游戏里的语音，舒然自然能听到他说话，在那边道：“失恋也是很痛苦的，你要用包容的心去安慰。”

“行，”郑语捏了捏鼻梁，回她，“我包容。”

他这么一包容，对面变本加厉讲了二十分钟还没完，连哭带号，很明显是没什么好说的。

舒然见郑语没怎么说话，觉得是自己在不方便，毕竟很多话不方便当她面说，于是道：“你先安慰你朋友吧，安慰完再说，我先下了啊。”

接着她就退出了游戏。

她退出之后，郑语才冷冷地问对面那人：“讲了一堆废话，你到底想怎么样？”

这人怎么样他再清楚不过，失恋痛苦是假，为了制造自己痛苦的假象有求于他才是真。

那边果然立刻“破涕为笑”，说道：“带我打打游戏呗，我们好久没打游戏了！”

郑语长叹了一声，没说话。

“手游，就两把，我们开模拟器打，”发小咳嗽两声，说道，“我保证，我求求你，看在我失恋的分上……”

刚说完这些话的时候，发小的邀请信息也跟着过来了。

他无奈，看舒然已经下了，便只好接受邀请，说道：“只打两把。”

“得嘞！”

他直接被拉进去，系统自动点了准备，进入游戏之后二十秒，他才发现队伍里还有俩女生。那两个女生应该是一个寝室的，还在聊天。

郑语问发小：“你随机匹配队友了？”

“没有啊，我带的一号妹子，二号是她室友，听说有大佬在，就来了。”发小嘿嘿笑，疯狂暗示，“有妹子还不好啊？”

听了一会儿，郑语明白了，一号是发小分手后新找的一个暧昧对象，二号室友暂时无主。

一号四号在互撩，二号妹子听了会儿也有点蠢蠢欲动，刚好看到郑语一个人灭了一队，赶紧夸奖：“三号小哥哥好厉害啊，声音也好听。”

发小一听，说道：“还没女朋友呢，长得特帅。”

“真的啊，有多帅？”

“特别帅，可以靠脸吃饭的那种。”

二号妹子一听有点心动，跑到郑语面前朝他抛桃花枝：“那……三号小哥哥，加个微信吧？”

郑语放在键盘上的手指顿了一下，看到地上的黑色二级头，莫名想到了舒然。他说：“微信人满了。”意思是不加。

发小恨他不解风情，说道：“满了删一个不就行了吗？！”

郑语没回，算是无声拒绝了。

只是没想到他的抗拒态度已经很明显，可那个妹子并不气馁似的，一路上都在找他讲话，一直跟在他后头。大概是大佬得来不易，她不愿轻易放弃。

而另一边，当舒然一看手机，发现半个小时过去之后，她琢磨着郑语那边应该完事儿了，准备给他发条消息。

发消息之前，她先登上了游戏，结果发现有一个好友在线，点开一看，居然是郑语。

他不是在安慰失恋朋友吗，怎么忽然上来打游戏了？不是约好等会儿和她再说吗？难道他是觉得……今天陪她的时间已经够了，所以进入了自己的时间？

舒然心里有点不是滋味，点开观战，想看看他在做什么。

他打的是四排，死了两个，还剩一个妹子。妹子全程跟在他身后，不像是完全不认识，因为郑语一个人都习惯打单人四排，不会和别的人一起，何况这妹子还跟他这么紧。

搞什么啊……她等了半天，一上来居然发现他在带妹。

他刚刚还和她说什么“和你打很有意思”，高高兴兴地在那儿跟她开玩笑聊天，还对她用苦肉计——这分明是认定自己在对方心里有一定分量才敢用的。

她现在的感觉，就像是以为自己站到了游乐场门口，结果发现是自己弄错了，其实她连去游乐场要坐的那班车都没坐上。

舒然撇撇嘴，不打算再给自己找不痛快，退了观战模式进去训练场发泄。

呵，男人说的话就没一句能信的。

她进训练场两分钟之后，郑语打完被强行要求的一局，就退了出去。

发小给他发消息：“不是还有一局吗？”

他说：“不打了。”

不是所有女生在他耳边叽叽喳喳他都能接受的。这一局他打得并不痛快。

他正准备跟舒然说自己忙完了，一侧头就看见她正在训练场里。他点进去一看，发现她正开着车直直地冲进河里——像在发泄。

车进了河里，她沉底了，正当人物快要窒息的时候，她才慢慢浮了起来。

郑语看得一头雾水。

她看起来也不像是在练车，毕竟没人会直直地往前开车，跟找死似的。

过了会儿，她从水里爬上岸，虽然是隔着屏幕，什么直观感受都没有，但他莫名觉得这个场景很熟悉，就像是复仇题材电视剧里，原配受尽苦难重生之后准备报复渣男和小三。

舒然拿枪，走到靶子前。

郑语一开始没懂她在乱打什么，过了一会儿才发现，她打的是“ZY”两个英文字母，可能是他的名字。

紧接着，她又打出“WHKAD”，他想了半天，才记起这是他刚刚打的那局游戏里，一直找他说话的二号名字的字母缩写。

什么意思，她看到他刚刚那局了吗？她现在在做什么？练手？练习压枪？散射？

郑语正奇怪的时候，发现她换上能装五十发子弹的枪，然后对着那块写了他和二号名字的靶子，一顿操作猛如虎，都快把靶子打穿了，打得那叫一个畅快淋漓。

紧接着，她掏出手雷往那里扔去，把那块靶子炸了个稀巴烂。

06.

后面，郑语又目睹了舒然用尽五百发子弹，集中全身力气去把那块写了他和那个妹子名字的靶子乱打一通，千疮百孔才罢休，然后她退出了训练场。

一退出训练场，她就看到郑语朝自己发来的组队邀请。

她看着那个邀请发了好一会儿呆，直到第一次邀请自动失效。

然后他发来了第二次邀请，她点了“接受”。

“解决完了吗？”

他简单应着：“嗯。”

她没什么情绪地扯扯嘴角，问道：“带妹很快乐吧？”

郑语没懂她怎么就这么想了，说道：“什么？”

“没什么，”她轻咳一声，撇撇嘴，“你是不是很喜欢带妹？”然后又自己哼了一句：“男人应该都喜欢吧。”

郑语皱了皱眉：“我不喜欢啊。”

她哼哼唧唧道：“骗子，大骗子。”

郑语感觉到有点不对劲，问道：“你……怎么了？”

“看不出来吗？我不高兴啊。”她想也没想就脱口而出。

“为什么不高兴？”

“你不是说你不喜欢带妹吗，那——”

刚刚说得太快，她现在才察觉到不合时宜了。她又不是他女朋友，哪能管这种事？

所以舒然只是咳嗽两声，说：“那我算什么，男人吗？”

郑语哽了好一会儿，没想到她会这么说。她是把自己也归到“带妹”那一栏去了？

郑语思忖半晌，道：“也不能这么说。”

“怎么？”舒然声音提了一些，“我在你心里难道连男人都算不上吗？。”

“你能不能别这么极端，”郑语停顿一会儿，继续说道，“带你应该不算带妹，但也不是带兄弟。”

舒然嗤了一声。

最后这句听着，不知道的还以为他后头会冒出一句“是带女朋友”呢。

二人开了局游戏，郑语没有提起叫舒蔚的事，舒然自然也没破坏气氛地去提醒。

开局三分钟后，她问：“你那失恋朋友还会给你打电话吗？”

“不会了，他只是想让我带他打游戏，”郑语道，“刚刚陪他打过，他就消停了。”

她挺想问他那失恋朋友是女的吗？可又觉得太刻意，好几个问句在脑海中盘旋着，最后她问出来一句：“要不要我帮他介绍一下？”

如果失恋朋友是女的，需要介绍男性朋友，郑语肯定会说她帮不上忙。

如果那人是男的，需要女生，郑语可能会说可以一试。

尽管不知道刚刚那个“我很可爱的”的二号到底是何许人也，但她还是想一问，就算可能会失望，也比不明不白要强。

她问完之后，郑语回复道：“不用了。”

舒然心一紧，问道：“朋友是女生吗？”

“不是，男的，”郑语哪知道她百转千回的心思，道，“他谈恋爱很不认真，比起介绍，你还是看牢身边的朋友比较好。”

“啊……好。”她抿抿唇。

没来由地，她心情又好了一些。

万一那个女生真的是随机匹配的呢？这也说不准。

她把之前乱七八糟的想法都晃出脑袋，反正发泄也发泄够了，现在还是好好打游戏吧。

“国服第一狙神”落地捡到一把98K，所有事情先抛到脑后，她准备专心练习一下这把枪，毕竟也不能白吹牛。

恰好碰到旁边有人，捡了点子弹之后，舒然就跑到房子二楼，开镜，瞄准。

找了半天才找到那人在哪里，她正准备开枪，那个人先把她打倒了。

郑语从提示里看到队友倒地的提示。

“你在哪儿？”

“你隔壁，房子二楼。”

他过来救援她，救完之后，舒然打了药，站起来，继续瞄准。

她可是不甘白白中弹的，非要打到那人一枪不可。

经过“国服第一假狙神”孜孜不倦的努力，舒然终于打中了一枪，但是别人比她准得多，一枪爆头后，她又倒地了。郑语离她没太远，又跑过来救她。

这次打满药之后，舒然再次从窗口探出枪，开始练习。

就这样，她又连续倒了两次，对面的人也跟她玩起来了似的，就站在那里跟她对打，享受着她倒了四次的过程。

第五次身残志坚地站起来时，舒然看到郑语没走，以为他是准备出手了。

反正她也打得差不多了，水平还这么差，他大抵是真的看不下去了。

结果她等了一会儿，郑语也没动。

丢了些包里没用的药品之后，郑语发现舒然正对着自己。

她问他：“你不打吗？”

郑语回：“你打吧，我就在旁边看着。”

“看着？”

“你倒了我扶你，”他知道她的意图，徐徐道，“我们在圈中心，暂时不用转移，你可以先练习。”

“我们俩一起在这儿啊？那后面要是来人了呢？”

“我打，”他道，“你专心练狙。”

后面果然是这样，舒然和对面的人对狙，她倒了他就扶她，后面来人了他就打掉，以保证她不分神，能专心练习，并且还在一旁告诉她准心要放在哪里才能精准爆头。

舒然从没想过大佬居然在这儿带她练习，并且还扶她给她扔药，这简直是想也没想过的神仙待遇。

他的关照成为压力，压力变成动力，舒然心上仿佛燃烧起一簇火，坚定了必胜的决心。

——伴随着如有神助的两声枪响，她把那个人打倒了。

由于那人没有队友，所以是直接死亡，连被扶的机会都没有。

舒然兴奋得几乎跳起来："我打死他了！"

郑语似是被她感染，笑道："看到了。"

"我好厉害！这是有纪念意义的一枪，标志着一颗狙坛新星正在冉冉升起，"舒然感觉自己也太厉害了，但也不忘把功劳分给郑语一点，说道，"当然，你也功不可没。"

"不敢。"郑语在那边笑了笑，这时候还不忘揶揄她，"还是我们狙神领悟力超群。"

——还是我们狙神领悟力超群。

当时的舒然被喜悦冲昏了头脑，没反应过来，在晚上入睡之后，今天发生的一些事情在脑子里过了一遍，她才察觉到这句话里独特的两个字。

舒然蓦地从床上坐起来，因为起得太快，头顶撞到天花板，发出"砰"的一声闷响，通过墙面传到四方。

睡着的乔亦溪吓了一跳，茫然道："怎么回事，地震了？"

舒然没回话，因为她此刻的心情已经不是语言可以描述的了。

即使是听者有心，"我们"这两个字的韵味，也只有身在其中的人知晓。

晚风吹拂，她盯着天花板盯了很久，不知道什么时候睡着了。

由于前一天睡得迷迷糊糊，中途还醒了两次，所以当舒然第二天在校门口发现一个熟悉身影的时候，她没反应过来。

她走过他身边，走出去几步之后才有些犹疑地转过头，盯着他那张脸确认了整整二十秒。

"郑语？"

她得到他点头的肯定。

他今天一身运动服，整个人看起来休闲随意，不像是远道而来，像住这附近来晨跑的。

舒然还在惊愕中，伸手掐了一下自己的手背，问道："你怎么到这儿来了？"

为什么自己会跑到这儿来，其实他也不太清楚。

郑语思索片刻，给出回答："散步。"

"散步？！"舒然瞳孔有点失焦，感觉更魔幻了，问道，"你从 W 市散步到几十公里外的这里？”

“走到机场，就顺便坐了个飞机。”他说。

舒然张了张嘴，居然没说出话来，好半天才调整好自己的语言系统：“就……只是来看看吗？坐了这么久的飞机，就是为了过来散步？”

他抬起头，又道：“也可能是想吃你们学校门口的烤鱼。”

他今天过来的原因很简单，早上散步到机场，打开手机一看刚好有趟飞P市的航班，他就来了。

好像冥冥中有点要做的事在指引着他。

舒然一听烤鱼，明白了。

这家烤鱼的确不错，有很多毕业生每年都会坐车回来吃一顿。

她打了个响指，扬起脸道：“那走吧。”

“去哪儿？”

“带你去吃烤鱼啊，你不是特意来吃的吗，”舒然笑说，“上次你来我也没招待你，走吧，今天然总带你逛A大。”

说完，她转身往烤鱼店走去，也没给他拒绝的机会。

两个人运气好，进了店，刚好只剩一张空桌子了。舒然轻车熟路地拉开椅子点菜，郑语坐在她对面，看她脑袋随着店内音乐节奏轻点，缓缓地扫着菜品。

后面的人在讨论什么，讨论得很大声。

“他就是改不掉，昨天又带妹带到半夜，气死我了。”

“我发现很多男人真的就是对带妹情有独钟，因为可以撩吗？男人的天性吧，你别生气，他带的那个妹子长得好看吗？”

“不好看，还没我一半好看！所以我更生气了！是我不好吗，为什么不带我要带别的女人？！”

郑语听了一愣。

看着对面的人，他忽然想起她昨天也说了和“带妹”相关的话题，而且当时语气似乎也不是很好。

他那时候一头雾水，这下听了后面人的话，茅塞顿开地想着，她把他和那个妹子写在靶子上打，是不是把那个人当成他带的妹了，所以才问他是不是喜欢带妹？

想到这里，他觉得有必要说一下。

舒然刚下好单，转头就听到面前的人说："昨天那个女的……"

"哪个？"她一时没转过弯来。

"你把我和她一起写在靶子上的那个。"

舒然愣了几秒，惊诧地道："你看到了吗？"

"嗯，不过不重要，"他直入主题，"她不是我带的妹，是朋友带的妹的室友。"

话说出来的这一瞬，他心里想着，自己过来有可能就是为了说这个的。

舒然盯了他好一会儿，感觉语言系统又瘫痪了，费力地思索半天之后，才挤出一句："跟我说这个干什么啊……"

可她心里还是有一点小小的、微妙的窃喜。

郑语只是道："怕你误会。"

"误会什么？"

"误会我带她。我没有，也没有加她微信。"

舒然挠了挠下巴，问道："她想加你微信？"

"嗯，我没同意。"他低头看手机，不经意地回。

"挺好的，"舒然又掩饰性地咳嗽两声，补充道，"男孩子出门在外，要保护好自己。"

快吃完的时候，舒然去上厕所，手机还摆在桌子上。

他其实没打算看，不过手机屏幕亮了一瞬，加上手机又是横着摆的，他随便扫一眼就读出了大致的消息。

刚开始不以为意，直到把信息又在心里过了一遍，他这才难以置信地再确认一遍。

"和郑语吃饭呢？那你抓紧机会啊，说不定能一举拿下，结束你的单身生涯。"

这句话是什么意思，他想自己大概能明白。

一举拿下，还能结束单身生涯的，除了男朋友，没有别的了。

联想到之前训练场那些发泄的子弹，他想，这是不是代表她有可能喜欢他，所以看到他带妹会不高兴？

舒然回来之后他也没急着询问，只是跟着她又逛了一圈A大，这才准备离开。

因为来得太匆忙，他什么换洗衣物都没有带，只能赶晚上七点的飞机回去。

舒然再次送他到机场。

上次和他面对的时候，她还很紧张，但这次已经好很多，大概是这些天的了解让他们贴近了不少，一切不再充满未知。

他本来不想让她送，无奈她执拗，他也只好后退一步，叮嘱她回去要注意安全。

“放心吧，我对这儿熟得了如指掌，不会有问题的。”她拍拍手掌。

郑语上了飞机，等待起飞的时候，给舒蔚发消息。

舒蔚隔了一会儿才回：“什么事？”

他道：“她有侄女吗？”

顺着那条意外看到的消息往前想，他忽然想到她发来的那串内容为“@￥#%% 我喜欢你 855 叽叽哇哇 9722564”的神秘符号。

彼时，她说是她侄女乱按的，但又不好说真假，让他不得不探究。

舒蔚很快回了：“舒然吗？她哪有侄女，没有啊。”

郑语继续追问：“真的？”

“你还怀疑我？我跟你说过假话吗？这种事有必要说谎？”

舒蔚又问：“发生什么了？”

郑语道：“她上次给我发消息说喜欢我，后来告诉我是她侄女瞎按的。”

舒蔚的消息很快发过来：“哈哈哈……”

“她说的话别都信，信一个就行了。”舒蔚道。

郑语问他：“信哪个？”

那边的回答很简单：“喜欢你。”

郑语看着这条消息，愣了许久。

舒蔚意识到自己一时嘴快，赶紧又说道：“我胡说的。”

他又替自己妹妹试探：“如果，我说如果，如果她真喜欢你呢？”

郑语好好想了一会儿，然后说：“那挺好的。”

因为，他好像也喜欢她。

从一开始打游戏时单纯觉得她好玩，到后来慢慢和她亲近，开她玩笑、让她躲在自己身后，好感的升温是在不知不觉中实现的，他现在想要照顾她，愿意为她付出时间和精力，只要她需要。

太久没和她见面，他居然有点想见她。

坐飞机坐了一个半小时，郑语到家时已是晚上九点，他给舒然打了个语音电话。

舒然接起，那边的背景音有点吵闹，不像是在寝室。

“喂？”

“我到家了，”他说，“你在哪儿？”

“我在星巴克吃新推出的培根卷，吃完就回去。”

“嗯，那你早……”

他话没说完，被她那边的声音打断了。

有男生的声音透过耳麦传来：“那个，小姐姐，可以问一下你的微信号吗？”

“嘟”的一声，她那边的电话挂断了。

郑语看着退出通话界面的手机皱眉——她挂他电话，不会是为了给别人扫微信号吧？

“真的不好意思，我不是故意的！”

面对着旁边人的连连致歉，舒然说着没事，然后拿起纸巾擦袖子。

刚刚她正在和郑语打电话，来了个要微信的不说，旁边还有个女生弄倒了杯子，水泼了她一手，慌乱间她不小心把电话挂了。

这会儿她擦干净了手指和袖子，随便扯理由打发走了那个要微信号的，起身回宿舍。

她拿起手机一看，发现郑语五分钟前给她发了个问号。

一分钟前给她发了个问句：“你给微信号去了？”

舒然眨眨眼，虽然没给，可就是想逗逗他。

于是她说：“怎么了？”

郑语问：“真给了？”

她舌尖抵在上齿关笑，慢悠悠回：“你觉得我是给，还是不给呢？”

“当然不给。”

“不给也行啊，”她心跳开始加速，问道，“那你为什么管我这些？”

一秒，两秒，三秒。

十秒过后，手机收到新消息。

“因为……”

“@￥#%% 我也喜欢你 855 叽叽哇哇 9722564”。

07.

舒然边走边看消息，走到门口时看到这一条，霎时愣住，门也忘记推了，就站在门口看着郑语发过来的这句话，其实就是她当时失手橙子砸到键盘上打出的句子。

正当她在酝酿如何回复的时候，她发现郑语也把那条消息撤回了。

舒然更蒙了，用三个问号表达了她心中的不解。

郑语道：“我家猫踩到键盘了。”

她很警觉地问道：“你到家了吗？”

“到了。”

然后，郑语拍了个家里的视频发给她。

舒然咬牙切齿地盯着屏幕盯了两秒，怎么看都感觉自己被人整了，和她发了差不多格式的消息，又找了个猫踩键盘的理由，再堂而皇之地撤回。

男人真记仇。

不过，虽然消息撤回了，也不知道是不是他发的，但二人之间到底是有什么不一样了。

毕竟关于昨天带妹的事，他明明可以不解释的，但是怕她误会，他还是特意说了缘由。

所以舒然也没太纠结这句“我也喜欢你”到底是不是真的，毕竟感情嘛，都是循序渐进的，郑语现在懂得照顾她的情绪，她已经很满足了。

许是察觉到她太久没回复，郑语问：“到寝室了？”

舒然看了一眼脚下的路，回答：“快了，还有十分钟。”

“等会儿打不打游戏？”

舒然当然是想打的，不过想着他才下飞机，道：“你跑了一天，不累吗？”

“不累，飞机上睡过觉了。”

“好啊，那就打，等我十分钟，回去了喊你。”

“好。”郑语又道，“我去喊你哥。”

舒然举着手机看了一会儿，才发了条语音过去：“非要叫舒蔚？没有舒蔚你不能打游戏是吧？”

郑语在那头呆了半晌，也回了语音：“我以为是你想叫，因为以前每次你都会叫他。”

“以前是以前，现在……”

说到这里，舒然不知道该怎么继续说下去了，想删除，结果手滑还是点了发送。

怎么说，难道要说以前是因为怕冷场，现在舒蔚已经没有作用了，她想享受二人世界？

郑语道：“现在怎么样？”

“现在……舒蔚忙啊，最近在谈并购生意。”

由于比较心虚，她没底气发语音了，又换回文字消息。

郑语回她：“行，那就不叫了。”

于是他就真的没有叫舒蔚。

舒蔚并不知道自己这个牵线搭桥的已经被过河拆桥了，还在琢磨郑语飞机上的那句“那挺好的”到底是什么意思。而另一边，舒然已经和郑语愉快地打起了双排。

她提议：“我们打雨林地图吧，不想打海岛。”

“为什么不想打？”

“长得不好看，还穷。”

他在那边笑了两声，把地图换成了雨林。

这次他跳的地方很不错，舒然在里面搜了几分钟，物资便变得丰富了。

她看着自己被装满的三级包，跟他说：“我有股不好的预感。”

“什么？”

“一般我一开始特别顺利，捡到好东西的话，就会死得很惨。”

——万年不变的运气守恒真理。

郑语问她：“捡到什么好东西了？”

“很多药，五个急救包，五瓶止痛药，三瓶饮料。”这些都是用来回血的。

“这就是好东西了？”

“药很多我就有安全感，”她反问，“这还不够好吗？”

“不够。”郑语说，“你过来，给你看看真正的好东西。”

她跑到郑语那儿去，发现他给她丢了一个医疗箱和两个肾上腺素。

普通的药品只能打满一部分的血，而这两个东西，一个就足以打满血和能量条了。

尽管对她来说，医疗箱和肾上腺素都是不敢奢望的、可遇而不可求的好东西，但她还是忍不住贫嘴。

“我裤子都脱了你就给我看这个？”

“什么脱了？”

“没、没什么，我说我那个，我家窗外树枝都脱落了，然后你刚好给我看这个。”她急中生智，胡扯一通。

“树枝脱落和我给你看这个有什么关系？”他似乎不打算轻易略过这个话题。

舒然一哽再哽，然后坦白道：“我也不太清楚。刚刚说话的是两分钟前的舒然，两分钟后的舒然无法解释这一切。”

郑语顿了好一会儿，无奈地笑了。

后来两个人开车进圈，正好碰上有空投在不远处落下，郑语自然就开车过去捡空投了。

由于她坐在副驾驶位，所以下来比他快，第一个舔了空投，拿了三级头三级甲，还捡了里面的突击步枪。

后来她拿枪打人，几枪都没打到，结果郑语三两下就解决了。

不应该啊，这是空投枪，应该很好用的才对。

她问郑语：“你拿的什么枪？”

“M416 和 M24，怎么了？”

“没什么，就……”她想了半天，不想承认是因为自己菜，随口道，“觉得 M416 配不上你，M24 也配不上你。”

郑语道：“那什么配得上我？”

她想也没想便道：“我啊。”

“什么？”

“不是，我是说，只有我手里的这把枪才能配得上你，空投枪才能匹配你尊贵的身份。”

她虚抹了一把额头上的汗，感觉自己这个放松状态下极易张嘴就来的毛病是改不掉了。

好在郑语也没继续和她纠结这个问题，她为了行为匹配语言，便把自己的枪扔给了他。

他却摇头道：“你拿着吧。”

“为什么？”

“不想要你的枪。”

——那是想要我吗？

舒然舔舔唇，倒是识趣地没说这句话，问道：“打不惯吗？”

“也还好，主要是打得少。”

不过这把空投枪伤害力的确是很高，舒然拿它在五分钟之内杀了两个人，心道自己是不是进步了。于是当发现前面有人的时候，她也觉得自己能搞定，一马当先地冲上前去。

然后悲剧就发生了。

她被两队夹击，在树后变成了一个方方正正的小盒子。

“还是逃不过命运，”她哼起多年前某部韩剧的歌曲，“只要开局走大运，后面就会倒霉。”

“是你自己吓自己。”郑语道。

舒然看着屏幕里的郑语，忽然严肃地叫他：“郑语。”

“怎么？”

“我要整个《绝地求生》给我陪葬。”

而后又观战了几分钟，看他打得这么猛烈，她不免觉得遗憾：“为什么我死了你还活着，为什么你还活得这么好？”

她现在是真的胆子大，连这种话都敢跟郑语说了。

第一次跟他打游戏的时候，她还是比较矜持，死了也不好意思让他来扶，而现在居然敢“数落”他了。

郑语非常从容地回她：“为了让整个《绝地求生》给你陪葬。”

“好吧，这个理由勉强可以接受。”舒然咳嗽两声，说道，“替我血洗《绝地求生》。”

最后，郑语也真的让整个《绝地求生》替她陪葬了，她虽然死得早，但也吃了鸡。

舒然看着页面，心里窃喜：这怎么还有点帝王宠爱的味道呢？

她还在那儿回味，听到郑语问："明天上午有没有课？"

"有啊，我只有周四一整天是没课的，周五上午也有课。"

周四，是后天。

郑语在心里算了一下，然后说"好"。

刚刚之所以说"我也喜欢你"那句话是他的猫踩的，是因为他觉得有些话还是当面说比较好。今天什么都没来得及准备，还是后天再去一趟吧。

舒然觉得有些奇怪，问他："问这个干什么啊？"

"没什么，就问问。"

"噢。"

舒然本觉得今天的郑语已经够无厘头了，结果第二天晚上打完游戏，又收到他的消息。

是一张图片，拍的是她送给他的那个登机牌，放在他的键盘上。

舒然回："怎么了？"

郑语道："没什么，就是刚刚清理东西看到了，顺便发给你。"

"你忽然清理你的行李箱干什么？"

"明天要去 P 市一趟。"

舒然感觉这也太突然了，问道："怎么又要过来了？来吃鱼？"

"不是，有别的事情。"

既然他说有别的事情，也没说是什么，那和她应该没什么关系，舒然便没太上心。

第二天，她八点就醒了，准备出去买早餐。

由于天气比较冷，她新买的发热鞋垫又到了，往靴子里垫了一个，便出去了。刚开始的温度确实刚好，五分钟之后，就觉得太热了。走到宿舍楼底下的时候，那东西已经特别烫脚了，跟刚倒出来的开水似的。

舒然走也不是，停也不是，整个脚掌压下去也不是，弓起来走路也不是，头一次感觉用双脚行走是这么难受。

正当她想着如何走回寝室时，面前忽然有声音传来："你在练踢踏舞吗？"

舒然茫然地抬头，看到了郑语那张脸。

喜欢是喜欢，但现在不是沉迷美色的好时候。

她现在已经被烫得没什么思考能力了，问道：“你怎么在我们宿舍楼下？”

郑语喉结滚了一下，没说出话。

舒然克制了一下脚底的烫意，说道：“找不到地方了？”

“什么地方？”

“你来P市准备去的地方啊，”她思索片刻，说道，“附近有一个很大的宠物集市，周明叙经常去那里给猫买东西，你是不是也准备给你的猫买点什么？”

郑语看着她，半晌方坦白道：“我没有猫。”

“啊？”

“和你没有侄女一样，我没有猫。”他手放在口袋里，说道。

舒然感觉自己心跳加速，张了张嘴，发出一个音节：“那……”

好像有喜悦和兴奋电流一般袭上神经末梢，迅速地蔓延。

郑语上前两步，说道：“那天的句子，是我自己打出来的。”

那句喜欢她，是他自己打的。

这个消息让她无意识地扬起嘴角，本还迷糊着的眼，一下就清明了起来。

舔舔嘴角，舒然的目光乱晃了一下：“可是我那天无意发的那段话，真的是我的橙子砸在键盘上敲出来的。我怕说了你不信，才说是我侄女打的。”

居然……真不是她手打的？他感觉自己上当了。

郑语蹙了蹙眉，感觉有一瞬的紧张，喉咙口发干，问道：“所以你不喜欢我？”

“倒、倒也不是吧，”她张张嘴，想了半天不知道怎么回答，最后只说出一句，“我喜不喜欢你……你感觉不到吗？”

郑语看着她，像吃了颗定心丸，终于又放松下来。

舒然问道：“你来这里，就是为了跟我说你没有猫的吗？”

他点点头：“觉得在网上说，不太好。”

“所以……”

惊喜来得太突然，她也不知道该说什么了。

郑语见她半天不言语，决定由自己再开头：“昨天给你发的那张图片，你再拿出来看看。”

舒然拿出手机，打开图片，研究了半天才发现其中的玄机。

那个登机牌没什么玄机，只是它放在数字键盘上面，键盘内本该正常排列的数字被人为打乱，被映照在登机牌里的正好是三个数字——520。

她看了好半天，觉得应该感动吧，可又觉得……有点好笑。

她想问他这种奇怪的告白方式是在从哪里学来的，结果一张嘴，比问句更先发出来的是一串清脆的笑声，并且一笑就收不住了。

郑语看着她，没想到她的反应是这样的，禁不住蹙眉道："别笑了。"

舒然正色，抿了抿唇，强忍着笑意说："这都什么年代了，还有人用这么古老的方式告白啊？"

说完到底是没绷住，她笑得肩膀都在抖。

"别笑了。"郑语又重复一遍。

"对不起，"她说道，"但是，哈哈哈……这实在也太好笑了吧。"

她笑了一阵刚直起腰，面前落下一道暗影，余下的话被他封在唇里。

郑语的嘴唇紧紧压住她的，声音暧昧朦胧地飘逸在吐息里："都让你别笑了。"

听起来有点恼，有点怒，又好像有那么点满足。

舒然弯着眼睛，顿了一会儿，难得听话地没有再笑。

她放下手里的东西，回抱住他。

远处传来鸟鸣，头顶枝叶飘摇。

她想，再没有比喜欢的人喜欢着自己更美好的事情了。

◖◖○ 番外 可不可以

01.

七月初的日光亮得刺眼，直直照在手机屏幕上，连带着屏幕中的画面都有点模糊不清。

向沐已经盯着消息旁的红点看了整整三分钟。

站台涌动着熙攘的人潮，整个场区宛如一个巨大的蒸笼，就连吹过来的风都燥热不堪，感觉不到丝毫凉意。

向沐手机又振动了一下，收到了一条新消息，是舒然发过来的。

“沐啊，我刚刚看了部特好看特感人的片子，必须得安利给你，男主的颜你肯定喜欢。”

她心情算不上很好，连朋友跟她推荐好看的电影都无法消除她心里的郁结。不过她还是看了舒然发过来的电影名，问了句：“什么题材的？”

对面的舒然思索了好一会儿，说道：“应该算海军题材吧……浪子回头那种。”

浪子回头。

她觉得今天自己是跟这四个字过不去了。

想到自己刚刚发消息却被拒收的画面，她下意识紧了紧放在行李箱拉杆上的手指，百感交集——这碰到的到底都是些什么事儿？

许是因她有好一会儿都没回复，舒然又给她发了条消息：“怎么，你不感兴趣啊？你信浪子回头吗？”

这次，向沐回得很果断：“不信。”

不只是不信，她现在看到这四个字，还有点不适。

就在十分钟之前，她进A大认识的第一个朋友，因为这四个字和她闹掰了。

姜艺是她在这座城市遇到的第一个校友，因为两个人搭了同一班地铁，又恰好是A大同一个专业的，很快就有了共同话题。

后来报到是两个人一起的，找寝室也是她们一起找的，就连后来各自有了室友，也常常一起出去玩。

向沐其实是很看重这段友情的，大概是因为它比较有纪念意义，结果姜艺被丁玄追上了。

要问丁玄是何许人也，很凑巧，是向沐上大学后的第一个男友。

报到那天丁玄是志愿者，为她鞍前马后嘘寒问暖，又是帮她挂帐子又是给她画地图，在刚进大学的小雏鸟面前，这样关怀备至送温暖的学长，是非常有吸引力的。

于是向沐就和他恋爱了，恋爱的时间不太久，算她幸运，提早发现了这渣男的真面目。这个渣男不仅同时劈腿好几个女生，还借钱不还，差点骗走她好几千块钱，幸好后来舒然和乔亦溪帮她要了回来。

不仅如此，这渣男还给每个女友都送一样的爱心水晶，故得名“水晶渣男”。

向沐本来觉得，这么一个渣到骨子里的男人，骗骗刚进来的大一学妹就算了，时间一久肯定也藏不住了，会被千夫所指。不管怎么着，她身边的朋友是肯定不会上当的。

结果她今天就惨遭打脸。

姜艺才给她发了段情难自抑的文字，内容如下：

“想了很久，还是决定和你说这个消息，我和丁玄在一起了。其实也没什么好遮掩的，我们报到的那天，我就觉得他人还不错，结果因为第一个留微信的是你，就被你捷足先登了。不过也没什么，后来你们分手了，他也因此很是焦灼萎靡了一阵，现在没事了，我会陪着他的。”

焦灼萎靡？这都是什么鬼话？

他当时只是因为还不上钱而焦灼萎靡。

向沐虽然知道希望渺茫，可还是忍不住如实奉告：“那是因为他欠了我很多钱，而且他身边的女朋友从没断过，还是重叠恋爱。你还是别在这种人身上浪费感情了，不值得。”

结果姜艺这厮居然问她：“你还喜欢丁玄吧？”

向沐都被问傻了。

现在还喜欢丁玄，要么是情感有障碍，要么是脑子有故障。

她早就对这人没有任何感觉了，只是不想看到朋友被骗。

姜艺的文字又如潮水般涌来："如果你还喜欢他，所以不想让我占有他，那我劝你不要这么自私地喜欢他了吧，你们真的不合适，你应该放手了。至于你说的女友问题，那是他的过去，我不想追究，浪子玩够了就会回头，我们会稳定的。"

向沐知道陷入爱情里面的女人劝不了，会很傻，但没想到能这么傻。

姜艺说："既然都这样了，以后相处可能会很尴尬，我也不想把一个讲男友坏话的人留在通信录里了，互删吧。"

站台网太慢，当向沐的上一条问号消息转了几圈发出去时，她已经被姜艺拉黑了。

她到底说了丁玄什么坏话？她说的不都是实话吗？

没想到认知业务也是买一送一的，她认清了一个丁玄，还认清了一个姜艺。

但这样的增值服务并没有办法让她觉得开心，毕竟是失去了一个曾认真对待的朋友，她现在百感交集，内心很惆怅，没反应过来，又被突如其来的现实扎得有点疼。

她感觉自己满腔真心都喂了狗。

怎么就变成这样了呢？

她当年进学校的时候，还是那种吵起架来就言辞匮乏的女生，结果被一个丁玄翻来覆去地磨炼之后，已经完全蜕变了，甚至专门向舒然请教了如何用适当的方式发泄怒火。

如果"水晶渣男"现在还站在她面前，她能不带脏话骂他一小时不重样。

但没这个机会了，这"浪子回头"的渣男这会儿估计正在得意，因为他又把她的一个朋友成功挑拨离间了。

虽说能讲出那种话的已不是朋友，但好歹曾经要好过，如今心情怎么好得起来。

向沐叹息一声，想到自己本该是一周后轻轻松松地坐飞机回去，结果因为表哥婚期提前，买不到这两天的票，她只能坐软卧回去。

主要是火车软卧的被褥之类都不干净，她有点洁癖，今晚肯定是睡不着了。

而且火车还慢，跟飞机比起来肯定差远了，她就等着熬十几个小时回去吧。

检过了票，上了车，她抿了抿唇，不太愉悦地把箱子收到床下，在桌子上垫了块餐布，开始拆自己买的面包。

由于来得太匆忙，她都没吃晚饭。

检票结束前两分钟，舒大公子终于被人架着胳膊推到了车厢门口。

看着面前陌生的环境和座椅，舒蔚眯了眯狭长的眼。

“愿赌服输啊，舒蔚，就算您平时非头等舱不坐，赌输了还不是得乖乖坐卧铺，”损友笑道，“来来来，赶紧进去啊，再不进去来不及了。”

舒蔚磨了磨后槽牙，说道：“等我出来了，你们这群笑的人，一个都跑不了。”

“等您出来再说吧。快，何礼，你进去全程跟着他啊，不许放水，要实时播报。”

何礼也笑不出来了，说道：“是看得起我还是想整我啊？”

最后，何礼和舒蔚被一起塞进嘈杂的卧铺里。

舒大公子从小娇生惯养，成天纸醉金迷风流快活，在食物链顶端过着声色犬马的生活，这地方他哪儿来过，一进来就连连皱眉——这是人待的地方吗？

光是进来了三十秒，他都觉得仿佛要窒息。

狭小的空间，不好闻的气味，这和空气清新还喷高档香水的日常出没地完全不能比。

他深深蹙眉头。

都怪那个蠢赌约，那是他第一次赌输。要不是输了，他也不至于惨成这样。

“您别老皱着眉头了，行吗？不知道的还以为您上山下乡呢。”何礼跟在他后头苦口婆心地劝道，“你想想你那宝贝妹妹，她出去进行调研活动什么的，都得跟学校同学一块儿坐火车呢，还是坐两天一夜的，比你惨多了。”

“她皮糙肉厚，耐磨。”

何礼道：“得了吧，不到二十岁的女生，皮肤嫩得跟能掐出水儿似的……”

舒蔚忽而回头，神色不善地说：“你怎么知道得这么多？你是不是对她有意思？”

何礼道：“我没有啊，这不都是你告诉我的吗？”

“我警告你，不可能，”男人眼尾一抬，冷声道，“她有男朋友了。”

“你在听我说话吗？”何礼心中不平，“有就有呗，有个对象还了不得了似的。不过话说回来，你妹这都稳定下来了，你怎么还……”

舒蔚听都不想听，道：“闭嘴。”

“得嘞。”

话题结束，舒蔚抬腿继续走，由于刚刚在这儿站了一会儿，他再开始走的时候，就理所当然地以为停住的地方是自己的位置，把刚随手拿的杂志扔到床上，坐了上去。

何礼也没确认，想着两个人位置相邻，也坐下了。

向沐抬头看了一眼。

她并不知道对面坐着的是自己室友的亲哥，只是觉得这人的洁癖比她还严重，她顶多是不睡觉，他连坐下都要垫本杂志。

她看了一眼就又收回了目光，继续低头啃菠萝包。

何礼一个人在那边坐了会儿，有点无聊，就找到舒蔚旁边的一个椅子，靠过来坐下，想看看舒蔚在干什么。

男人抄着手，眉头皱着，闭眼休息，看起来像是在渡劫。

何礼笑着给他发消息：“怎么睡觉？好不容易来了，不看看窗外的麦田？”

舒蔚拿出手机看了眼，回：“窗子太脏。”所以不想看。

“处女座的男人洁癖居然已经到了这种令人发指的程度，服了。”

舒蔚：“少说屁话。”

何礼正想说什么，又收到舒蔚发来的消息：“这破地方就没啥让人看着顺眼的。”

何礼道：“没有啊，你看看你对面那妹子，挺顺眼的。”

舒蔚皱着眉正要抬头，冷不丁听到一道女声怯懦地响起：“不好意思，这个位置好像是我的。”

何礼赶紧拿出票一看，说道：“哦，好像是。”

舒蔚以不爽至极的眼神看着他：找个位置这点事你都干不好？

何礼蒙了：这不是你找的吗，大哥？

然后这位公子哥儿就没说话了。

挪位置之前，舒蔚又想起何礼那句话，说对面有个妹子，便侧头看了一眼，正好和她的视线对上。

向沐很自然地被对话声吸引了视线，和舒蔚来了个三秒的视线交会。

但她并没记住他的脸。

很快，位置就换好了，她低头继续玩手机。

舒蔚在隔壁的位置坐下，眼睛一合，就想到方才女生目光扫过来时那双黑白分明的眼睛。

眼珠跟玻璃球似的，边沿透得发亮，睫毛很长。

尤其是她手上的菠萝包，看起来很美味。

入夜，在这狭小的车厢里，没有任何乐趣，就连玩手机都变得无聊起来。

舒大公子起身，烦躁又漫无目的地往前走，想找个干净的车窗看看夜景，结果也没什么干净的车窗，夜景也没有香榭的好看。他长舒一口气，感觉自己非被这火车逼疯了不可。

何礼这小子倒是睡得香甜，他在各种睡眠声中心烦不已，格格不入得像个外星人。

正当舒蔚强忍着怒气转头的时候，他看到了坐在窗边看月亮的小姑娘。

她好像也睡不着，或者根本没打算睡，枕在桌布边凝望着外面。

皎洁月光映在她脸上，朦朦胧胧的，像笼了一层柔和的雾。

他有点意外，不知道是什么情绪，大抵是好不容易找到了一个也没有睡着的人，虽不能陪伴他，却让他好受了不少。

也可能是，这姑娘比较养眼。

第二天晚上七点，火车抵达向沐的目的地。

她提着箱子从他们车厢经过，舒蔚瞥过去，眼眸动了动。

何礼跟他待一块儿多久了，一看他这眼神，立刻明白了他的意思——“要个微信呗，否则以后可就江湖难见了。”

向沐走出车厢，出站需要上楼，一边是手扶梯，一边是楼梯。手扶梯那边挤了太多人，楼梯又需要提着箱子往上爬，正在她犹豫的时候，手上的东西被人接过了。

她一愣，转头看去。

男人清隽瘦削的侧面一晃而过，他只是侧头淡淡地瞟了她一眼，打招呼一般。

他拎着箱子的掌背隐有青筋，掌骨分明。

她本来以为是抢劫的，可后来一想，人这么多怎么可能有人明目张胆地抢劫，这人应该是在帮她提东西。

太久没睡，脑袋也有点蒙，她就跟在男人身后往前走去。

舒蔚一口气爬了几十级台阶，气都没喘一下，把她的箱子放在了地上。

小姑娘就站在对面，眼睛眨了下，似乎准备道个谢。

他微微倾身，桃花眼一挑，十足的风流纨绔气，带着一抹化不开的春意，倒有些叫人招架不住了。

“微信？”

向沐轴住的脑子缓缓运转着。

微信？什么微信？她脑子里一闪而过的是学校门口商家结账时的询问：“微信还是支付宝？”

噢——她反应过来了。

之前她就听说车站会有人帮忙提东西，但是需要收费的，没想到今天被她碰上了。

于是她抬头，目光直直地看着他，意思是都可以。

舒蔚舔了舔嘴角，口中逸出一道气音。

她这是在等他自报？也行。

男人面不改色，报出自己的微信号：“188××××6688。”

这号码挺好记，看起来应该也不便宜，做这一行这么赚钱吗？向沐迷迷糊糊地想着。

然后她点开支付宝，转账五十，说了声“好了”，就提着箱子往前走去，俨然一副买早点付款成功后的样子。

舒蔚看着她的背影，轻轻笑了声，暗叹果然没有女生不吃这套，结果一打开微信，空空如也，连个申请都没有。

她是怎么坦然说出“好了”的？

结果上头的弹窗拉下来一看，有个别的什么东西——“支付宝到账 50.00 元。”

舒蔚蹙了蹙眉，什么东西？

抬头看女生没走远，他迈开长腿跟上。

坐这火车都这么让人不舒坦了，连个妹子的微信都没要到，更让人觉得这趟出行除了徒增烦恼一无所获，他总想找点乐子。

向沐快出站的时候刷了下微博，结果意外发现姜艺把她取关了。不只是微信，QQ 也互删了，支付宝好友也删了——凡是当初加过好友的东西，姜艺都删了个干干净净。

向沐心里堵着气。

走了几步，她发现有人在跟着自己。

她琢磨着自己的箱包也不重，就那么一小段路，五十难道不够，那个人还穷追不舍？

本来还以为是帮忙，结果一转眼就好像被盯上了，还被狮子大开口，五十都不够？

她走他也走，她停他也停。

向沐摸到包里的钱夹，打开一看，有两张百元钞票。

现在是移动支付时代，要不是琢磨着可能会需要纸币，她也不会随身带现金，不过现在正好派上用场了。

她可不想一直被人跟出车站，尤其是天也渐渐黑了，谁知道这人会不会起歹念，想对她做什么。

抽出那两张钞票，她骤然换了个方向，回头朝他走去。

舒蔚正琢磨着怎么直接而不失委婉地表达诉求，一抬头，看到刚刚还萌萌的小姑娘忽然气势汹汹地朝他走来。

下一秒，衣领被扯开，白皙手指夹着两张鲜红的一百块，塞进他外套领口。

“够了吧？”他听到她低声说，“别再跟着我了。”

02.

在过往二十多年的生活经验里，舒蔚自诩也是个非常讨人喜欢的人，十八岁那年嫌生活无聊去打零工，只是当个低调的收银员，结果去了之后带着整个店营业额涨了百分之三十，每天都有女生组队来看他。

酒吧里低调地过一遭，只要是他坐在外面，十分钟之内必被女生要微信号。

现在倒好，他心血来潮想追个妹子，帮人拎了箱子，还给了自己的微信号，转眼间，被人塞了两百块钱进衣服里。

这到底是个什么套路？

他是真的没回过神来，等从衣服里拿出那两百块钱的时候，女生早不知走哪儿去了。

纸币还是热的，带着他胸口的温度，还有她指尖……无情的凉薄。

此时已经入夜，稀薄灯光盘旋在头顶，橘色灯光伴着黑暗无穷无尽地延伸，舒蔚感觉自己好像是被嫖了。

这大晚上的，一个人出力，另一个人不带任何感情地给钱，除了嫖，没有更贴切的词来形容了。

舒大公子就那么杵在原地杵了三分钟，直到何礼一通电话打过来。

"要个微信号要到太平洋去了吗？怎么还没回来啊？"

舒蔚启唇，过了半晌，说了个并不文雅的抒发情绪的词。

"怎么了？你现在在哪儿？"

"出站口。"

"你发个定位过来，我去找你。"

舒蔚传了个定位，何礼顺着找来的时候，发现这位大爷正坐在某快餐厅门口，跷着二郎腿，蹙着眉出神。

"怎么了啊，"何礼拍拍他肩膀，笑道，"看你这萎靡的样儿，被骗财骗色了？"

舒蔚冷笑了一声："没被骗财，也没被骗色，还倒赚了二百五十块钱。"

何礼问："倒赚了二百五？咋回事？"

舒蔚抬眼道："我，帮那个妹子提了箱子，问她要微信，她让我先给。我报了手机号之后，她用支付宝给我转了五十块钱。"

"这是把你当成车站赚外快的了？"

"这还没完，"舒蔚不爽地舔了舔后槽牙，说道，"我跟过去，想把话说清楚，她倒好，二话不说抽了两百块钱塞到我衣服里，然后潇洒地拉着箱子走了。"

何礼惊了："塞给你……两百块钱？"

"没错，"舒蔚挑眉，指着自己的胸口，拉开，模拟了一番向沐的动作，说道，"就这里，这样，动作很粗暴。"

何礼愣了好几秒，然后爆发出一阵大笑："哈哈哈……您有生之年居然还能遇到这样的事呢？火车站要微信被当成赚外快的，塞了你五十块羞辱你之后，还加了两百？这算什么啊，加时费吗？哈哈哈……"

舒蔚面无表情地道："很好笑？"

何礼笑得满脸通红，道："很好笑啊，比上次段亮约妹被送去警局还好笑呢！"

舒蔚一脸不满加玩世不恭，磨着牙思忖："她凭什么给我钱？我看起来很缺钱？我缺那点钱吗？"

何礼还没想好怎么回答，舒大公子又一拍桌子站起来，发出灵魂质问："我看起来就值二百五十块钱？"

从不缺钱的舒大公子被人拍了二百块钱，此刻感觉受到了人格侮辱。

她不给钱还好说点，给钱是把他当什么了？

"给了微信还不加，"舒蔚已经烦躁地开始扯衣服了，说道，"这还是个女人吗？"

何礼道："搞、搞不好是个小孩呢，小孩不懂得欣赏您的魅力。"

"谁说小孩不懂？上次我去舒然学校接她，回来一趟车里被塞满了水。"舒蔚道，"难道是火车影响了我的发挥？"

何礼看着舒蔚头一次被人气成这样，好笑又无语地拍他后背，说道："行了，别想不通了，咱们出去吃一顿再坐飞机回去吧，赌约已经完成了。"

其实早就完成了，今天上午就可以下车了，要不是为了那个妹子，他们早早就能脱离苦海，谁料到辛辛苦苦等来了这么个结局。

回去的路上，何礼听到舒蔚还在念叨："不行，这得找。"

"找什么？"

"找人。"

何礼很快意识到舒蔚在说找那个妹子，道："怎么可能找得到啊，中国这么大，你连她家住哪儿在哪儿念书都不知道。"

舒蔚眯了眯眼，说道："会找到的。"

中国就这么大，他还不信有他舒蔚找不到的人。

这一趟"火车赌约之行"，舒蔚也是行得够大起大落的，先是进了潮湿狭窄的车厢，做好了度过黑暗十小时的准备，结果发现一长得还挺对他胃口的妹子。

于是他心情稍微好了那么一点，去找妹子要微信号，直到给微信号前都很顺利，就在他以为十拿九稳的时候，人家用二百五十块钱“打发”了他。

舒蔚觉得电影情节都没自己这趟旅行刺激。

回去之后，即使觉得再屈辱，他还是不能一气之下删除那条转账记录——毕竟这是人家跟他唯一的联系。

对话框点开，他发现她的支付宝名字是俩字母——Mu。

Mu？榆木的木？倾慕的慕？

男人拿着手机意味不明地笑了声，特意找了个写实画家，他描述，对面画，足足五小时才画完，一番修整下来，又是三个小时过去了。

舒蔚累得腰酸背痛，不过好在成品和她很像。

一众狐朋狗友在旁边抱臂啧啧感叹。

“花八个小时画一幅画，就为了记住她的样子，我们舒大公子也是够痴情的。”

“什么痴情不痴情的，他就是闲得没事干，那女的那么神秘，引起了他的好奇心。”

“还有征服欲。”

“主要是找不到的永远是最好的。”

只有全程参与的何礼自以为悟透了真理，说道：“他只是被气着了。”

普天之下，能用钱气到舒蔚的，这是第一个。

正当舒蔚琢磨着怎么才能找那个妹子的时候，转机出现了。

那天，他午睡醒了之后随便一刷手机，看到他的宝贝妹妹发了条朋友圈，说是寝室四个人一起出去吃饭。几人的妆也是一样的，都在眼睛底下贴了个亮闪闪的什么玩意。

舒蔚本来是一看而过，手指滑过去好几条才反应过来什么，又赶紧往上翻。果不其然，找到舒然发的那张照片，放大之后，有张很熟悉的脸。

这正是那个出现在车站的女生，那个他一直在找的女生，那个给他塞了两百五十块钱的人。

还真是山不转水转，有缘再会啊。

他舌尖顶了顶上颚，给舒然那条朋友圈留言：“从左到右数第三个女生，你室友？”

舒然几分钟后回：“对啊，怎么了？”

他盯着那几个字瞧了好一会儿，勾起一抹恍然的笑，道：“没什么。”

没什么，就是有点故事。

在沙发上坐了会儿，他觉得当时也不排除她装傻的可能。也许是她有男朋友了，又不知道怎么拒绝他，所以装作没懂的样子。

点开对话框，舒蔚问舒然：“她有男朋友了没？”

舒然脑子转得极快，说：“没啊，怎么……你想追她？”

第二条消息又在五十秒之后抵达：“我警告你啊，人家是正经女生，你别招惹她。”

招惹？舒蔚眯眯眼，谁惹谁啊这是？

他打字很快：“我没招惹她，是她招惹我。”

舒然点了一堆问号发过去。

“一张照片确定不了，你再发点生活照过来，要很像她的那种。”

“快晚上了。”舒然忽然这么讲。

舒蔚蒙了，看着手机上显示的下午三点十五分，心想舒然是不是读书读傻了：“怎么就晚上了？”

“过会儿不就晚上了吗！大晚上的，你找我要别的妹子的照片，还要生活照？！你别以为我不知道你想干什么，你就是看人长得漂亮便心生歹念！禽兽玩意！怎么还做那种事？！”

舒然义愤填膺，还发了几个怒火中烧的表情包。

舒蔚也无语了，催促道：“少说废话，照片发来。”

最后，舒然发了几张向沐的生活照，舒蔚才确定下来，果然是她。

他道：“她姓什么？”

舒然：“向。”

“什么 mu？”

舒然：“沐浴的沐。”

机会很快就到了，毕竟二人中间有个舒然，一切都可以变得理所应当起来。

一周之后，舒然过生日，找了个酒店，结果当天向沐考驾照去了，司机便接其他三个先走。

走到半路，舒然琢磨了一会儿，给舒蔚打电话："出发没？"

"刚出家门，买盒烟就过去，"舒蔚不紧不慢道，"着什么急，还有半个小时，足够了。"

"现在路上有点堵，我有个室友还在寝室，"舒然说，"司机把我们送过去再回去接也来不及了，你去接一下咯，反正顺路。"

舒蔚一句"不去"停在喉咙里，道："谁？"

"向沐。"

男人垂了垂眸，忙道："行。"

向沐这边什么消息都没接到，回寝室整理了一下，准备找舒然要个地址，自己搭车过去。走到宿舍楼下的时候，她发现那里停了一辆红色的劳斯莱斯，频频有人回头看，还有人在拍照。

她扫了一眼，看到驾驶座有个男人下车。

男人很高，明明是正装的西服，不扣扣子穿到他身上，便多了几分懒散的风流气息。

舒蔚走到副驾驶座那边，体贴地拉开车门，手搭在车窗上等她自己乖乖上车。

向沐哪知道他在等自己，回头看了一眼，也没见到什么人，径直走过了他和他的车。

舒蔚顿了两秒，旋即被气笑了。

这姑娘怎么好像老有办法气到他？

他敲了两下车窗，说道："上车，向沐。"

听到那人叫自己，向沐愣了一下，然后回身指着自己说："我？"

没等舒蔚回答，她看着他的脸道："怎么又是你？"

舒大公子松了松领带，脸上带着笑："又？"

"不是，"向沐感觉这也挺匪夷所思的，问道，"你跟我跟到这儿？两百五十块还不够吗？"

话都说到这份上了，舒蔚也不再躲闪。

"到底是哪里让你觉得我在找你要钱？"男人眼尾轻抬，指节敲着车窗，舔了一下上牙膛。

他怎么看都不像是缺钱的样子，倒像富得流油不知民间疾苦的某集团公子。

向沐眼珠子转了转，说道：“不是吗？你都给我支付宝账号了。”

“那是手机号，也是微信，或者说……”男人顿了一下，接着道，“绑定我所有社交软件的号码，只要你有，就能找到我。”

向沐看着面前的人。

比有钱更显而易见的是，他是个擅长和女人周旋的人，并且经验丰富，而且不是她这种小雏鸟段位能够应对的情场高手。

于是她问：“我找你干什么？”

这句话倒是把舒蔚堵了一下，他侧头道：“需要我的时候找我，比如这种时候。”

“这种时候我需要找你？为什么？”

“舒然生日会马上开始了，”男人看一眼表，说道，“要我带你过去。”

向沐问：“你是舒然请的司机？”

“我是她哥。”

向沐摇头：“不可能。”

依照舒然的性格，如果是自己哥来接她，舒然肯定会提前给她发消息。而她到现在还什么都没收到，而且……舒然说她哥脑子有点问题。

很显然，面前的男人看起来非常精明。

就在这时候，舒然给她打了个视频电话过来。

“沐啊，你在哪儿呢？”

“正准备去找你，你给我发个定位吧，”向沐说，“对了，你给我请司机了吗？”

“没有啊。”舒然那边手机信号似乎不太好。

“果然，”向沐说，“这里有个人自称是你哥，不过你放心，我没有上当。他把车停在宿舍楼下引起骚动还可能堵塞交通，我等会儿会把他清走的。”

舒蔚觉得头真的挺痛的。

这女的给他钱还没完，现在还要把他清走？她当他是什么，垃圾吗？

真稀奇。

“我哥？”舒然那边信号畅通了，说，“我是叫我哥去了，你给我拍拍他的特征。”

“有什么特征，你哥开什么车你不知道吗？”

“我不知道啊，他的车太多了。”

向沐把摄像头转成后置，舒然立马道：“对，是的，赶紧上车吧，就差你俩了。”

向沐沉默，感觉这真是好迅速的一个逆转。

挂了视频电话之后，她有些不自然地清清嗓子。舒蔚站在副驾驶位那边悠闲地抬眉道：“这下确认了？”

她停顿片刻，说道：“嗯。”

“不把我清走了？”

“嗯。”

他低笑一声，似叹似怨：“我是不是上辈子欠你什么？”

舒蔚声音很小，向沐没听清，抓着自己的包坐进了副驾驶位，他这才关好副驾驶位那边的车门。

舒蔚进了车内，随意开了点音乐，打开空调，跟着导航走。

之后，二人再没什么交流。

向沐穿着无袖裙，车里温度开得低，她有点冷，瑟缩了一下，抱臂朝一边靠去。

舒蔚瞥了她一眼，把空调温度调高了点。

她还是打了两个喷嚏。

“已经很高了。”他尾音里夹着淡淡的无奈。

向沐准备说没关系，下一秒，男人从后排顺手拿起衣服和毯子扔给她。

“衣服穿着，毯子盖着，过会儿就不冷了。”

她把衣服穿好，琢磨着他再怎么说也是室友的亲哥，当时在火车站，可能她真的误会他了。而且，要微信这种东西……也不能证明他就对她有什么不好的想法。

她小声说：“那个……”

男人笑着瞥她一眼，像看小朋友做习题，说道：“会说话了？”

她耳根红了一下，低声说：“谢谢啊。”

“应该的，”他漫不经心地敲着方向盘说道，“老板给了两百块服务费，小的理应好好服务才是。您的满意，是我工作的动力。”

03.

没想到他又主动提起了火车站的事，向沐有点不自在，转了转眼珠子，道：“都是过去的事了……”

“哪能啊，”舒蔚眯眯眼，从容地道，“我可过不去。”

“毕竟两百块钱，不对，是二百五，不能白拿不是？”男人慢悠悠道，“您放心，我一定让您觉得如沐春风，物超所值。”

向沐这下相信旁边的男人和舒然是一家的了，这性格，这脾气，这一个脏字都没有却能把人弄得无话可说的本事，真是基因自带的。

她其实本来想道歉，但想了想，感觉舒蔚是那种一道歉就更来劲的人，她怕自己这一道歉，更加被压得死死的，遂抿着唇一直没有开口。

反正以后应该也不会再见面了，这误会往事，就让它随风去吧。

车很快行到目的地，向沐正准备解安全带，结果手才刚抬起来，忽然被人挡了一下。

古龙水的浅淡香气钻入鼻孔。

男人靠得有些近，带着难以言说的、轻微暧昧因子弥漫，可拿捏得很好，不会让人觉得轻佻，是疏离的、朦胧的、若有若无忽远忽近的撩人。

“这就不劳您亲自动手了。”她听见他低声说。

伴着“咔嗒”一声响，他的声音近了又远。

“我来。”

她身上紧贴的安全带弹开，整个人却并未因此得到放松，反而因为他刚刚漫不经心的靠近而觉得有些呼吸困难。

掀开毯子，向沐迅速打开车门下了车。

身后的人还是泰然自若的，舒蔚沉着地锁了车，跟她一道走向大厅。

他很自然，轻松得仿佛并没有什么不对，就连向沐都对自己产生了怀疑，觉得自己脑子里一直回荡着刚刚的画面。

她按了按脑袋，觉得这也真是太奇妙了。

他透过门的反射看到她的动作，问了句：“头疼？”

向沐没想到这个小动作他也能发现，他没对着她，但她知道他是在问自己。

这个让她头大的人，这时候却颇为无辜地问她是不是头疼。

她的头更疼了，这样的头疼在看到舒然之后才算是有所缓解。

电梯门一打开舒然就来了，进包间后，四个女生开始聊天，舒蔚也识趣地退到一边，向沐的思维渐渐就被别的事填满了。

舒蔚开车很快，是那种绝不容许别人超车的速度，向沐当时坐在副驾驶位不觉得，下了车之后才觉得脖子酸酸的，头也有点晕。

再加上她喝了几杯红酒，虽然没醉，但加剧了那种眩晕感。

酒席差不多结束的时候，她离场去洗手间，准备顺便洗把脸。

由于脑袋迷迷糊糊，步伐也有点跌跌撞撞，她走到洗手间门口，头一栽就要被惯性引进去，脑袋却忽然被人托住了。

一个带着淡漠笑意的男声在头顶响起："这是男厕。"

"不好意思啊。"

她又往前走了两步，头一栽，进了女厕。

舒蔚的声音还跟在后头："你到底是用脚走路，还是用头？"

"谁用头走路啊？！"这么反驳过一句，她进了隔间。

上了个厕所后又洗了把脸，她这才算是清醒了一点。

向沐走到门口，发现舒蔚居然还站在男厕门口，吓了一跳。

"你怎么还在？"

"带你回去啊，"他漫不经心地说着这样的话，还不忘冷静补充，"怕你栽到别的包间去，毕竟你刚刚还准备进男厕。"

刚起了个头的旖旎因子，又因为后头半句消散了。

后来向沐迷迷糊糊，还真的差点跑到别人的包间里去了，直到舒蔚跟拎小鸡似的把她拎出来，放进正确的房间。

"就你这样的，"他抄着手，似笑非笑道，"谈恋爱的时候会不会认错男朋友？"

"一般情况下是不会的，但是跟你这种的话可能就会，"向沐为了回击已经不惜说出这样的话了，"毕竟你这张脸比较大众，容易弄混。"

平生第一次被人说大众脸，舒大公子愣了好几秒。

"我？大众脸？"他难以置信地指了指自己，说道，"等会儿饭局结束了别走，上我的车，我带你去医院看看眼睛。”

“人家眼睛好得很，两只眼的视力都是5.0。”舒然在旁边帮向沐说话。

舒蔚笑了声：“不可能，你们学校检查有问题。下次体检告诉我，我帮你找更好的医生。”

舒然叹道：“你真是好执拗一男的。”

向沐本来以为去医院看眼睛舒蔚只是随便说说，结果没想到散场离开的时候，舒蔚真的就拦在她们跟前。

“其他三个可以走，向沐留下。”

向沐下意识往后退了两步，问道：“又干什么？”

“带你去医院看眼睛。”

“干什么呢，人家眼睛挺好的。”舒然驱赶自己亲哥，“你最近是不是特别闲，赶紧忙自己的去吧，啊，别打扰我们小沐了。”

“没关系，”向沐这次倒是挺身而出道，“去吧，去医院看看。”

舒然没想到她会这么回答，吃惊地道：“你说真的？”

“真的，”向沐说，“你们先回去吧，我去去就来。”

她去医院也不是真的陪舒蔚胡闹，只是因为当时给了他两百来块钱，这位富家公子似乎非常不爽，她想找个机会让他把钱花掉。

再说了，舒蔚到底会不会真带她去，还真说不准。

舒蔚眉一挑，原本只是开个玩笑，没想到她还真的接招了。既然小姑娘都答应上车了，他的车门也没有不开的理由。

向沐上了车，扣好安全带，目视前方，一副“我看你到底往哪儿开”的架势。舒蔚调了下空调，道：“我去医院了？”

“可以。”

“还是去别的地方？”

“都随你。”

他忽然笑了声，问道：“你不怕？”

“你都不怕，我怕什么。”

他好歹是舒然她哥，不会做什么出格的事的。

这点向沐相信。

虽然她做好了他可能不会带自己去医院的准备，但她没想到他会带自己去夜市。

位于繁华商业区的夜市也弥漫着纸醉金迷的气息，向沐下了车，问他：“不是要带我去看眼睛吗？”

“这里一样能看。”他说。

他把她带到某个打气球的摊子前，长臂一伸，说道：“把蓝色的气球都打爆，我就信你视力5.0。”

“蓝色的是吧？”向沐怎么可能认输，说道，“这还不简单。”

她举起手里的枪，弹无虚发，打掉了一个……粉色的。

身后的男人笑了：“我说，你不会是色盲吧？”

“你才是色盲，我只是太久没玩这个，找不准。”

然后她又“啪啪”开了两枪，一枪一个绿色的，一枪一个橙色的。

六枪过后，赤橙黄绿青紫都被她打到了，独独除了蓝色。

舒蔚看笑了，半晌才缓过劲来，道：“我知道了，你的意思是你的眼睛果然有问题。”

打不准枪的向沐沉默了。

“你是在用这个方式夸奖我是吧，”舒蔚点头道，“还真是……用心良苦，我感觉到了。”

“我只是枪法菜，”她指着面前的蓝色气球道，“喏，那个，那个，那个，都是蓝色的，我知道，我只是打不准，眼睛没问题，也不是色盲！”

舒蔚说道：“女人说是就是不是，说不是就是是。”

“我是你的头……”向沐实在是没脸再打了，放下枪就气呼呼走掉了。

还真是奇怪了，以前就算再菜，她也不至于一个要打的都打不中啊。

枪里还有两发子弹，舒蔚便抓起又打了两枪，领了个大玩偶。

向沐在前面走，他在后头追：“喂，娃娃都不要了？”

“不要了，毕竟色盲不配拥有娃娃。”

他又笑了：“你不是色盲，只是手太抖。”

向沐却坚持说：“我就是色盲。”

“你这人怎么连自己都骂？”舒蔚把娃娃塞到她怀里，语气诚挚里带着三分随意，“好了，我的错。像你这种完美规避正确答案的才是真正的高手，是我舒蔚嫉妒你。”

向沐还没说话，旁边经过的一对情侣，那女的叫嚷：“哇，老公，那个娃娃好大，我想要！”

“算了吧，你又打不中。”

“谁说要女生打了，那个明显就是她男朋友打给她的啊！”

舒蔚眉一挑，看到向沐抱着娃娃回过头，澄清道：“他不是我男朋友。”

她接得非常快速，非常迫不及待，仿佛多被误会一秒能要了她的命。

那女生愣了一下，张大了嘴：“啊？”

向沐又解释了一遍：“娃娃是我自己打的，他也不是我男朋友。”

就这样，她抱着引人注目的娃娃走在夜市里，沿路有不少人看过来。

舒蔚跟在她后头连连摇头。

“撇清关系倒是挺快，好歹你差的那一枪是我帮你补的，”他“啧”了一声，“真够狠的。”

“当然得撇清了，这里漂亮妹子这么多，不能影响你啊。”她也不知道怎么想的，忽然就冒出了这句话。

他意味不明地笑了声，很短促。

旁边有很多卖烧烤的，食物的香味直往人鼻子里钻，向沐一侧头，正好看到自己最爱的、很久没吃的骨肉相连。

她的脚步停了一下。

当然，这也逃不过舒蔚的眼睛。

“想吃了？”

向沐想也没想就说道：“不想。”然后肚子不争气地叫了两声。

“饿了啊，”舒蔚很欠揍地说道，“我没记错的话，距离晚饭结束才一个小时吧？你胃里是装了个扩容器吗？”

“我晚上没吃多少，打枪又消耗体力，饿了不是……很正常的吗？”她说，“不是人人都和你一样闲得没事做的。”

“哦，我闲得没事儿干？”舒蔚挑眉。

“不是吗，不然干什么带我来这儿？”

舒蔚抄着手，正欲反驳，忽然想到什么，又笑了。

“你说得好像也是。”他道，“既然都这么闲了，那就再陪你吃顿夜宵吧。”

食物太诱人，向沐没能拒绝，任凭舒蔚点了一堆串串，还有一份草莓冰，再加一份比萨。

“我吃不完的。”她看着面前的东西，理智分析。

舒蔚瞥了她一眼，好像不太信。

向沐继续道：“这有必要骗你吗？我胃小，容易饱，也容易饿。”

“吃不完就算了。”男人展眉道，“再说，这不是还有我吗？”

旁边全是食物店铺，她一边吃，一边有服务员穿梭着上菜。

有道牛排还在盘里刺啦跳着热油，服务生路过她身边的时候没站稳，往她这边歪了一下。她怕被油溅到，往后闪了一下，正好又有一双手挡在她侧面。

那双手很大，展开时很宽阔，足够挡住她的大半张脸。

那手上还带着芦荟沐浴液的味道。

“没有隔板还一次性端两份牛排？还不集中注意力？”男人的声音在她耳边响起，“烫到人你负责？”

那服务生涨红了脸，连连道歉：“实在是不好意思，我以后会注意的。”又讲了几句，他这才小心翼翼地走了。

舒蔚把挡在她脸旁的手挪开，向沐看了他一眼：“没事吧？”

“没事。”

虽然他这么说，但她还是忍不住往他手背上瞥了几眼，想确认他是不是真的没受伤。

见她目光若有似无地瞟向他，他倒不避讳，直接把手放到她眼前，说道：“真没什么，我是那种受伤不报的人？”

他的确没被烫到，向沐一颗心揣了回去。

也是，万一真被烫到了，他肯定早就说一堆有的没的了。

她靠在椅背上，咬了一口比萨，咀嚼着含混不清地道：“谢谢你啊。”

“没什么，刚刚看他上菜的时候玩手机，还差点手滑，我就不爽了，”他道，“借机整顿而已。”以前都是有隔板的，应该是今天生意太好，隔纸用完了。

向沐愣了下，问道：“整顿？”

“这家餐厅我有投资。”

她回味了一下这句话，顺口道：“那怎么不干脆把他辞了？”

“你挺严格啊。”舒蔚笑了声，“想让我辞的话……也不是不可以。”

她当时也就那么随口一说，怎么可能真去干涉他的事。

“我随便说的，你别放心上。”她说道，“这也没到要请辞的程度。”

最后，那一桌子东西还是被两个人吃完了。

舒蔚看着面前的空盘，挑了挑眉：“不是吃不完吗？”

向沐站起来，说道：“回去吧。”

舒蔚饶有兴致地瞧了她一会儿，这才起身道：“行。”

回去的路上，向沐有点累了，就靠在椅背上闭眼休息。

她其实在想事情，十分钟都没个动静，舒蔚以为她睡着了。

旋即，她听到他似乎是低声笑道：“吃完就睡，是猪吗？”

她想了一会儿，没动弹，也没说话。

舒蔚把她送到了宿舍楼下，她也不清楚这时候的道别要说点什么比较好，只是隔着车窗看他的眼睛。

微微上挑的眼，深情又薄情，挂在表象上的是他想让人看到的情绪，而更深处是瞧不着了。

她莫名觉得什么地方有点空，沉默几秒，最后还是什么都没说地上了楼。

明明刚刚还可以热烈向他回怼，可空气冷静下来以后，想了什么以后，感受到什么以后，好像有什么东西已经变化了。

舒蔚看着她上了楼刚转了个弯，接到何礼的电话，喊他去玩。

到了地方之后，舒蔚没太大兴致，他想大约是一天做了太多事，有点累。

“你今晚怎么回事，怎么一直看手机？”何礼用手肘推他。

“我？”舒蔚偏头道，“有吗？”

“有啊，就像是在等谁给你发消息一样，”何礼又促狭地笑，“或者是在等哪个小姐姐加你？”

“没有。”他答得很快。

“回答越快越不靠谱啊，我现在真怀疑你是背着我在搞什么……”

说完，何礼就要凑过来看他手机，舒蔚一把挪开。

“我有必要背着你？”他眯眼道，“再说，就算真不告诉你，你又能怎么样？”

何礼妥协道：“好吧。”

舒蔚又在暗影里坐了半晌，似乎想到什么，忽而笑了。

何礼觉得奇怪，问道："你笑什么？"

"没什么，就……遇到个喜欢进男厕的色盲。"

并且，那人还很怕跟他扯上关系。

向沐回去之后，舒然赶紧凑上来问道："怎么现在才回？舒蔚带你去哪儿了？"

"没去哪儿，去夜市打气球了，"向沐如实招来，"说我打完所有的蓝色气球，他就相信我眼睛没问题。结果我手有点问题，其他的都打到了，就没打到蓝色的气球。"

舒然在旁边笑："然后呢，打气球打到现在？"

"还吃了顿夜宵。"

听了这句话，舒然抓了抓下巴，思索了一会儿，说道："他带你吃饭了？舒蔚这疯子看起来真对你有点意思啊。"

向沐感觉到有什么轻轻抽动了一下，语气却变成事不关己的平静："真的假的？"

"真的啊，没意思他就不会一直跟你说话了，也不会带你吃饭。对了，之前他和我说你招惹他，怎么回事？"

"就是在火车站他帮我提箱子，然后说了自己的手机号，我以为是找我要钱，就给了他五十……后来他跟着我，我以为他嫌不够，又硬塞了两百。"

过了几秒之后，舒然发出一声大笑，又朝她竖起一个大拇指，夸道："干得好，舒蔚这种人就应该被残酷现实无情地打脸。"

向沐抿了抿唇，说道："生活以前没收拾过他？"

"收拾什么啊，含着金汤匙出生，长得人模狗样的，妹子成群结队往前凑，从小没吃过什么苦，一路顺利地留学镀金回国。"舒然无奈地道，"这要是你，你不也得嘚瑟上天了？"

舒然又骂一声："所以这人办事从来都是随心所欲，我这个倒霉蛋还得给他收拾烂摊子。"

"什么烂摊子？"

乔亦溪在一边猜道："我盲猜是情感方面的。"

"对啊，就他那些女朋友呗，"舒然回忆说，"看到舒蔚那种人，一开始就只是想和他恋爱，也知道他是对感情不会上心的公子哥儿，所以觉得要一点就够了，能在他身边就行。但人的欲望是无止境的你知道吧，很难满足的，会想要更多，更多之后就想要全部。”

舒然抬头看着向沐：“你觉得舒蔚是那种会给人全部的人吗？”

她又自己回答：“他会个屁。”

向沐似乎陷入了沉思。

舒然盯了她一会儿，说道：“我看你回来之后好像有点魂不舍守，虽然你表面一副对他不感兴趣的样子，但我说舒蔚对你有意思的时候，你心里真的起了一下波澜，是吧？我能理解，舒蔚他天生就讨女生喜欢。”

其实向沐自己也没搞懂怎么回事，她明明第一眼就看出他是什么样的人了，那个禁区她是不该触碰的才对。她对感情都是认真的，怎么可能明知道是沼泽，还一脚踏进去，那太不理智了。

可是他送她回来的时候，感觉这样的一天结束了的时候，想到即将看不到他的时候，她居然会有点失落。

舒然察觉到她的失神，摁住她的肩膀，说：“会被舒蔚吸引很正常，可你……不一定能驾驭得了他。他万花丛中过还可以片叶不沾身，他不会喜欢人，可你会啊。你没谈过几次恋爱，想想，对你这种小雏鸟，喜欢的话会呵护在手心里，不喜欢的话，还不是任意宰割？

“万一你到时候动了真感情，他能全身而退，可你不行——爱得多的人总是辛苦的，也痛苦，我不想你那样。”

这样的男友在感情里理智聪明，体贴又有面子，不会做让你难堪的事，却也不会对你打开心扉。除了爱，似乎什么都可以从他那里获得。

浪子回头太难了。她也不信的，不是吗？

可是她又有点侥幸地想，万一可以呢？

“我知道了。”向沐感觉心里有点乱，说道，“我想想，先去洗个澡。”

上床之后，睡觉之前，她手机收到一个好友添加提示。

是舒蔚发来的。

她想点忽略，可阴差阳错，不知道是点错了还是怎么样，最后手指落在了同意上。

那个按键像打开了某个开关，在接下来的一周里，舒蔚偶尔会来等她放学，拉风的车停在校门口，接她去吃她朋友圈转过的东西；他会买一大堆东西，说是给舒然的，但总是有给她的一份；她开始收到匿名礼物，花或者项链，即使不标寄件人，她也知道这是谁送的。

她想，舒然说得对，女生是容易被感动的物种，很难有人不为此动心。

这样的攻势，除非百毒难侵，否则不可能抵御。

她原本只是想浅尝辄止，想试试，想着万一可以改变呢？可这时候她又开始犹豫……

有的食物是会上瘾的，带着由浅入深的毒性，像罂粟。

似乎不能这样下去了。

终于，那天在男人说着“京崇路新开了一家餐馆，你应该会喜欢”的时候，她深吸一口气，开口道：“以后别再这样了。”

舒蔚一顿，问道：“怎样？”

“毕竟你有很多选择，如果只是想玩一玩的话，就不要再来找我了。”她想把话说清楚。

既然越来越觉得她驾驭不了他，还不如把话说明，免得最后关系破裂，影响到舒然。

听到她的话，男人轻声笑了一下，手在方向盘上点了点，说道：“那如果我说……我是认真的呢？”

04.

——如果我说我是认真的呢？

这话分量不轻，但也不重。

向沐抿了抿唇，看着面前的抽屉发呆。

她想，如果她还是大一时候的她，还没有过丁玄那样的前男友，面对着“浪子回头”四个字，那点澎湃新鲜的爱意一定早就盖过所有，不管不顾地相信一切，并一头扎进去了吧。

没有人不希望自己是特别的，没有人不喜欢自己是特别的。

没有女生不会在征服这样的纨绔二世祖中，获得成就感和满足感。

但……有了丁玄的前车之鉴，说她不害怕，也是不可能的。

她现在已经没办法轻易相信男生可以那么快地收心，毕竟丁玄和她在一起之前，也是信誓旦旦地保证删掉微信里所有的姑娘，而她也信了。

可后来她才知道，他有很多个微信号。

所以，向沐最终还是垂了垂眸，没有说话。

舒蔚他……条件不知比丁玄好到哪去，光是在学校门口等她下课，都收到无数的搭讪，他要面对的诱惑，大约比丁玄多得多。

她已经不敢轻易尝试了。

车里沉默了好一会儿，最后是舒蔚先开口的。

“就算不想答应我，也没必要摆出这种痛苦的脸色吧？”他笑道，“好像我对你使用了冷暴力一样。”

向沐抿唇不语。

“被我喜欢很痛苦？”

她还没来得及回答，听到舒蔚又道：“也不该，我看你也不像讨厌我的样子。”

舒蔚似乎并不需要她现在立刻给出回答，这让她觉得轻松了一些。

算了，想那么多干什么，顺其自然吧。

向沐看着面前问道：“去哪儿？”

“吃饭。”

“我刚吃过了。”

“那再吃一顿。”

就这样，已经吃过午饭的向沐，又被舒蔚带到了饭局上。

她本来以为是两个人吃饭，没料到他的几个朋友居然也在包间里。

他居然带她来见他的朋友了？

向沐愣了一下，还没来得及想什么，只听得何礼一惊一乍地道：“对对对，就是你，火车上我们还见过的，记得吗？”

向沐盯着他看了会儿，如实回答：“不太记得了……什么时候见过？”

“那天舒蔚坐你对面，坐错了地方，”何礼说，“我和他一起的啊！”

她回忆了好一会儿，这才看向舒蔚道：“原来那天坐对面的是你啊，我说怎么这么眼熟。”

舒蔚一时间没讲出话来。

何礼笑道：“哈哈哈，敢情你没认出来啊，他在你对面坐那么久，你连脸都没记住？！”

他又手搭上舒蔚的肩膀，说道：“头一遭啊，舒总。”

舒蔚哽了半晌，最后捏捏眉心，道：“吃饭吧。”

何礼没说错，他是第一次在一个女生面前这么没有存在感，要微信被当赚外快的，在人家对面待了十分钟，人家连脸都没记住。

光明正大追了得有一个多星期了吧，人家连手都没给他牵一下，刚刚还说什么玩玩而已，让他别来找她了。这要换别的女生，他根本不用主动去接送，甚至手指都不用勾一下，她们就主动凑上来了。

太难了。

舒蔚觉得，航空母舰都没这么难追吧？

吃饭的时候，有人问向沐：“你们谈多久了？舒蔚还挺少把女朋友带给我们认识的。”

向沐如实道：“还没谈。”

“没谈恋爱啊？”

“那这还是第一次，没谈恋爱就把女生往我们跟前带，以前都是……”

那人话没说完，被人捂住嘴道：“吃你的饭。”

“行呗。”

后来舒蔚出去抽烟，大家聊起那个赌约，一脸幸灾乐祸的表情。

“就是赌输了他才去坐的火车，哈哈哈……可没把我笑死，当时看他进火车脸都青了，太有意思了。”

“打赌输了才坐的卧铺？”向沐问，“什么赌啊？”

“当时在卡座，赌我们一个朋友能不能十分钟内追到个妹子，我们都觉得不行，他觉得可以。”

“最后当然是不行，十分钟哪够追妹子啊，舒蔚以为人人都跟他一样，追个妹子比开瓶盖还快？哈哈哈，我看他就是没吃过生活的苦头！”

那人还没说完，就被何礼捂住嘴，说道：“你说什么呢，吃瓜吧。”

然后，何礼塞了个硕大的西瓜球进他嘴里。

那人也意识到自己多嘴多舌，尴尬地咀嚼了两下。

向沐面上没明显表露出什么，但分明也是把那话听进去了。

——他以为人人都和他一样啊，追妹子比开瓶盖还快。

应该是的吧，连舒然都说，他受欢迎程度超出想象，不知是从小家教培养出的风度，还是前女友们训练出的高情商，让他很快就能明白对面的人在想什么，想要什么。

她冷的时候他给她丢毯子，牛排的油溅开时他会下意识帮她挡，那时候他其实是习惯性在做一些事情，但女生又恰巧会被这些细节打动。

她往门口看去。

舒蔚刚抽完一支烟回来，男人高挑冷峻，鼻梁高挺，整个一移动的荷尔蒙输出机。

很难想象，这样的男人会甘愿属于一个人。

他还有多少过去是她不知道的呢？还有多少是她不了解的呢？

他真的能收敛过去散漫而随意、多情又薄情的生活习性，停在她这里吗？

她不知道。

后来饭吃完，他们提议去打桌球。

“不了吧，”舒蔚看一眼表，说道，“十点她宿舍门禁，我得送她回去。”

现在都九点多了。

向沐都差点以为是自己记错了，说道：“我们是十一点的门禁吧。”

立刻又有人嘻嘻哈哈道：“啧啧，翻车现场啊，舒大公子这是把哪个妹子的门禁时间记成她的了？”

这群富二代真是不在意惯了，在她面前还能泰然自若开舒蔚过去的玩笑。

舒蔚一脚踢过去，骂道：“放屁，我没记过谁的门禁。”

虽然多出来一个小时，但她还是没和他们一起去玩桌球。她觉得今天的信息量够多了，她实在不想再听一个小时舒蔚的过去，万一再碰上个世界之大无处不在的前女友，就更闹心了。

最后舒蔚送她回学校。

坐在副驾驶位，向沐看着黑黢黢的前路，对未来也生出一股无限惆怅的茫然，叹了口气。

“叹什么气？”没过两秒，舒蔚说道，“你别听他们瞎扯，我真没记过谁的门禁，纯粹是记错了。”

她轻咳一声，嘟囔着：“你记谁的和我有什么关系……”接着，她又欲盖弥彰地添了一句：“你送谁回家都跟我没关系。”

“啧，”舒蔚仔仔细细回味了一遍，似笑非笑地说道，“这该不会是吃醋了吧？”

她立刻坐直了，骂道：“吃你个大头鬼！”

“吃鬼？你胃口挺重的。”男人语调散漫，“鬼不好吃，不如来吃我。”

向沐琢磨着这男人一天到晚都想啥呢，皱了皱眉：“你说什么鬼东西。”

“我没说什么啊，”他眼尾一挑，眼神不大对劲，竟是偏头瞧了她一眼，说道，“你想到哪儿去了？”

“我……没想什么啊。”她忽然抬头，说道，“倒是你，你想什么……”

隔了好半晌，男人沉沉笑了声：“没想什么就好。”

周六那天，寝室四个女生本来约好一起去打疫苗，结果向沐又得去练车，自然又是错过了。

“那怎么办？”舒然问，“我们等你，明天再去？”

“不用了，你们先去吧，我练完车自己去。”

“一个人去打针没问题吧？”

向沐笑道：“当然没事，我又不是小孩子了。放心吧。”

“那我们先去咯，”乔亦溪说，“有事给我们打电话。”

“嗯。”

向沐学完车已经到了中午，吃完午饭之后，她便坐车去了医院。

车程两个小时，算不得轻松，但也不是很煎熬，她揉了揉肩膀。

打完针出来之后，她居然碰到了丁玄和姜艺。

与前男友和前朋友重逢，以一对二，首先气势上就有点压不下去。

果然，姜艺看到她旁边没人，居然率先开口道：“你一个人来的？”

向沐觉得也没什么回答的必要，以他们的关系，要么就是装模作样地寒暄，要么就是剑拔弩张地对峙，不管哪一种都没有意义，徒然浪费时间。

果然，见她没回复，姜艺心中生出了点优越感，冷笑着道：“这么重要的时候，男朋友都不陪你来？”

说完，她还搂了搂丁玄的胳膊，似是展示丁玄愿意陪她来打针，代表他很爱她。

向沐看着面前的姜艺，后者满眼都是“他没陪过你打针吧”的幸福感，似乎从这样的事中获得“他果然收了心”的慰藉。

不知为什么，向沐觉得有点可悲。

“怎么搞的啊，”姜艺还在说，“是有男朋友没陪你，还是压根没男友啊？要我说，这种时候男朋友不在的话，赶紧分手吧，不分手留着过中秋吗？”

向沐并非不想说话，只是觉得怎么说都显得有点不得劲。

这是一个很适合有男朋友，或是有个假男友的场景，最好男方还比丁玄优秀，这样她才能免于优越感上受压制。

可惜她没有，人家两个人，她孤零零一人。

正当她打算走掉的时候，身后忽然响起两声鸣笛，像提醒，又像催促。

姜艺揽着男友抬头看去，一辆明黄色的兰博基尼停在路边，招眼得过分。

下一秒，男人从驾驶座走出来，停在向沐旁边，问道：“都弄好了？”

向沐完全没料到舒蔚居然会出现在这里，说道：“你……”

姜艺先开口了：“你是她男朋友？”

这时候，如果舒蔚说自己是她男朋友，那么即使是有这样优越的条件，姜艺还是会嘲笑她有个男友却形同虚设，只会事后撑场面。

向沐正在想舒蔚会怎么回答的时候，男人淡然地偏头看过去，扫了一眼面前的两个人，这才发声：“怎么可能。”

他漫不经心地把车子锁了一下，笑道：“她哪会那么快答应我。”

姜艺一愣，旋即不可置信地瞟向向沐。

05.

直到被舒蔚推进副驾驶位之后，向沐还是蒙的：“你怎么在这儿？”

或者说他怎么知道她在这儿？

“舒然告诉我的。”

“舒然跟你说这个干什么？”

她刚说完这句，手机一振，收到一个电话，舒然打来的。

“碰到丁玄了吗？”

“遇到了，不过，”向沐越发觉得奇怪，问道，“你怎么知道丁玄会来？”

“我们回去吃午饭的时候听到的，他们坐我们隔壁，丁玄跟那个谁，姜艺是吧，有说有笑的。音书听到他们说要去打疫苗的事儿了，我一想你们这很有可能碰上啊，万一碰上了那还不得被压得死死的……”顿了一下，她接着道，“所以我就问我哥有没有空去瞅瞅，巧了，他刚好有空，我就让他去看看了。你看到我哥没？”

“看到了，”她抿抿唇，说道，“我现在在车上。”

“他帮你智斗那对狗男女了吗？”

向沐抿唇，而后答：“嗯。”

“怎么样，姜艺是不是气死了，丁玄是不是也恨得牙痒痒？”舒然很自得，“然然是不是中国好室友，连这种事都能预测到，连这种事都能及时雨般帮你解决，太神了！”

“是啊，真神。”连姜艺会怼她来获得优越感都知道。

不过友情这种事也是旁观者清，她以为姜艺多少还会留点情面，殊不知外人早已看透姜艺的为人。

舒然继续自顾自高兴：“行了，既然你赢了，那我就挂了啊。”

江湖人士总是看中输赢，既然知道向沐在这场遇见前男友的战斗里，最终获得了碾压性的胜利，舒然也满意地挂了电话。

电话挂断之后，向沐玩着手机壳，扒开又合拢，合拢又关上。

舒蔚问道：“刚刚那男的是谁？”

向沐心道连他是谁都不清楚就来救场，您也真是够心大的。

“前男友。”

他抬了抬眉，问：“女的呢？”

“前朋友，前男友的现女友。”她给出了两个回答。

男人回味了好一会儿，才徐徐道：“这么错综复杂的关系，听起来是个很刺激的故事啊。”

“说说吧，”舒蔚道，“你和前男友的故事。”

向沐仰头道：“没什么好说的，都是过去的事了。”

何必一次又一次揭开以前的伤疤。

不过对于她这个回答，舒大公子自然是不满意的。

“我刚刚鸣笛了。”

向沐没太懂他的意思，问道：“怎么？”

“这里不准鸣笛，抓到了会罚款。”

“所以说，我这可是冒着被罚款的危险来给你撑场子，”男人说道，“结果你连个故事都不愿意跟我分享。”

“你买的肯德基全家桶吗？还得分享……”话没说完，向沐觉得还有个更重要的点要了解一下，说道，“你买得起兰博基尼，交不起两百块钱的罚款？”

旁边的人很坦然地点头道：“是啊。”

向沐表情复杂地看了他一秒，难以想象这种有钱人到底是以怎样的心态说出“我没钱”这种鬼话的。

她准备打开钱包看看自己有没有两百块现金，手正伸到包里，男人的眼睛不爽地一眯，舌尖卷着过一道后槽牙。

“你要再敢给我钱，我就把你扔下车。”

向沐一数，包里恰巧又有两百块钱——宿命般的两百块啊。

她把两张纸币抽出来，放在面前的音箱上，泰然不惧道：“扔吧。”

舒蔚舌尖顶了顶软肉，半晌，居然气笑了。

他真是低估了她的战斗力，偏偏这姑娘还一脸“不是你说缺这二百块钱吗”的样子。

行，够狠。

他发动引擎。

素来不惧硬碰硬的舒大公子头一次在女人面前服了软，说道：“不行，不能扔。”

为了防止她下车，他还特意把车开起来了，虽然还不知道要去哪儿。

向沐看着窗外快速后退的景致，问道：“那你到底想怎样？”

不给他钱吧，他话都说到这儿了，她也过不去；给他钱吧，他又得生气。

给钱也不是，不给也不是，坐车上也不是，下车也不是。

——现在长得好看的男人，脑子都有点隐疾吗？

舒蔚说道：“我就想你为了报答我陪我吃顿饭，还不够明显吗？”

“挺不明显的。”

“那要怎样？”

男人开着车，目视前方，说出来的话却完全不是那回事：“非得我把脸上都贴满‘我喜欢你’，你才能感觉得到？”

这句话来得太突然，向沐还没准备好，甚至来不及有所抵御，心都被撞得后退了几步。

真不愧是情场高手，随便说句话冲击力都这么大的吗？

“不过，”他敲敲键盘，说道，“你看男人的眼光这么差的吗？”

向沐反应了会儿，意识到他在说丁玄。

舒蔚仍在说：“我现在有点能理解你为什么一直没接受我了，要从他那种转换到我这样的，是需要过程。没事，我等你。”

向沐觉得质疑丁玄可以，质疑她当时的眼光可不行。

“你懂什么，他当时追我的时候，也是很无微不至的好吗？”

眼见套话有点要成功的趋势，舒蔚道：“有多无微不至？”

“刚进来的时候，我对学校不熟，他是志愿者学长，不厌其烦地给我解释了很多，带我去宿舍，帮我整理东西。”

虽然她后来才知道这是他的保留戏份。

“知道我记性不好，记不住哪栋教学楼是哪栋，熬了两晚画了张学校建筑地图给我。”

虽然她后来才发现地图是在网上复制的。

“我发烧的时候给我送药，一个人的时候陪我吃饭。”

只是陪她的时候，他心猿意马地同时关切着五个人。

舒蔚那边没说话，像是在等，一分钟后发现向沐的确是说完了，笑道：“就这样？”

“什么叫就这样？很多男生做不到这些。”

“那我接你上下课，带你吃饭，替你解决危机，帮你搬东西，嘘寒问暖的，你怎么就没感动得稀里哗啦扑到我怀里？”男人思索半晌，说道，“是缺了地图吗？我不会画，可以买一幅给你，你喜欢哪个画手，我请他画。”

“或者是没在你生病时候给你送药？我可以马上带你泡完温泉之后冲冷水澡，在你感冒的时候第一个送你去医院。”舒蔚顿了一下，接着道，“又或是刚进学校没给你指路，成为你第一个认识的男人？那确实有点难度，我没法回到过去啊，是不是？”

又开始了，长得好看的男的果然连脑部构造都和别人不一样。

舒蔚道：“他对你这么好，怎么分了？”

“他劈腿，脚踏几条船。”她说，“还欠钱不还。”

“你看，我就不会欠你钱。”男人道。

“你前男友从某种方面来说也很伟大。”舒蔚眯了眯眼，说道，“毕竟心系天下，跟我不一样。”

“那确实跟你不一样。”

“怎么？”

“你心系宇宙吧。”

那天吃完晚饭之后，门禁前，舒蔚又准时把向沐送到了宿舍楼下。

只是这次在向沐走之前，他说了声：“让舒然下来一下，我有事和她说。”

向沐看他难得表情严肃，还以为是什么家事，加快速度冲上楼，向舒然转达了他的意思。

舒然烦躁地换外套，说道：“能有什么事儿啊……”

半个小时后舒然还是没上来，向沐给她发消息，得到的回复是：“没解决完呢，今天就在家睡了。”

第二天上课的时候，舒然迟到了几分钟，据说是实在太困，忍不住赖了会儿床。

向沐问她：“昨天晚上弄了那么久，是处理什么紧急的事了吗？”

“是啊，”舒然打了个哈欠，说道，“是挺紧急的。”

“能说吗？”

“有什么不能说的，”舒然面无表情地道，“舒蔚问了我三个小时关于你的事情，事无巨细，讲得我喉咙都冒火了。”

“就这些吗？”向沐道。

“是啊，就这些。他一脸郑重大晚上把我叫出去，就为了问你。”

舒然感慨万千，说道：“我真的还是第一次见他对女的这么上心呢，稀奇事。”

向沐小声嘀咕：“他对你也很上心的。”

“我在他眼里能算女的吗？再说了，他对我上心在哪儿，二十年了，两年前他才知道我一直是过阴历生日。”

真是一个好称职的哥哥。

舒然看着讲台上的PPT（演示文稿软件），撑着脑袋道：“舒蔚好像也是该稳定下来了。其实我觉得，你要还是喜欢他，可以试一下。”

向沐转头问道：“你之前不是还劝我不要吗？”

“我之前也以为他是为了好玩才撩你啊，现在感觉……好像不是。”舒然回忆了一下昨晚的事情，说道，“他这种人，要是真喜欢上一个人，会变得很专情的。”

舒然顿了一下，又说：“你也知道，年轻时候看过了花花世界，老了就不会觉得新奇了，也不会被诱惑。这就跟帅哥婚后不容易出轨，丑的飞黄腾达后容易出轨是一个道理。”

向沐琢磨半天，说道：“他知道你说他老了吗？”

“不知道，你别和他说，我会被打死的。”

向沐垂着头思索舒然的话，听到她又开始叨叨咕咕：“不能因噎废食嘛，因为害怕噎住，就不吃饭了吗？害怕结果，就不开始了啊？我反正是这么觉得的，如果你们现在都还喜欢对方，就试一试嘛。”

“再不济，你就给舒蔚一个试用期，要是三个月过了你觉得可以，再给他转正。”舒然显然对自己的提议很满意，“好主意，真的挺好。”

向沐简直要被舒然这套方案弄愣住了，卖亲哥也不是这么卖的吧，居然建议她给自己亲哥三个月试用期？

向沐不由得慨然：“你对你哥还真是好啊。”

向沐出校门的时候还在思索舒然那个提议，却忽然被舒然一推：“我们仨先回去了啊。”

“你们回去了，那我……”

话没说完，身后有人摁了两下喇叭。

舒蔚探出头来道：“别磨叽了，我挺饿的。”

向沐回过头，发现他又换了一辆车，不过换回了之前那辆红色的。

她看了眼时间，问道：“你等了很久？”

“当然，你们这什么老师，都大学了还拖堂，拖了二十分钟你知道吗？”男人蹙了蹙眉，“赶紧上车，吃饭去。”

上了副驾驶位，她说道：“没等过人啊，二十分钟就爹毛了。”

“还真没等过，超时三分钟我就走了，”男人拧开车钥匙，说道，“爱谁谁，我是不干了。”

“可是……约会的时候，有的女生会迟到吧。”

听了她这话，舒蔚笑了：“你在试探什么？”

不是没有过她说的那种情况，反正没等到人他就走，无所谓分不分手。

向沐哽了一下，道：“没啊。”

“就除了你，我还真没等过谁。”他眯了眯眼。

好像是让他等得够久了，无论是今天……还是最近这阵子。

就连舒然都说，他肯在一个女生身上浪费这么多时间，实属罕见。

开了一阵子，车停下了。

“车就停这儿吧，”舒蔚开门下车，说道，“走一会儿就到了。”

“去哪儿？”

他双手插袋，说道：“你会喜欢的地方。”

“你怎么知道我喜欢什么？”

他走两步，笑了，回头看她：“那你喜欢什么，给我透露一下？我好投你所好，早点让你也顺便喜欢一下我。”

他似乎也真没想问出点什么，说完又转过头去。

向沐看着他的背影叫了一声：“喂。”

“什么？”

她抬了抬眼睑，问道：“真的喜欢我吗？”

“不然，这一个月我跟你玩过家家？”舒蔚“啧”了声，说道，“可惜你这人铁石心肠，都不动一下。”

“也不是不能动。”她小声说。

舒蔚忽然顿住脚步，问道：“怎么讲？”

“不走了吗？”她说，“不是饿了吗？先吃饭啊。”

“吃个屁，”舒蔚走到她面前说道，“你都跟我说这个了，我还有心思吃饭？”

“三个月，”她说，“三个月试用期，合格就转正，犯错就……算了。”

她总得考验一下他。

舒蔚笑了，指着自己问道：“三个月？试用期？我？

“你搞清楚我是谁了吗，你给我舒蔚三个月试用期？”

“不愿意就算了。”她抬腿往前走。

“嘶，别走啊，”男人在后面抓住她胳膊，说道，“我又没说不答应。”

向沐等着他说。

“三个月是吧？行，凿天好不容易凿开了一个口子，你就算是说三年，我也得受着。”

向沐回头道：“我也没那么没良心吧。”

思忖了一遍，舒蔚道：“转正的时候有没有什么奖励？”

“还没开始试用，就想着转正了？”

“提前准备一下不可以？”

“行吧，”她说，“想要什么奖励？”

“比如……七天旅行什么的，或者电影院之旅？带我上你家看看伯父伯母？”

“你做梦，”向沐把手抽出来，说道，“还有啊，还没转正，你别动手动脚的。”

男人盯了一会儿她的背影，又无奈地跟上：“你知道位置在哪儿吗，你就走那么快，走错了又得骂我。”

两人的背影逐渐模糊，缥缈又具象。

像天上的云，像傍晚的夕阳，像春天绕指而过的风，拍岸的海。

温温柔柔，长长久久。

番外 请跟我联络

“柒柒，昨晚我给你发消息的时候，你在干什么呢，怎么过两三个小时才回我？”合租公寓里，朋友一边开零食袋一边询问她。

宋柒柒和朋友虽是合租，但每天十点过后她们就进了彼此的房间，互不干涉，所以在那之后一般是通过手机交流的。

昨晚，朋友正在和她讨论热搜上某位女明星红毯摔跤的事儿，结果她当时忙着看视频没瞧见消息，等回朋友的时候，热搜都退了。

朋友气呼呼说她这是延迟聊天。

她抓了把头发，解释道：“没什么啊，就……当时在看比赛。”

“看什么比赛啊？”

朋友见她现在也盯着手机一脸投入地看东西，冷不丁地凑过去搞突然袭击，旋即一脸了然：“啊，又是他啊——

“马期成，你天天看马期成干什么？”

“我什么时候看马期成了，”她把视频往朋友那边转了转，说道，“只是你每次凑过来，都恰好看到马期成的镜头好不好。”

“是凑巧吗？”朋友挑眉道，“我怎么觉得不是啊。队里四个人加俩替补的，比较出名的就那四个，而周明叙已经在拿冠军的时候求婚了吧，你肯定不会觊觎。郑语虽然没公开秀恩爱，但是也有女友了，不现实。傅秋看样子就有喜欢的人了，朋友聊天的时候，不是经常说他的屏保是个女的吗？综上所述，你肯定就是在看马期成。”

“我看的是比赛好吗？和他们是否有女朋友没一毛钱关系，我是在学操作。”她点了暂停键，说道，“怎么现在我只要看个男人，你就非得把话题往那方面靠？”

“你不着急我替你着急啊！”朋友道，“多漂亮甜美一妹子，天天就知道宅在家直播，不喜欢出门，恋爱也不谈。柒柒，谈个恋爱吧，好不好？”

“不想谈。”她靠在沙发上，说道，“是游戏不好玩吗？谈什么恋爱？”

她也算是个小有名气的主播了，和朋友在外面一起住，朋友是朝九晚五的上班族，她是几乎没多少休息时间的女主播，每天的生活被直播游戏占满。

要问靠什么成名的，既不是甜美的脸蛋和声音，也不是凶悍的操作，而是长了一张这样无公害的脸，游戏时却能用操作把对面的人锤爆。

谁不爱反差萌呢？

就这样，她直播间的观众一天比一天多，自然也就越来越忙，能够自由支配的时间也更少。

掐指一算，她有三年没谈过恋爱了。

几乎是三个月换一个男朋友的室友简直觉得她快发霉了——精神上的。

朋友把手垫到脑后，说道：“谁知道呢，屏幕里如此精致高级的人气主播柒柒，私下居然偷偷看马期成的私生活……这要是被你那些粉丝知道了，能给你哭出一条汨罗江来，你信不？”

“我都说了是看他们比赛……”

这么说着，她转头确认一遍，结果没想到刚刚没按到暂停，现在的视频已经自动播放到了一个马期成的视频博客。

据说这是他们队去泰国旅游的时候拍的。

画面里的人几乎大半张脸出现在屏幕里，一口小白牙却意外很配此刻的画面，车水马龙中他说着话，风吹动他浅蓝色衬衫的领口。

如同拿到什么烫手山芋似的，她把手机反扣在桌上。

倒是朋友抄着手点评起来了：“看直播的时候听他满嘴骚话，长得倒是眉清目秀、人模狗样的。”

没想到下午刚聊过他，晚上开直播的时候，这个人就出现了。

那时候她正在直播，单人四排，舔完空投，开车的时候准备看一下直播间，感谢一下给她刷礼物的各位大佬。

“谢谢……”结果她一句话还没说出口，就发现这个账号有点眼熟。

果然，已经有人开始叫嚷了。

“是马期成吗？！”

“马期成来了！”

“那叙神也在吗？”

“没想到我喜欢的选手也看我喜欢的主播……”

她禁不住问了句：“是真的马期成吗？”

毕竟像他这种咖位的职业选手，就算要看直播，也不至于看她的直播吧。

这对他没有任何益处。

结果，底下马期成顶着自己认证过的名字发言了：“是我。”

她点点头，本来准备继续表达感谢的，结果听到周围有脚步声，于是她赶紧停下来打人。

她的操作在女主播里算是好的了，三两下就摸到房子里把人解决了，这人的名字起得也简单易记，四个字：“小猪佩奇。”

怎么最近的人都这么喜欢这部动画片呢？

她伏在那儿舔了会儿包，然后准备继续开车往圈内跑。

而另一边，马期成所在的房间内已经炸开了锅。

“赶紧的啊！”傅秋在一旁催促，“当时可是你自己承诺的，说叙神能对乔妹好，你就挑女主播直播说土味情话，现在还磨蹭什么呢？！”

旁边的朋友纷纷起哄。

“不会是不敢了吧……哈哈哈！”

“进直播间都半个小时了，除了狂刷礼物，小马你看你都干了些啥？！”

“快点，我们等着看呢。”

“我从来不知道马期成你居然这么窝囊。”

“知道了，知道了！”马期成咬了咬牙，说道，“一天到晚就知道催催催，让我做点心理建设不行啊？！”

对面的周明叙抱着双臂好整以暇地瞧他，问道：“上周你就开始选人了，一周了，还没做好心理建设？”

“你这么害羞，容易让我觉得你喜欢人家。”郑语也加入讨论阵营。

“我这不是在想吗，让我好好准备发言行不行？”

马期成咬了咬牙，终于在众目睽睽的“压力”之下，发出了第一句话。

正当宋柒柒舔完“小猪佩奇”的包，准备驱车进圈时，瞥了一眼直播间电脑屏幕，看到马期成数秒前发出了一条弹幕。

“小猪佩奇，你配我。”

什么？直播间寂静了好几秒，好像空气都凝滞了片刻，紧接着出现的是无数的叹号和惊叹声。

“这是什么东西？！这是什么东西？！难道我有生之年还能见到马老师恋爱吗？！”

“哈哈哈，哪来的过时土味情话？”

“被盗号了？”

她也在想马期成这不会是被朋友拿了号吧，所以今天才反常地进入她的直播间，给她送礼物，还说些……奇怪的话。

她也不知道怎么回应，索性没搭理，结果再抬头的时候，看到屏幕上又冒出一句：“有没有时间来我们战队吃训练餐，想让你鉴定一下是不是盐放多了，不然我怎么闲得总想你。”

“你很喜欢喝水啊？”看到她桌上摆着一杯水，马期成道，“挺好的，那你就喜欢上百分之七十的我了。”

没控制住，她手往下用力一摁，撞到了南边的墙上。

这谁遇到了能不撞墙？

是谁疯了吗？是她在做梦吗？是马期成在被人整吗？这一切解释得通吗？

马期成见她如此，又说：“别撞墙，来撞我的胸膛。”

宋柒柒完全愣住了。

“刚刚这句话谁跟我说的？真恶心。”发完之后，马期成才察觉到刚刚发出的是什么，说道，“这么土的东西，我居然还直接敲上去了，我呸！”

大家在他旁边一边看着热闹，一边冒出各种各样的提议，搞得他有时候脑充血，就会把那些句子打进去。

这妹子心理承受能力应该还可以的吧？不会被他们搞得当场崩溃吧？

没马期成想的那么严重，崩溃倒也不至于，只是现在的柒柒……有点无措。

以前也不是没遇到过来说各种话的人，有很多话比这个露骨多了，只是还没碰上过他这种人说这种话。

好歹人家也是拿过世界冠军的，有粉丝，也有一定地位，甚至她还有点敬仰他，结果他忽然就跑到这儿来，发了这么一堆莫名其妙的语言符号。

她试探着问了一句："这马期成……是本人吗？"

因为前段时间变天，她有点感冒，鼻音严重，能听出来。

马期成回道："是本人，如假包换。"紧接着，他又来了一句："我也感冒了，可能是因为看到你，就没有抵抗力。"

她手一抖，手机直直从手中滑落，"咣"的一下手机屏幕着地，砸到地面上了。

那天鸡飞狗跳的直播提前收了场。

当然，那脆弱的手机也不幸殒命，摔坏了。

幸好还有部备用手机在她手上，不然这两天可就麻烦了。结果另一部手机太久没用，密码她给忘了，试了半天才试出来，一上线，消息噼里啪啦地往上涌。

"听说马期成今天跟你表白了？"

"怎么回事啊，你和马期成谈恋爱了？"

"马期成在追你？"

"这事讨论火爆，跟我说说你们咋回事？"

"要结婚了吗？"

她来不及一条条回，准备发条朋友圈解释一下自己也不大清楚，结果退出聊天页面，看到一个好友添加提示，备注是"马期成"。

也不知道他从哪儿弄来她号码的，她点了同意，那边消息很快发了过来："不好意思啊，今天打扰你了。"

她问："真是你本人？"

"是。"

"那个，你手机坏了吧？我刚买了一部，明天应该就到你公司了。"

"不用了，我有备用的。"她说。

"买都买了。况且这事也是我的错，我应该赔偿的，你不用不好意思。"

她咬了下唇，说："今天这个事，影响还挺大的。"

马期成解释道："我知道，是我之前跟朋友打了个赌，结果我输了，得接受惩罚，惩罚内容是进一个直播间直播说土味情话。所以今晚我就找了你……”

原来如此。

那句歌词怎么唱的来着？

——天真以为是他的独特品位，殊不知是他难以言喻的对决。

听了这个回答，她心里居然有一点点不是滋味，问道：“所以你就随便进了我的直播间？”

问完这句，她顺便去发了条朋友圈：“我和马期成没什么关系，是他打赌输了来受罚的，之前我俩根本不认识。想八卦的都散了吧，早点睡，明天还得上班呢。”

发完朋友圈退出来的时候，她发现他也回复了。

“你看大家的讨论没？说我蓄谋已久，是上赶着来整你的。”

“我觉得这个分析对了一半吧。”

“我的确是蓄谋已久。”

“从两个月前开始就在关注你了，觉得你打游戏的时候蛮好玩的，长了一张娃娃脸，战斗力却又那么强。所以我这次不是随便来的，也是想……借机认识一下你。”

许是看她太久没有回复，马期成又说了一句：“你要是觉得有点尴尬，装看不见也行。”

她手指在键盘上晃了一圈，说：“我看见了，你游戏也打得挺好的。”

马期成惊了：“游戏好人卡？”

她想了会儿，不知道他话里有多少真实成分，道：“是因为事情发展到这一步，你觉得只是恶作剧的话有点过了，所以升华了一下感情吗？”

“谁说的，刚才那个只是预热，现在才是正题。”马期成这样说。

她愣了下。

现在才是正题？什么正题？想要了解她、认识她的正题吗？

“明天你会去公司拿手机吧？”马期成说，“我们明天正好也要去，到时候应该能碰上，我直接把东西给你算了。”

她说：“好，明天再联络。”

晚上，她把这事跟朋友一说，朋友立刻来了精神，说道：“看这样子他是想追你啊，你讨厌他吗？”

她摇头。

“喜欢他吗？”

“喜欢也说不上，简单的好感吧。”

毕竟此前也没什么了解，她只是觉得他游戏打得好，人也不错。

“那就相处一下呗，合适就恋爱，”朋友弹她额头，说道，“也该恋爱了啊，我的柒。”

第二天中午，她准时去公司拿东西，果然看到了马期成。

他就在前台边上候着，似乎在等人。见她来了，他赶紧从身后拿出要给她的手机。

她接过，发现上面还有一张票，是某个风景区的。

一个月之前，她在直播中提过一嘴，说想去那边看日出。

“朋友刚好给了我两张票，”马期成抓抓脑袋，说道，“顺便一起去看个日出吧？”

她盯着他看了一会儿，忽然不想拆穿这个蹩脚的理由，垂眸看了眼票根，不禁莞尔，说道：“可以啊。”

番外 喜欢你的所有瞬间

时间回到PL夺冠的那一晚。

这一刻说是举国欢庆也不为过，不仅“PL夺冠”的热搜登顶，比赛还衍生出了好几个旁的词条，通通占据热搜前排。

当然，“周明叙求婚”和“周明叙女友”也不免俗地分了流量一杯羹。

不管是喜欢电竞的还是不了解电竞的，那天晚上，所有人的首页都飘着和夺冠相关的微博。

新的时代由此拉开序幕，电竞不再是小部分人的狂欢，它也可以作为顶尖的体育赛事，变成普罗大众自豪和关注的谈资。

几乎是一时之间，四个人的名字席卷了热度榜，谈论声不绝于耳。

就连乔亦溪也收到了很多恭喜的消息。

“我想不通，”回去的路上，她跟舒然说，“他们夺冠了，怎么这么多人恭喜我？”

舒然答得理所应当：“你们是一家人啊，一家人不说两家话，恭喜你就是恭喜他。一个家里祝福一个人就够了。”

这是什么理论？！

乔亦溪正想说她又在瞎掰，可仔细一想吧，也有点道理。

好像、那个……也算是一家人了？

“你说他们后续会不会有什么庆祝活动？”舒然思索道。

“不太清楚，你想庆祝一下？”

“我不想，刚刚叫得太累了，现在只想回酒店躺着。”

“我也是，”乔亦溪揉揉脖子，说道，“我们先回去吧，有什么事儿再说。”

给周明叙发了信息，她就跟舒然一起回酒店了。

回去的路上，乔亦溪还在思索，问舒然：“我昨天都忘了问，你去郑语房间的话，睡哪儿呢？他床上？”

“不会啊，他那个是套间，很大的，有两个房间。”舒然舔了舔牙齿，说道，“我问了下，他说大家的都是那样，因为裴寒舟还专门考虑到有个房间放电脑和行李。”

乔亦溪愣了一下，问道：“那周明叙的房间为什么就一张床？他被歧视了吗？”

“是的吧，”舒然思索后，神秘地笑了一下，“因为有女朋友，考虑到女朋友可能会来，所以老板就戴着有色眼镜‘歧视’了他。”

舒然又说：“你们今晚可以消停点吗？毕竟我——”

话没说完，她被乔亦溪捂住嘴巴塞到电梯里，催促道：“赶紧上去吧。”

“行呗。”舒然眼珠转了圈，摁了关门键。

送走话实在是很多的舒然，乔亦溪进了房间，本以为周明叙还要过一会儿才回来，结果没想到坐下不过十分钟，他就回来了。

那时候，乔亦溪正在跟一个初中同学聊天，那同学才知道她和周明叙在一起了，难以置信地问她：“那周明叙带你打游戏的话，不会觉得你特别特别菜吗？”

——当然会。

毕竟那时候她还问过他是怎么忍着才能带自己打游戏的，而他彼时给出的回复是：用力忍忍就过去了。

好一个“用力忍忍”。

乔亦溪这时候才觉得这四个字实在是余味悠长，包含了太多情感。

不过这一刻并不是适合算账的时机，她从床上起身，蹭到他身后，按了按他的肩膀，问道：“怎么回这么早？”

“明天还有比赛，”周明叙低声道，“不想再折腾了。”

她挑眉，走到他旁边，声音里洋溢着满足和骄傲说道：“也对，毕竟拿冠军是一件很累的事情。”

周明叙眉一挑，看她瞳仁里有亮光闪动，心情又更好了几分。

乔亦溪指尖滑下来，顺着拉住他衣领往下轻轻一拽，凑上来亲了他一下。

是她的冠军啊，应该祝贺，应该给他一点甜蜜的奖励。

面对他，她很少主动，这样的情况还是头一遭。

她都这么主动了，他当然也不能示弱。

正当某人手指滑到她后颈上的时候，乔亦溪脑子里忽然冒出那句“用力忍忍”，嘴角闪过一丝狡黠的笑，往后退了两步。

“算了吧。”

周明叙蹙了蹙眉：“什么？”

此仇不报更待何时，她装模作样地拍了拍他衣领，梨涡深陷，说道：“没关系，反正你用力忍忍就过去了嘛。”

周明叙无语半晌，蓦地笑了，可没道理教过这种情况怎么忍。

他一把将准备逃出去的人拽回来，俯身凑在她耳畔，带着浓重的欲念和挑逗的笑意说道：“忍不了。”

那天晚上，乔亦溪真的为自己临时起意的整蛊付出了惨痛的代价，并得出了一个血一般的教训——千万不要招惹周明叙，除非你想第二天下午才能起床。

◖◖○ 番外 “舔狗”其名

战队的训练虽然忙，但放假的闲暇时刻，大家还是会在一起打游戏。有时候，马期成觉得光打游戏有些无聊，还会顺便开个直播。

本来说好的是乔亦溪、舒然、马期成和傅秋一起打，结果舒然临时变卦，跑去和郑语双排了，由于还差一个人，乔亦溪便叫上了周明叙。

正在阳台浇花的某人不是很乐意，说道：“刚刚没有想到我，现在差人了，就想起我了？”

“不是，”乔亦溪赶紧澄清，“是舒然想打游戏，郑语没空，她就叫了马期成和傅秋，顺便带了我。结果郑语忽然又空出时间了，她就去郑语那边了。”

周明叙放下手里的喷壶，这才算是“勉为其难”地接受了她的游戏邀请。

毋庸置疑，就算平时周明叙打端游打得再凶猛无比，到乔亦溪这里，还是得乖乖换成手游——谁让她晕 3D。

马期成提议：“开个直播呗？我们好久没开直播了。”

周明叙按了按键盘，答得简单：“随你。”

直播一开，不少观众瞬时涌入，底下都在叫唤着“第一次见叙神打手游”，可谓新鲜至极，还有人说他为了老婆没什么做不出来的。

游戏开局，周明叙邀请了乔亦溪跳伞，乔亦溪点了确定，没想到马期成又在那边叫唤：“周明叙你这也太不够兄弟了，都不邀请我们跳伞啊？”

乔亦溪正想说我手残难道你们也手残吗，结果下一秒，周明叙淡淡地接了个简单干脆的“嗯”，这是直接承认了。

竟一时间把马期成堵得无话可说。

乔亦溪有一阵子没打游戏了，手有点生疏，但运气仍然好，没多久就捡到了一把 M24 狙击枪。她想着这是周明叙喜欢用的枪，就琢磨着给他送过去，看一眼地图上的标点，他离自己也不远，乔亦溪便顺着他的方向跑过去。

由于马期成一直在那边跟傅秋聊天，她就没跟周明叙说什么，直接跑到他身后，感觉他转个身应该就能看到自己。结果那时候他正在忙着打人，打完之后又跑到一边的房子里搜物资，没发现站在自己身后的乔亦溪。

乔亦溪拿着枪又跟着他跑了好几步，终于忍不住道了句："我感觉我是你的'舔狗'。"

舔狗，一个因打趣深情时代而被创造出来的词语，意为某人不计得失地为另一个人献殷勤，频繁示好，到了难以自拔的卑微程度。

周明叙的脚步这才顿住了，他意识到什么似的回头，看到站在自己身后的她，问道："怎么？"

"我捡到 M24 了，准备来送给你，"她说，"谁知道给你送个物资还要追着你跑。"

他沉声笑了笑，按着键盘问道："怎么不让我过去拿？"

乔亦溪从包裹里丢下子弹和枪，说道："我看离得近，就给你送来了。"他还在笑，听到她继续说："谁知道你根本没看到我。"

"我给你找药去了，"周明叙走到她面前，开始给她扔东西，说道，"医疗箱、急救包、可乐，三级甲，还有 M4 枪托和扩容弹匣，对了，六倍镜要不要？"

"要要要，都给我吧，"乔亦溪这会儿倒是欣然点头道，"看在你送了这么多东西的分上，原谅你了。"

马期成在那边笑："你看起来原谅得很勉强啊，乔妹。"

"还好吧，"傅秋道，"一般勉强。"

乔亦溪一挑眉，说道："你们挑拨离间啊？"

倒是周明叙扯了扯嘴角，云淡风轻地用气音逸出一句："没有女朋友也用不着嫉妒。"

马期成立刻不服了："别把我归进这一类，我好歹也快要有女朋友了。骂傅秋就行，傅秋没有。"

傅秋直接闭麦了。

由于是过年时期，游戏新出了个年兽模式，用信号枪能打出年兽空投，有红色的三级头可以戴，打眼得很。乔亦溪是真的很久没玩，都不知道这模式具体是个什么玩法，还以为和以前一样掉落空投箱，于是放松了警惕。

捡到信号枪之后，她也没和周明叙他们说，直接就朝着天空“砰”地开了一枪。正当她抬着头回味信号枪响的时候，只见头顶盘旋着乌云，间或夹杂狠厉雷点，然后她面前出现了一头年兽。

她还没来得及呼救，年兽直接朝她奔来，朝她的人物身上输出高伤害，把她击倒了。

乔亦溪愣了几秒，这才反应过来往一边爬，一边朝周明叙求救：“赶紧救我，我快死了。”

周明叙当然是不可能让她挂掉的，方才她打信号枪的时候他就看到了，只是离她太远，这时候刚好赶过来。把年兽打死，又把她扶起来之后，周明叙这才低声道：“你还想一个人解决它？”

“我不知道真的有年兽，我还以为这个模式只是空投箱上有年兽图案，”她悔不当初，说道，“没想到年兽伤害力这么强。”

他笑了笑：“你还挺天真。”

马期成在那边肉麻兮兮地接茬道：“不天真怎么会爱上你呢，是吧？”

乔亦溪打完药，在年兽的生命终结处看到了那个极其应景的红色三级头，开始退却，说道：“我不要这个红的三级头，太惹眼了，你们谁要谁捡吧。”

于她来说，才刚经历了命悬一线的生死时刻，现在安安静静地活下去才是人生的真谛。

后来他们换了个地方搜东西，四面枪声环绕，乔亦溪又躲在周明叙旁边的角落里，看他打人。刚把四面环绕的人都解决了，又到了进圈的时候。

乔亦溪觉得在进圈这件事上，男女真的有很大的不同。大部分女生只要看到安全区掠过了自己，自己不在安全区内，第一反应就是马上跑；而男生呢，只要觉得前几次刷圈在圈外掉血不多，都会扛着继续战斗或搜物资。

不过乔亦溪在这边，周明叙就会安排尽早进圈。驱车刚跑进安全区，他们在树下休整打药，乔亦溪一看自己的血掉了五分之二，说道：“我感觉我又要死了。”

周明叙抬头看一眼她的血量，说道：“你怎么就要死了？”而后到她侧边，把自己的药都扔给了她，这才道：“这下不会死了？”

她满意地扬起嘴角。

打完药之后，她又上了车，周明叙在旁边房子扫了一圈，而后进了驾驶座，带他们去往下一个目的地。乔亦溪觉得坐车枯燥无聊，刚好舒然给她发消息，找她聊纪时衍和纪宁演的新剧，她就在平板电脑上跟舒然聊了起来，连游戏里车停了都不知道。

周明叙从驾驶座下来，对着她的位置开了两枪，示意她下车。结果她根本没看到，人物还坐在车子里纹丝不动。

过了会儿，他无奈地唤她：“下车，给你三级头。”

耳机里的提示将乔亦溪从剧情的深渊中拉出，她赶紧放下平板，下车拿三级头。

戴好之后，她听到马期成的笑声：“叙神，你怎么回事儿啊，送个三级头跟求着人要一样。”

“看不出来吗？”周明叙似乎在笑，“我是她的‘舔狗’啊。”

◖◖○ 番外 泳池

即使周明叙日常的训练再辛苦，乔亦溪也没有放弃让他运动这件事。毕竟生命在于运动，她每次看到他在电竞椅上一坐就是几个小时，都担心他哪一天腰椎出问题。

夏天的时候战队放了几天假，马期成约他出去游泳。

战队的放假时间本就稀少，周明叙都是在家里陪乔亦溪度过，自然很少答应他们的邀约。马期成这人话又多，扛不住其狂轰滥炸，周明叙为了清静，甚至把马期成的电话号码拉黑了。

一计不成又生一计，马期成转变了一个攻克目标，开始从乔亦溪这边旁敲侧击："出来玩吗乔妹？那边光照很好的哦，特别适合晒太阳。"

乔亦溪一开始也没多大兴致，说道："我怕晒黑。"

马期成自然也有办法应对："那里有太阳伞，而且据科学研究显示，适当晒太阳反而能美白。"

话都说到这份上了，乔亦溪自然也只有答应了，问了时间地点，发现他们订的是一家特别好的度假酒店，她很感兴趣，于是这事儿就定了下来。

决定了之后，乔亦溪凑到周明叙旁边说道："马期成那个活动……我答应了。"

周明叙垂了垂眼睫，问道："怎么答应了？"

"觉得出去一下也不错，不想游泳可以当是旅游，"她说，"那边风景很好，适合散心。"

“那为什么不是我们两个出去，而要选择和一堆电灯泡一起？”他侧头问她。

乔亦溪愣了一下，说道：“你说得有道理，但是我已经答应了。”

“舒然和郑语也去，我都好久没见舒然了，”她又看了眼手机，扯扯某人袖子，说道，“所以，要不要去？”

他笑了：“你想去就去。”

她都定了，他怎么能不答应。

乔亦溪提前一天收拾行李，第二天早上七点就出发了。提着大包小包扔进后备厢之后，周明叙觑她一眼，问道：“你确定我们只出去三天？”

她简直把整个家里都掏空了，长长短短衣服带了一堆，光是装衣服就用了两个大箱子，防晒衫都带了四件。

“享受生活嘛，”她惬意地解释道，“要把每一趟出行都当成度假般的享受，生活质量才会得到提高。”

周明叙算是服了她的歪理。

装好行李驱车前往酒店时，乔亦溪看着窗外不断倒退的繁茂绿叶，忽而想起什么，敲开了马期成的对话框，问他：“是哪儿的科学研究说晒太阳美白的？”

马期成非常坦荡地告诉她：“我瞎编的科学研究。”

乔亦溪眯了眯眼，看着窗外的刺眼日光，觉得真是一山还比一山高。不过既来之则安之，她在身上补了加厚的防晒霜，欣然前往泳池。

一到泳池边上，首先听到的就是马期成的惊呼：“好久不见啊各位！”他又拍拍周明叙的肩膀：“叙神，几日不见，如隔三秋。”

周明叙把他揽在自己肩膀上的手拿下来，淡淡道：“五天。”

马期成道：“什么？”

周明叙淡淡道：“战队才放假五天。”

“好久不见”这四个字，并不适合用在他们身上。

“你怎么记得这么清楚啊，”马期成笑道，“是不是见不到我的每一天都特别煎熬？”

“不是，”周明叙非常不留情面地往前走，说道，“见你才是煎熬。”

马期成在后面撇了撇嘴，跟上他的脚步，讨好道：“别走那么快啊，等等我。”

马期成的背影跟着周明叙消失在拐角，乔亦溪在后面嘴角噙着笑看了两眼，然后翻出自己的防晒衫披好。

舒然没一会儿也来了，今天舒然穿得很清凉，吊带加短裤，结果没一会儿就被毒辣的太阳逼得节节败退，为了防止晒伤，换了长袖长裤。

“就在那棚子底下坐着吧，”舒然努努嘴，说道，“我可不想再晒太阳了，晒多了加速皮肤老化。”

乔亦溪笑笑，同意了，和她一起坐在遮阳棚下闲聊。一边的桌子上摆着新鲜的橙汁，果肉沉淀到底，果汁在日光下被照得透亮，她们就一边喝果汁一边聊天。

说好是一起来游泳的，结果最后愿意换衣服的只有打游戏的那四个。没过一会儿，三个男人都换好泳衣出来了，只有周明叙怎么进去的还是怎么出来的。

乔亦溪眯着眼看过去，日光太亮，眼前短暂白了一阵，她看到穿着白T恤的周明叙，和学生时代还是很相似。好像这么几年他都没有变化，俗事没有磨掉他的棱角，也没有让他变得世故。

她还没来得及问什么，马期成就跑来告状了：“你看看叙神，大家都换泳裤要下水了，就他这个保守的脱都不愿意脱。不是我说，脱个衣服能少块肉是吧，他还结婚了呢，我们一堆没结婚的都不说什么，他有什么好遮着藏着的？”

乔亦溪笑了笑，听到周明叙淡淡地说了句：“就是因为结婚了。”

马期成回头道：“什么？”

乔亦溪把果汁放在桌上，难得打趣起了周明叙：“怎么，脱个上衣叙神还害羞了？”

某人眯眼觑了她一会儿，眼尾扫出一点旁的情绪，似乎在说“你可不要后悔”。

她琢磨着自己有什么可后悔的，以为是自己读错了他的意思，结果十分钟之后，周明叙脱掉上衣，换上泳裤出来了。

即使是婚后，周明叙的身材也并未有任何走样，宽肩窄腰，八块腹肌两块胸肌没一个缺席，老天爷天生赏了他身材一碗饭吃，可惜没派上用场。

马期成感慨：“平时经常锻炼吧……”

“可能吧。”乔亦溪韵味悠长地应了句。

“那我怎么没见到过？”马期成道。

“正常，”乔亦溪屈了屈腿，道，“我也没见过。”

马期成哽了一会儿，这才起身，招呼着周明叙下水。

结果周明叙还没下水，一转身，马期成瞧到了点别的，说道：“虾饺又发脾气了？”

周明叙没搭话，倒是乔亦溪听到虾饺的名字，凑过去，问道：“什么？”

马期成指着周明叙背后的道道抓痕说道：“你看，这背后一道道被抓的印子，挠得这么狠，可不就是只有虾饺才能干出来的事儿？除了它还有谁能干得出来。”

周明叙垂着眼，仍是一语不发，只是余光隐隐扫向乔亦溪的位置。

乔亦溪听了这话，脸蓦地一红，赶紧把自己的手指收到背后，装模作样地嫁祸于猫，恨恨道：“嗯，虾饺确实太放肆了。”

番外 小包子

自从几个月前周明叙向她提出了“造人”这个邀请之后，他们夫妻双方就投入了兢兢业业的“产出小包子”计划。

乔亦溪本来觉得应该还要再接再厉努力一阵子，毕竟她比较佛系随缘，觉得什么时候生都行，晚一点自己还能再玩一阵子，于是也没有特意去记什么。

事情的发现全得益于舒然——那天舒然非要拉着乔亦溪去吃螺蛳粉，乔亦溪的每个毛孔都在拒绝：“不要，我今天喷了我很喜欢的香水。”

“到时候再补不就行了吗？”舒然说，“吃东西香水不会掉的。”

“不，我是怕味道沾在我袖子上了。”

“你还要我说几遍！”舒然抡拳头作势要捶她，说道，“螺蛳粉只是闻起来臭，吃起来是香的，你根本不知道有多好吃。”

想了会儿，舒然又扯着她的袖子说道：“我今天必须让你一尝螺蛳粉的美味，让你哭着裙下称臣。”

乔亦溪叹了口气。

被舒然塞进了出租车，直奔某家只是远远路过都能闻到味道的知名粉店，乔亦溪心中浮起淡淡的悲凉。

“仙女也吃螺蛳粉吗？”她痛定思痛，发出灵魂拷问。

舒然无语了，开始自顾自卖安利：“玉皇大帝都爱吃的螺蛳粉，你绝对不能错过，真的。”

螺蛳粉对乔亦溪的意义，大概是只要想起寝室，就想到大学四年里，那阵时不时萦绕在走廊的、不知从哪里传出的令人避之唯恐不及的味道。

但舒然已经表现出这么一副不达目的决不放弃的样子，她也只好退让了几分。

算了，试试就试试吧。

刚坐下没多久，乔亦溪就感觉自己快和这家店融为一体了。舒然还在给她做心理辅导："你能不能不要这么在意这个味道，就像看男人不能只看脸一样。"

乔亦溪偏头提问："那郑语变成丑男呢？"

"不行，我接受不了。"舒然立刻回答。

她耸耸肩，笑着没说话。

"但这和我的粉没有可比性，"舒然把刚上桌的新鲜螺蛳粉往她那边推了推，挑起一筷子递到乔亦溪唇边，说道，"来，这神圣的第一口，我给你。"

乔亦溪正要张嘴，肚子里一阵翻江倒海，她赶忙捂住嘴，干呕了两声。

舒然面色凝重，沉默了许久后开口道："至于吗？有这么臭吗？还给你臭吐了？！乔亦溪，你今天必须给我一个解释。"

"不是……"

乔亦溪没给她一个解释，医院给了她一个解释。两个小时后，拿着显示怀孕的检查单，舒然比她这个准妈妈还兴奋："妈妈第一次孕吐是因为螺蛳粉，他会从此爱上螺蛳粉吗？是我来陪他检查的，他会从此爱上我这个干妈吗？"

"你冷静点，"乔亦溪推推舒然的脑袋，说道，"别吓到小家伙。"

舒然挤着眼睛说道："哟，这就开始母爱泛滥了？"

拿到检查单的当下，乔亦溪就给周明叙发了消息。

那时候，周明叙正在打一个小比赛当练习，手机放在抽屉里没看，是从弹幕里得知的——

"叙神别打游戏了，我老婆是医院的，她说你老婆刚刚检查出来怀孕了！"

马期成也发现了什么，侧头问周明叙："叙神，直播弹幕里为什么都在刷你老婆怀孕了？"

周明叙拉开抽屉，打开手机就发现她发来了一张报告单，是真的怀孕了。

他当即就站起身来，马期成在后头嚷嚷着"真不打了吗"，一拉开门，他和裴寒舟面面相觑。

周明叙启了启唇："我……"

裴寒舟应该也是看到了消息，想着不过是小比赛，便点了头："回去吧，明天再来。"

剩下一众队员疯狂眼红。

乔亦溪后来陪舒然吃了碗杨枝甘露才回家，等她到家的时候，周明叙已经等候多时了。一见她回来，他立刻迎上来问道："怎么样？有没有不舒服的地方？走路会不会累？要不要找个保姆？"

他问题这么多，她一时不知道要回答哪个才好，半晌后拍了拍他的手背说："没事的，不要担心，我现在觉得状态还不错。"

怀孕三个月的时候，乔亦溪从医院得到消息，说她怀的是一对双胞胎。

于是周明叙当即开始行动，取了两个名字，一个周舟，一个乔念。

乔亦溪一看这是一个男孩儿加一个女孩儿的配置，问："那万一是两个男孩，或者是两个女孩呢？"

他沉吟了一会儿，道："没想过这种情况。"

"万一真发生了呢？"

"不允许，"某人直接道，"龙凤胎，刚好。"

乔亦溪抚着肚子，说道："这可不由你。"

——结果最后真的由他了。

当天经历了一整夜的搏斗之后，两个小家伙降生了，先出来的是男孩，紧随其后的是妹妹。哥哥周舟，妹妹乔念。

她没想到连这种事周明叙都能说中，恰好是龙凤胎，连名字都不用再想，她甚至在心里怀疑过他是不是修过什么预言的课程。

说来也是玄，别人家的小孩降生第一个学会的词不是"爸爸"就是"妈妈"，结果周舟和乔念完全不同。

那是一个非常普通的午后，乔亦溪刚打开扫地机器人，听到沙发上的小周舟忽然开口讲了自己降生于人世间的第一句话——"架枪"。

小孩子声音稚嫩，发音也不标准，乔亦溪站在电视机旁好半天没动作，想不到小周舟开口就讲了这么难的两个字。

大概是胎教时受到的游戏熏陶不少，小乔念没几天也开口了，只是没有哥哥那么厉害，讲的是一个单字——“跑”。

乔亦溪一看，这不行啊，赶紧把“爸爸”“妈妈”这两组词安排进必修课程，对他们进行重点辅导。功夫不负有心人，一周之后，小周舟学会了叫“爸爸”，小乔念学会了喊“妈妈”。

她还没来得及感觉欣慰，又奇怪着为什么明明是一起教的，可两个小家伙只是每人学会了一个，而不是“爸爸”“妈妈”一起学会。

在她和周明叙打游戏的某个晚上，她终于明白了原因。

那天的战况非常激烈，一边打人一边还要进安全区，她一个人在圈外面，收了枪道：“你帮我……”

话没说完，玩着小火车的周舟忽然来了一句：“爸爸架枪。”

乔亦溪愣了愣，回头看着他。

一边的乔念抓了抓草莓饮料的吸管，也跟着说道：“妈妈跑！”

爸爸架枪，妈妈跑——到底是要有怎样日复一日的熏陶，才能让两个小孩子都产生了这样的自觉？

乔亦溪觉得如果能有地洞，她现在已经钻下去了。她打游戏菜，每日承受内心的煎熬还不够，居然连两个孩子都发现了端倪。

马期成听了这个消息后还乐不可支：“你们每天到底都在家教孩子什么？不是架枪就是跑，还能发现叙神架枪你来跑，他们俩是玩《绝地求生》了？”

“就是教的正常内容，”乔亦溪也没搞明白，说道，“拼音汉字，胎教时候听的都是琴曲，长大之后也是看的画册。”

傅秋笑道：“那可能就是天赋吧。叙神孩子也继承了叙神的衣钵，说不定哪一天将称霸《绝地求生》。”

她撑着脸颊，悠悠地叹了口气。

傅秋没说错，周舟和乔念在某种方面确实和周明叙很像，别的男生在童年时候喜欢玩的都是坦克飞机，周舟却对枪械类玩具情有独钟，拿着平板最爱玩的也是射击游戏。别的女生都喜欢芭比娃娃小裙子，乔念喜欢酷酷的帽子和头盔。

要不是两个人还都有点音乐天赋，乔亦溪就真的要怀疑自己有没有参与造人环节了。

初上小学，周舟就受到了热烈的欢迎——这个情报是乔念告诉自己妈妈的。

“妈妈你不知道，所有的小女生都喜欢和哥哥玩，就连有一些找我，都是为了找哥哥。”

乔亦溪摸着她的头发问道：“他们都找哥哥干什么？”

“打游戏！”

大概是周舟继承了父母的优点，天生就生得好看，再加上游戏打得好，一下就成了全班的焦点。乔念也不例外地得到了老师们的万千宠爱，只是比起哥哥，还差了一点点。

只是风云人物也有风云人物的烦恼，周舟作为众星捧月的对象，难免容易迷失自己。

那天接他们放学回家，乔亦溪发现周舟一路上都板着小脸，不愿意讲话。她捏捏儿子的脸蛋，问道：“怎么不高兴？没被老师表扬？”

“不是，”周舟眨眨眼睛，说道，“我不想会打游戏了。”

开车的周明叙顿了一下，问道：“怎么？”

周舟说：“今天一下课，好多女生围到我这里。”

“被女孩子喜欢还不好啊？”乔亦溪笑眯眯地说。

“是好，可、可是，”周舟攥紧了拳头，噘着嘴道，“可她们不是真的喜欢我，只是想让我带她们上分。”

后记 永远少年

熟悉我的人都知道，我是个基本不玩游戏的人，尤其是竞技类游戏。所以我一直以为，我是天生对这些东西不感兴趣。

那天和朋友一起去电玩城，我远远围观了一个射击类游戏，可以选择场景，只需要挪动手上的准星射击怪物，光是看着别人打我便跃跃欲试起来，无奈机器热门，等了二十分钟才轮到我——结果自然是我玩入迷了，为它贡献了四五十个游戏币。

后来又换了枪战游戏，我依然表现出空前的兴趣，朋友说："那你应该喜欢玩《绝地求生》吧，那是枪战类游戏。"

恰逢那阵子压力有点大，我就挑了个空闲时间下载游戏，然后拉着朋友和堂弟带我玩。在玩之前，我想我的水平应该不会多么高，结果开了游戏一试，还真是。胆小的我全程只能靠着抱队友的大腿苟活，玩到后面才熟练了一些。

于是有了这本书里乔妹的雏形，她玩得不好，只能称得上是个"圈之锦鲤"，但幸好男朋友的操作逆天，带着她一次又一次地叱咤风云。这应该是大部分手残少女的梦想——游戏里有人带，有人关心，不用出生入死就能获得胜利的快感。

而周明叙，他是凶猛的，同时也是温柔的。键盘上的少年攻城略地犹如猎豹，而对待自己喜欢的人，他又顷刻变得体贴。他运气似乎没有乔乔那么好，在某条路上也跌倒过、受到过质疑，被阻拦过，也被强制中断过。

很多人曾经不理解电竞，我曾经也以为我会因为不玩游戏，而永不涉足电竞文。但当我了解过这个行业之后，我才后知后觉地明白了它闪闪发光的地方。

它热血，它澎湃激昂，它是很多人梦想的地方，在终点，有无与伦比的荣光。

行过沼泽之地，或许才更明白那份荣耀的珍贵。

希望所有的少年永远是少年，怀抱着满腔真诚和轻狂，咬牙、拼搏、拼了命地一往无前，然后站上千万人敬仰的高台，还能说一声——

多庆幸，经年风霜，依旧热血难凉。